Linn Ullmann

Wenn ich bei dir bin

Linn Ullmann

Wenn ich bei dir bin

Roman

Aus dem Norwegischen von
Ina Kronenberger

Droemer

Originaltitel: Når jeg er hos deg
Originalverlag: Tiden Norsk Forlag, Oslo

Die Folie des Schutzumschlags sowie die Einschweißfolie
sind PE-Folien und biologisch abbaubar.
Dieses Buch wurde auf chlor- und säurefreiem Papier gedruckt.

Besuchen Sie uns im Internet:
www.droemer.de

Umschlaggestaltung: ZERO Werbeagentur, München
Satz: Ventura Publisher im Verlag
Druck und Bindung: Ebner & Spiegel, Ulm
Printed in Germany
ISBN 3-426-19610-7

2 4 5 3 1

Wenn ich bei dir bin

Videoaufnahme:
Stella & Martin
Haus in Damefallene
27.08.00, 03.25 Uhr

Martin: Um mit dem Anfang anzufangen: Es ist Sommer, bald Herbst, Nacht und sternenklar in der großen kleinen Stadt. Es ist die Stunde zwischen drei und vier. Auf dem Dachboden liegt der Klempner in seinem Bett und schnarcht. In der Küche läuft das Radio, leise, um niemanden zu wecken. Dies ist *Stella by Starlight.* Die Hitze nach einem heißen Tag und die Hitze vor einem heißen Tag. Alle im Haus schlafen. *Psst, seien Sie still.* Die Kinder schlafen. Die Kinder träumen. Nur Sie und ich, wir sind wach.

Stella: Martin.
Martin: Ja?
Stella: Ich will dir was erzählen.
Martin: Hören Sie nur! Stella will mir was erzählen.
Stella: Sei nicht albern, Martin.
Martin: Gefällt es dir nicht, wenn ich albern bin?
Stella: Nein.
Martin: Wir sollen nicht spielen wie sonst immer?
Stella: Nein.

Martin: Du willst, dass wir richtig hundert Prozent ernst sind?
Stella: Ja.

Martin: Dies ist Stella. Meine Frau. Stella trägt, wie Sie sehen können, einen durchsichtigen, roten Morgenmantel aus Seide. Wollen Sie, dass ich näher rangehe? Wollen Sie ihr Gesicht sehen? Dies ist Stellas Gesicht, nicht gerade schön vielleicht, aber …
Stella: Nicht schön?
Martin: Doch, schöner als schön. Genau das wollte ich damit sagen. Nicht modelschön, nicht so geradeheraus schön, sondern schöner als schön. Was wolltest du mir erzählen, Stella?
Stella: Ich wäre lieber modelschön. Schöner als schön besagt gar nichts.
Martin: Doch, doch. Es besagt, dass ich dich liebe. Du unterbrichst die Aufnahme.

Martin: Haben Sie sich ihr Gesicht genau angesehen? Was habe ich gesagt? Schöner als schön, nicht wahr? Jetzt bewege ich mich nach unten. Das ist ihr Hals, ein langer, weißer Balletttänzerinnenhals, mit deutlich sichtbarem Schlüsselbein, es war das Schlüsselbein, in das ich mich zuerst verliebt habe. Und die Brüste natürlich. Die können Sie jetzt nicht sehen, denn sie hat gerade die Arme vor dem Körper verschränkt, den Kopf schief gelegt und sieht ein wenig genervt aus. Machen Sie sich nichts draus, sie posiert nur. Sie steht gerne im Zentrum des Geschehens. Ich liebe vor allem ihren Bauch, normalerweise zieht sie ihn ein, schafft es aber nicht ganz, er wölbt sich ein wenig, und das gefällt mir, sie ist nicht dick, von ihren Freundinnen wird sie eher als mager beschrieben, weil sie so groß

ist, aber einen Bauch hat sie, er wölbt sich, und den obersten Knopf ihrer Jeans macht sie nie zu, was ich herrlich finde, denn dann muss ich einen Knopf weniger aufmachen, wenn ich sie ausziehen will. Und hier, lasse ich den Blick weiter sinken und spreizt sie die Beine ein wenig, können Sie ihre Muschi sehen, hellrot wie eine nicht ganz reife Tomate, und spreizt sie die Beine noch etwas mehr, kann ich Sie mitnehmen in sie hinein, in ihr hinauf, denn unter dem Morgenmantel ist sie nackt, und es gibt auf der ganzen Welt kein herrlicheres Land. Aber sie spreizt die Beine nicht noch etwas mehr, deshalb bewegen wir uns stattdessen weiter nach unten, so dass Sie die schönsten Füße Skandinaviens sehen können. Hier sind sie. Größe neununddreißigeinhalb. Rote Sandalen. Burgunderrote Nägel. Zehn Zehen, die ich gerne abschneiden und jeden Abend zum Dessert verspeisen würde, ungezuckert.
STELLA: Martin.
MARTIN: Ja?
STELLA: Warum machen wir das jetzt?
MARTIN: Warum nicht?
STELLA: Weil ich mit dir reden will.
MARTIN: Ich dachte, du wolltest schlafen.
STELLA: Nein ...
MARTIN: Dann sollten wir weitermachen, finde ich. Jetzt habe ich die Kamera geholt, du bist hier, ich bin hier.
STELLA: Aber dann müssen wir es richtig machen.
MARTIN: Ihm ist es bestimmt egal, wie wir es machen.
STELLA: Wie hieß er noch mal?
MARTIN: Wer?
STELLA: Der Versicherungsvertreter? Wie hieß er noch mal?
MARTIN: Ich weiß nicht. Hab's vergessen.
STELLA: Wie hieß er noch mal ... Weg mit der Kamera,

Martin! Filme mich nicht! Ich kann mir nicht vorstellen, dass er sich für mich ... mein Schlüsselbein, meine Muschi und meine Zehen interessiert.
MARTIN: Er hat gesagt »alles Wertvolle«, oder? »Alles Wertvolle«, hat er gesagt ... Also, dies ist unser Haus. Dies ist unser Leben ...
STELLA: Schweif nicht ab.
MARTIN: ... Unterbrich mich jetzt nicht, Stella ... Es ist Sommer, bald Herbst, Nacht und sternenklar in der großen kleinen Stadt. Wir haben den 27. August im Jahr 2000. Dies ist unser Haus, und dies ist unser Wohnzimmer. Dies ist unser Sofa ... Steh auf, Stella. Ich will das Sofa filmen ... und dies ist unser Sofa. Es ist avokadogrün, weich, italienisches Design. Zehn Jahre alt, aber in gutem Zustand. Ich glaube ganz bestimmt, dass wir noch fünfzehntausend Kronen dafür bekommen würden.
STELLA: Pöhh.
MARTIN: Pöhh?
STELLA: Fünfzehntausend Kronen für ein zehn Jahre altes Sofa, das glaubt er dir nicht ... Wie hieß er noch mal ...? Das glaubt dir die Versicherungsgesellschaft nicht, Martin. Du träumst.
MARTIN: Ja, und ob ich das tue. Ich träume! Das ist der Grund, weshalb wir nachts nicht wie andere Leute schlafen.
STELLA: Was weißt du von anderen Leuten?
MARTIN: Dies ist unser Sofa, unser avokadogrünes, italienisches Sofa, klein und fein, ein Kuss von einem Sofa, und einmal vor langer Zeit hat es ein Vermögen gekostet. Brennt das Haus ab, werden wir das Sofa am meisten vermissen. Verstehen Sie das? Mit diesem Sofa hat alles angefangen.
STELLA: Am meisten werden wir die Kinder vermissen.

Martin: Was?
Stella: Wenn das Haus abbrennt, werden wir die Kinder am meisten vermissen.
Martin: Tja, wer weiß? Als Mutter bist du wohl verpflichtet … Aber ich rede von unseren Sachen, Stella. Ich rede von Sachen, nicht von Kindern. Außerdem gehe ich davon aus, dass die Kinder gerettet werden und nicht verbrennen.
Stella: Ich wollte nur hören, dass du das sagst.
Martin: Was denn?
Stella: Dass niemand von uns verbrennt. Dass am Ende alles gut ausgeht.
Martin: Am Ende geht alles gut aus.
Stella: Schön.
Martin: Was wolltest du mir erzählen, Stella?

[I] FALL

Alma Blom
Zeugin

Ich habe zwei große Ohren.

Ich habe zwei große Ohren, sie sehen aus wie italienische Portale, aber ich brauche sie nicht mehr. Zuerst bin ich auf dem einen Ohr taub geworden, dann auf dem anderen. Es gibt Schlimmeres.

Ich habe das Strickzeug in die Tasche gesteckt, den Kopf in den Nacken gelegt und nach oben geschaut. Sie erinnerten an Puppen, dort oben auf dem Dach. Er mit bibelschwarzem Schopf und sie mit gelbrotem Kleid. Vor und zurück am Abgrund. Trippel, trippel, trippel. Ich rief ihnen zu, sie sollten schleunigst runterkommen. Es gibt viele Arten zu sterben, aber man muss dabei niemandem auf den Kopf fallen. Als Fußgänger sollte man gegen dergleichen versichert sein. Und dann blieben sie stehen, sahen hinunter. Oh, oh, oh, ihnen muss schwindlig geworden sein. Und dann umarmten sie sich. Wobei, Umarmung? Es sah eher aus wie Gerangel, wenn Sie mich fragen. Sie sträubte sich, und er hielt sie fest. Oder er sträubte sich, und sie hielt ihn fest. Dann kam es, wie es kam: Sie strauchelte und fiel. Oder er schubste sie, und sie fiel. Was genau passiert ist, ist schwer zu sagen. Sicher ist nur, dass sie fiel. Ich spürte den Sog. Einmal habe ich geglaubt zu sehen, wie ein Flugzeug vom Himmel fällt. Damals habe ich den gleichen Sog gespürt. Ich kniff die Augen zusammen und wartete auf den Aufprall. Einen Moment lang vergaß ich, dass ich taub bin.

Corinne

Neulich nachts in der Straßenbahn fiel mein Blick plötzlich auf einen Mann, den ich zu kennen glaubte. Er saß ganz still ein paar Sitze vor mir und sah aus dem Fenster. Draußen gab es nicht viel zu sehen, die Straßen waren menschenleer, es war dunkel und nasskalt, nur gelegentlich rauschte ein Auto vorbei. Keine Fußgänger. Nur abwechselnd Schnee und Regen und das weiße, feuchte Licht der Straßenlaternen.

Zuerst sah ich ihn von hinten: Er trug eine braune Lederjacke, seine Haare waren dicht und schwarz, ein schöner Mann, dachte ich, einer, der aufrecht geht, ohne zu straucheln. Einen Augenblick lang glaubte ich, auf dem Sitz neben ihm säße ein kleines, rot gekleidetes Mädchen, aber dann schüttelte ich den Kopf über mich selbst. Hier war kein Kind. Das fehlte noch, bei diesem Wetter und zu dieser Tageszeit. In der Straßenbahn waren nur er und ich, und der Fahrer natürlich. Der Mann stand auf und ging zur vorderen Tür. Wir näherten uns einer Haltestelle.

»Martin Vold«, rief ich leise. »Sind Sie es?«

Der Mann drehte sich um. Es war ein fremdes Gesicht. Ich sah zwei kleine, grüne Augen und eine Narbe auf dem Kinn.

»Sie irren sich«, sagte er, als die Türen aufgingen. »Ich bin es nicht.«

»Nein«, sagte ich, »Sie sind es nicht. Trotzdem gute Nacht, und rutschen Sie auf dem Bürgersteig nicht aus. Es ist glatt draußen.«

»Danke gleichfalls«, sagte der Mann, »und auch Ihnen gute Nacht.«

Es ist noch kein halbes Jahr her, dass ich mit ihm zu tun hatte. Es war Anfang September letzten Jahres. Am Abend vor Stellas Beerdigung besuchte ich ihn in seinem Haus im Hamborgveien im Stadtteil Damefallene, setzte mich an den großen dunkelbraunen Esstisch im Wohnzimmer und verbrachte dort die Nacht mit ihm. Er bat mich, leise zu sprechen, damit wir die Kinder nicht weckten. Und dann saßen wir da. Er redete die meiste Zeit, und ich stellte Fragen. Das kann ich gut: Fragen stellen. Während wir da saßen, kam es mir so vor, als würden wir zusammen eine Geschichte schreiben, er und ich, und dass mir die eigentliche Geschichte, das, was wirklich vorgefallen war, darüber regelrecht entglitt. Dergleichen bin ich in meinem Beruf gewöhnt – dass Geschichten entgleiten, meine ich –, dennoch ist und bleibt es eine Niederlage. Ich sehe, ich lausche, ich spüre, ich weiß. Aber ich habe keine Macht über das, was passiert. Ich verhindere keine Tragödien.

Wo soll ich anfangen? Jener Mord, wenn es denn ein Mord war, ereignete sich am 27. August des Jahres 2000. Aber ich fange mit der Fußnote an, dem historischen Hintergrund, wenn Sie so wollen:

Am 23. Februar 1934 trifft einen zweiunddreißig Jahre alten Mann der Tod, als er vom Dach eines Häuserblocks am Frogner Platz in Oslo fällt. Er ist ein beliebter, schöner und begabter Schauspieler, der das Leben noch vor sich hat, der es liebt, im ersten Obergeschoss des Continentals zur Melodie des Reitermarsches *Die Reise nach Jerusalem* zu spielen, und der beschließt, sein Leben auf diese Weise zu beenden. Vier Tage später schreibt Johan Peter Bull, Dramaturg am Nationaltheater und Theatersekretär, in sein Tagebuch, er befürchte Unruhen bei der Abendvorstellung von *Wenn wir Toten erwachen.* Es kursieren Gerüchte über ein geplantes Pfeifkonzert, eine Demonstration gegen eine der unwiderstehlichen Schauspielerinnen des Nationaltheaters, die zur Zeit großen Erfolg in der Rolle der Irene hat. Manche sind der Meinung, dass die Schauspielerin ein Teil der Schuld am Tod ihres jungen Kollegen trifft, da die beiden eine Liebesbeziehung hatten. Die Polizei demonstriert Präsenz, doch die Vorstellung verläuft ruhig.

Anwesend im Publikum ist an jenem Abend der junge Bauernsohn Elias Vold, der Großvater Martin Volds. Elias stammt ursprünglich aus Schweden. Seine Eltern betrieben eine Straußenfarm bei Sundbyberg nahe Stockholm, doch schon als Fünfzehnjähriger war der Junge gezwungen, den Hof bei Sundbyberg zu verlassen und auf einen Hof in Høylandet zu ziehen – von Mutter und Vater in Schweden zu seinen beiden Onkeln in Norwegen –, ein Erlebnis, das ihn für den Rest seines kurzen Lebens geprägt hat. Die Onkel, die Rinder und Schafe hielten, schlugen ihn abwechselnd jeden Abend, und er musste hart für seinen Lebensunterhalt arbeiten. Er vermisste seine Eltern, die nicht länger für ihn sorgen konnten: Wie ihre Kollegen überall auf der Welt wurden seine Eltern 1918 von der Straußenkrise überrascht. Der Preisverfall, der darauf zurückzuführen war, dass sich die Damen der Welt nicht länger in Hüten mit Straußenfedern bewundern lassen wollten, war die erste von drei großen Tragödien, die die Familie Vold heimsuchte. Ich würde sogar so weit gehen zu behaupten, dass, wäre die Hutmode etwas stabiler gewesen, keine der drei Tragödien eingetroffen wäre und ich heute, im Winter 2001, nicht hier sitzen würde mit einem unaufgeklärten Todesfall in den Händen.

Die ehemals so florierende Straußenfarm in Sundbyberg wurde verkauft und von den Konkurrenten *Svensk Bio* und *Skandia* übernommen, die sich aus diesem Anlass zusammenschlossen und das legendäre Filmstudio *Råsunda Filmstad* aufbauten. Hier wirkten die Filmemacher Victor Sjöström und Mauritz Stiller samt Filmstars wie Tora Teje, Lars Hanson, Anders de Wahl, Karin Molander und Hilda Borgström. Greta Garbo beeindruckte 1924 in *Gösta Berling*. Sie sei »ein Versprechen für die Zukunft«, schrieb ein begeisterter Kritiker des *Svenska Dagbladet*. Ich kann mir vorstellen, dass Elias den Tag verflucht hat, an dem seine Eltern auf Strauße gesetzt haben statt auf Filme.

Aber lassen wir das. Als Elias erwachsen ist, läuft er seinen Onkeln und seiner Geliebten Harriet, auch Høylandets Schönste genannt, davon. Eine Straußenfeder ist alles, was er dabei hat, als er in den Bus von Høylandet nach Skogmo steigt, von dort weiter mit dem Zug nach Trondheim fährt, und dann mit einem weiteren Zug von Trondheim nach Oslo.

Und dies ist der Hintergrund für Elias' Anwesenheit im Publikum an jenem Abend im Februar 1934, um *Wenn wir Toten erwachen* und die unwiderstehliche Schauspielerin in der Rolle der Irene zu sehen, zum Glück nicht von

Pfeifkonzerten oder anderen Demonstrationen beeinträchtigt. Später an diesem Abend schreibt Elias einen Brief an Harriet, in dem er ihr von der Vorstellung, dem ausgebliebenen Pfeifkonzert, den Gerüchten über die unglückliche Liebesbeziehung der beiden Schauspieler und dem Fall des jungen Schauspielers vom Dach eines Häuserblocks in Frogner erzählt – und noch etwas: Es werde einige Zeit dauern, bis er wieder nach Høylandet zurückkehre, schreibt er. Er könne gut verstehen, wenn Harriet nicht auf ihn warten würde. Er wolle sein Glück auf der Bühne versuchen, vielleicht sogar vor der Kamera, ja, nicht zuletzt vor der Kamera. Wer weiß, was einen Mann wie ihn erwartete? Er schließt den Brief mit ein paar umsichtig gewählten Zitaten aus *Wenn wir Toten erwachen*, da ihm im Nationaltheater bei der Abendvorstellung des 27. Februar 1934 und sozusagen unter Henrik Ibsens Einfluss die Idee gekommen war, die Beziehung zu seiner Geliebten in Høylandet zu beenden und ein neues Leben als Bühnenkünstler und Filmstar zu beginnen.

Leider hat Elias noch eine weitere Leidenschaft, nämlich, sich irgendwo zwischen Tøyen und Grefsen auf die Gleise zu legen und so lange wie möglich darauf liegen zu bleiben, ohne überfahren zu werden. Eines Tages bleibt er zu lange liegen. Er stirbt. Elias ist tot. In zwei geteilt. Die Filmgesellschaft *Råsunda Filmstad* ist Geschichte. Sein Leichnam wird nach Høylandet überführt, auch dieses Mal mit dem Zug von Oslo nach Trondheim und weiter mit dem Zug von Trondheim nach Skogmo und zum Schluss mit dem Bus von Skogmo nach Høylandet. Das Begräbnis findet in aller Stille statt. Seine Eltern sind tot, seine Onkel scheren sich nicht um ihn. Einzig die Geliebte Harriet, im achten Monat schwanger und mit Tränen, die ihr passend zum Anlass über das runde

Gesicht laufen, ist zugegen, um ein letztes Mal Abschied von ihm zu nehmen.

Als das Begräbnis vorbei ist, kniet Harriet noch immer am Grab von Elias und flüstert mit dem Erdhügel, den dicken Bauch unter dem Wintermantel deutlich sichtbar, den langen hellen Zopf auf dem Rücken. Es herrscht Dämmerlicht. Ein eiskalter Winterwind zerrt an dem Blumenstrauß, den sie auf den Sarg gelegt hat. Sie macht keinerlei Anstalten aufzustehen, sondern bleibt auf Knien liegen, den Kopf fast im Grab, flüsternd und gestikulierend. Niemand möchte sie stören, obschon einzelne Passanten stehen bleiben und sie anstarren. Man fragt sich natürlich, was sie dem Toten Wichtiges mitzuteilen hat, ihm, der sie im Leben so schmählich im Stich gelassen hat.

Fünf Wochen später bringt Harriet einen gesunden Knaben zur Welt. Ich will der Ordnung halber bekennen, dass mich Harriets gesunder Knabe mitnichten interessiert. Ich habe versucht, mir ein Gesicht vorzustellen, einen Lebenslauf, eine Leidenschaft sogar, aber es ist mir nicht möglich. Das Einzige, was sich über ihn sagen lässt, ist, dass er Jesper heißt, dass er seinen schwedischen Großeltern Ehre erweist, indem er den Traum von der Straußenhaltung in großem Stil in Skandinavien wieder zum Leben erweckt, und dass er viele Jahre später in Høylandet die erste norwegische Straußenfarm gründet. So! Das war Jespers Geschichte! Ja, eine Sache noch, irgendwann in den Fünfzigerjahren heiratet Jesper Nora, und zusammen bekommen sie ihren Sohn Martin.

Winter 1990. Die eigentliche Geschichte beginnt ungefähr hier, sagen wir an einem Tag Ende Januar. Und dies ist Bild Nummer eins: Wir befinden uns vor einem Häuserblock in Frogner in Oslo, jenem Ort, an dem sich 1934 der tragische Tod des jungen Schauspielers ereignet hat. Auf dem Bild sehen Sie eine hydraulische Hebebühne auf dem Weg nach oben zu einem verschlossenen Fenster im neunten Stock. Auf der Hebebühne befindet sich eine Plattform, auf der Plattform steht ein funkelnagelneues avokadogrünes Sofa, und auf dem Sofa sitzt Martin und lächelt breit. Ich weiß nicht, ob es Ihnen auffällt, aber hinter dem verschlossenen Fenster im neunten Stock, halb versteckt hinter einer hellblauen Gardine, steht eine junge Frau und wartet auf ihn.

27. August 2000, früher Abend. Die Frau hinter der blauen Gardine im neunten Stock heißt Stella. An einem sonnigen Abend, kaum mehr als zehn Jahre, nachdem Martin durch ihr Fenster eingestiegen war, fällt sie von dem allmählich so verhängnisvollen Dach am Frogner Platz. Der Fall dauert zwei Sekunden, von dem Moment, wo sie den Halt verliert, bis sie unten auftrifft. Zwei Sekunden, nicht mehr, aber auch nicht weniger, und diese zwei Sekunden sind es, von denen ich berichten möchte.

Ich bin Sonderermittlerin im Kommissariat für Kapitalverbrechen, Polizeirevier Oslo. An meiner Bürotür steht C. Danielsen. Der Buchstabe C steht für Corinne. Freunde habe ich keine, aber meine Kollegen nennen mich Chor'in weil ich eine Karriere als Bauchrednerin und Puppenmacherin hinter mir habe. Früher hatte ich mein eigenes Puppentheater, und mein ganzer Stolz waren

fünfzig recht gelungene Puppen, die das gesamte Ensemble von *La Bohème* bildeten.
Mich zeichnet vor allem aus, dass ich ein nicht gerade schwaches Kneifen in der Magengegend verspüre, wenn ich einem Mörder von Angesicht zu Angesicht gegenübersitze. Nennen Sie es von mir aus Intuition. Außerdem weiß ich genau, wann ich mich einem Geständnis nähere und wann nicht. Dies hier ist einer dieser Fälle, in denen ich nie ein Geständnis erhalten habe. Das Verfahren wurde aufgrund der mangelhaften Beweislage eingestellt. Martin nahm seine rot gekleidete Tochter Bi an die Hand und verschwand aus meinem Blickfeld, bis er in einer Winternacht in Oslo in einer Straßenbahn wieder auftauchte, wie ich einen Augenblick lang geglaubt hatte. Er ging straffrei aus, ohne Anklage.
Deshalb diese Worte.

Amanda

Hören Sie! Manchmal nachts, wenn ich im Bett liege, ist Mama bei mir. Vielleicht nicht wirklich hier. Wohl eher in der Nähe. Und manchmal sagt sie etwas, nicht zu mir und nicht zu Bi, sondern zu jemand anderem, zu Martin vielleicht, oder dem Alten. Sie weiß nicht, dass ich sie höre, Martin will nicht hören, und der Alte hört nicht, also spricht sie im Grunde zu niemandem.

Vor ein paar Jahren war Mama krank, und damals sagte sie sich immer wieder vor: Darfst jetzt nicht fallen, darfst jetzt nicht fallen. Sie sagte es gerne auch zu mir: Darfst jetzt nicht fallen. Und zu Bi: Darfst jetzt nicht fallen. Mir war nicht klar, was sie meinte. Sie lag sicher im Bett, und ich und Bi standen sicher auf dem Boden, und sie sagte, wir dürften nicht fallen. Aber weshalb sollten wir fallen? Weshalb sollte sie fallen? Du kannst nicht fallen, wenn du schon im Bett liegst, sagte ich. Da sagte sie, es sei nur eine Redensart. Sie meine es nicht wörtlich. Doch dann vergingen ein paar Jahre, und dann fiel sie trotzdem. Buchstäblich. Das war's dann. Ich glaube, man sollte nicht ständig Dinge sagen, die man nicht wörtlich meint. Das muss ich Mama sagen, wenn sie das nächste Mal in der Nähe ist.

Als sie damals krank war, glaubten wir, sie würde sterben, aber sie starb nicht. Sie wurde gesund und fing wieder an zu arbeiten und sagte Dinge, die ich nicht mochte, zum Beispiel, dass sie auf Überstunden lebte. Als sie im Krankenhaus lag, wollte sie, dass ich ihr vorlese. Bücher und Zeitungen. Sie bat mich, ihr einen Roman vorzulesen, der *Moby Dick* hieß, denn man könne nicht sterben, ohne *Moby Dick* gelesen zu haben, meinte sie. Wir hielten nicht bis zum Ende durch. Sie wollte nicht mehr. Zum Schluss wollte sie nur noch, dass ich ihr die Wohnungsanzeigen aus der Zeitung vorlese. *Helle Dreizimmerwohnung in ruhiger Lage mit Balkon* und so weiter. Darüber freute sie sich. Die solltest du dir anschauen, sagte sie dann manchmal, und ich tat es und erzählte ihr anschließend von den Zimmern und dem Balkon und dem Licht.

Bi ist meine Schwester. Sie ist ein stilles Kind. Sie ist still, nicht dumm. Sie hört und versteht. Ich erzähle ihr, dass Mama von einem Dach gefallen ist. Hör zu, Bi, sage ich. Mama ist von einem Dach gefallen, und Mama fällt immer noch. Sie fällt und fällt, ohne je unten aufzutreffen. Das sagen wir einfach. Wir sagen, dass Mama Stück für Stück und Tag für Tag fällt, in Einzelteilen im Grunde, zuerst ein Finger und dann ein Auge und dann ein Knie und dann ein Fuß und dann ein Zeh und dann noch ein Zeh. Dann dauert es länger. Nicht die ganze Mama auf einmal, knallbumm auf die Erde. Mama hat lange, zerzauste, helle Haare. Mama ist hübsch. Oder war hübsch. Ist, war, weiß nicht recht. Sie hat ein blaues und ein violettes Auge, ein gelbes Sommerkleid, ein Silberherz um den Hals, das sie von Großmutter bekommen hat, burgunderrote Fußnägel. Ich war es, ihre Tochter, die älteste, die ihr die Fußnägel burgunderrot lackiert hat. Das ist jetzt lange her. Mama saß am einen Ende des weißen Doppelbetts mit zwei weißen Kissen im Rücken, das Fenster zum Garten hin offen, und die Sonne schien, ich saß am anderen Ende und lackierte ihr die Fußnägel. Damals sagte Mama, dass sie die schönsten Füße Skandinaviens habe. Sie sagte: Ich habe die schönsten Füße Skandinaviens. Damit du es weißt. Meine Mutter, die Sterbende, die Tote, hat die schönsten Füße Skandinaviens.

Vor einiger Zeit sagte Mama zu Martin: Wenn nicht alles so schrecklich traurig wäre, würde ich jetzt über dich lachen. Und dann lachte sie.
Irgendwann einmal werde ich von Mamas Lachen erzählen. In Einzelteilen auch dieses. Zuerst ein winzigkleiner Laut, wie eine rote Murmel, die über den Boden rollt, und dann eine etwas größere Murmel, und dann viele kleine Murmeln, und knallbumm rollen alle Murmeln auf einmal über den Boden.

Vor der Tür ist Lärm und Radau. Hier drinnen ist es still. Dies ist Bis Zimmer. Ich ziehe mir die Schuhe aus. Wir haben uns schon für die Beerdigung zurechtgemacht, rote Sommerkleider und weiße Leinenschuhe. Ich wollte ein schwarzes Kleid haben, aber Martin, dieser Idiot, sagte Nein. Ich lege mich neben Bi aufs Bett, rieche an ihren Haaren, ihrer Haut, es ist nicht schlimm, sage ich. Bi weint nicht. Sie ist ganz still. Spielt ein wenig mit meinen Haaren. Mir wäre lieber, sie würde weinen oder so.
Ich werde ein bisschen hier liegen bleiben, neben Bi.

»Schließ die Augen«, sage ich, »sie ist ganz nah.«
»Glaubst du wirklich?«, flüstert sie.
»Gib ihr die Hand«, sage ich, »dann drückt sie sie.«

Es gibt viele Dinge, die ich Bi nicht erzähle.
Zum Beispiel 1. Ich habe drei Freunde, die ganz wild nach mir sind. Zum Beispiel 2. Alles, was der Pfarrer heute sagt, ist gelogen. Zum Beispiel 3. Martin, ihr Vater, der Ehemann unserer Mutter, Möbelhändler und Straußenkönig, ist im Grunde seiner schwarzen Seele ein böser Zauberer.

Ja, das ist meine Geschichte. Was ich zu sagen habe, hat keinen glücklichen Ausgang. Meine Mutter ist tot. Ich bin fünfzehn Jahre alt. Ich heiße Amanda. Das bedeutet: die zu Liebende.

Axel

Es gibt Orte, an denen ich mich zu Hause fühle, oder vielleicht ist »sich zu Hause fühlen« nicht der richtige Ausdruck, es wäre richtiger zu sagen, dass es Orte gibt, an denen ich mich wiederfinde. Damit meine ich äußere Landschaften, die meinen inneren Landschaften entsprechen. Ich komme an einen Ort, und es kommt mir vor, als wäre ich dort schon einige hundert Male gewesen. Alles stimmt. Die Proportionen stimmen. Die Farben, die Entfernungen, die Höhe des Himmels, das Licht. Ich komme an einen Ort und erlebe, dass ich atme, dass ich atmen kann, dass es zwischen mir und der Umgebung einen Einklang gibt. Ich kann es nicht anders erklären. Das ist mir im Leben noch nicht oft passiert. Normalerweise fühle ich mich nicht im Einklang mit meiner Umgebung. Ich fühle mich nicht wohl in meiner Umgebung, und meine Umgebung fühlt sich nicht wohl mit mir.

Heute werde ich zu Stellas Begräbnis gehen. Nach dem Begräbnis werde ich meinen alten blauen VW aus der Werkstatt holen, meinen dritten. Der VW ist fast ebenso gebrechlich wie ich, und er wird wie ich ständig von einer Vielzahl kurioser Leiden geplagt. Ich werde ihn spazieren fahren, das wird uns beiden gut tun, dem VW und mir.

Heute Abend, wenn ich wieder zu Hause bin, werde ich ein Hirschfilet essen und eine Flasche Châteauneuf-du-Pape dazu trinken. Gelegentlich zünde ich für meine Frau Gerd eine Kerze an. Heute werde ich auch eine Kerze für Stella anzünden. Bevor ich schlafen gehe, werde ich zwei Schlaftabletten nehmen und vielleicht ein bisschen Klaviermusik von Schubert hören.
Ich hoffe, und das denke ich jeden Morgen, und nicht zuletzt heute Morgen, dass dies der letzte Tag in meinem Leben ist.

Mein Zuhause in den letzten dreißig Jahren war eine Dreizimmerwohnung im Stadtteil Majorstuen. Es gibt keinerlei Einklang zwischen der Wohnung in Majorstuen und mir. Ich habe diesen Ort immer als etwas Vorübergehendes betrachtet. Die Zimmer sind willkürlich möbliert, ich habe mir nie ein Möbelstück gekauft, und als ich nach Gerds Tod hierher zog, habe ich nichts aus unserem gemeinsamen Haus mitgenommen – außer einem vergoldeten Spiegel, der in der Diele hängt. Alles andere habe ich verkauft und den Schlüssel abgegeben.

Jeden Donnerstag kommt eine Dame, die vielleicht fünfzehn Jahre jünger ist als ich, um bei mir zu putzen. Keine Dame. Das ist nicht richtig. Ein Drachen ist sie. Eine Beleidigung fürs Auge. Ich weiß nicht, warum ich sie seinerzeit genommen habe, und sie weiß wahrscheinlich nicht, warum sie die Arbeit akzeptiert hat. Jetzt ist es schon so lange her, dass es nichts nützt, darüber nachzudenken. Mein einziger Trost ist, dass sie mich ebenso verabscheut, wie ich sie verabscheue. Was nicht bedeutet, dass wir nicht äußerst höflichen Umgang miteinander pflegten. Ich nenne sie Fräulein Sørensen, auch wenn heute niemand mehr eine Frau Fräulein nennt, und sie nennt mich Grutt. So heiße ich. Axel Åkerman Grutt. Zufällig weiß ich, dass der Drachen, der jeden Donnerstag zum Putzen kommt, mit Vornamen Mona heißt und dass sie in ihrer Jugend eine einfache Stelle im Osloer Finanzamt hatte. Deshalb nenne ich sie, im Stillen natürlich, Fräulein

Money Sørensen, oder ganz einfach Money. Sie ist nämlich ein gieriger Drachen. Und sie stibitzt mir Geld, hier zehn Kronen, dort zehn Kronen, aber ich erwähne es nie, die Situation wäre für uns beide unerträglich peinlich. Ich habe noch viele andere Namen für sie, nicht nur Money, aber gewisse Dinge behalte ich für mich, bis ich sterbe, ich sterbe hoffentlich bald, und ein gewisser Anstand ist vielleicht angebracht, selbst in Moneys Fall. Nicht dass sie mir gegenüber je Anstand gezeigt hätte, mit ihren kurzen Kleidern, dem rot geschminkten Mund und den Wollstrumpfhosen. Hätte ich auch nur einen Funken der heute so verbreiteten Eigenschaft *Empathie*, täte sie mir sicher Leid, würde ich ihr vielleicht sogar die kleinen Beträge gönnen, die sie jede Woche von mir stibitzt. Money ist alt, müde und traurig, aber wie die meisten Frauen glaubt sie, dass kurze Kleider und ein roter Mund ihr Elend eher verdecken als sichtbar machen.

Money ist einer der beiden Menschen, die ich regelmäßig treffe. Der andere, den ich regelmäßig treffe, abgesehen von Stella, die heute beerdigt wird – sie fiel von einem Hausdach am Frogner Platz oder wurde hinuntergestoßen –, ist Stellas fünfzehnjährige Tochter Amanda. Sie besucht mich oft, zuerst kam sie nur zusammen mit ihrer Mutter, aber im Laufe der Zeit kam sie auch allein, und obwohl wir nicht viel miteinander reden und obwohl ich Kinder eigentlich nicht mag – ich finde, Kinder bekommen viel zu viel Aufmerksamkeit –, verbringen wir hin und wieder ein paar Stunden zusammen. Manchmal spielen wir Karten, ich habe ihr ein Kartenspiel beigebracht, das Höff heißt und mit zwei Spielkartensets und zwei Spielern gespielt wird. Außerdem lässt sie sich von meinen kläglichen Zauberkünsten beeindrucken, und das schmeichelt mir natürlich. Früher war ich einmal ziemlich gut. Amanda hat ein feines, blasses Gesicht. Sie sagt, sie mag Videospiele. Ich sage, ich mag Riesenräder. Es käme uns nie in den Sinn, über unsere Einsamkeit zu sprechen.

Money und Amanda. Damit habe ich den Teil meines Bekanntenkreises abgehandelt, der noch am Leben ist. Dazu (zu meinem Bekanntenkreis) könnte ich vielleicht noch die junge Frau mit den Stieraugen vom Kiosk an der Ecke rechnen, bei der ich meine Zeitungen kaufe. Ich sehe sie ja streng genommen täglich. Und rede auch mit ihr. Ich sage guten Tag und welche Zeitungen ich haben möchte (stets die gleichen fünf), und wenn der korrekte Betrag von meinen Händen in ihre übergegangen ist, sage ich auf Wiedersehen. Doch die Definition für Bekannte sollte zumindest sein, dass beide Beteiligten das Gesicht des jeweils anderen erkennen, und die junge Frau am Kiosk hat meines nie erkannt.

Vor fünf Jahren habe ich aufgehört zu rauchen. Ich habe an einem Kurs teilgenommen, dessen Ziel es war, den Kursteilnehmern Zigaretten zu verleiden, ihnen etwas zu verleiden, das ihnen früher Freude bereitet hat. Jedes Mal, wenn ich Lust auf eine Zigarette hatte, sollte ich alter Mann stattdessen auf einem Stöckchen herumkauen. Einem Stück Lakritze! Und wenn ich den Kursleiter und die anderen Kursteilnehmer im Kampf gegen das Rauchen wieder sah, ging es nur darum, wie man sich durch eine weitere Woche ohne Zigaretten gehangelt oder ob man aufgegeben hatte und »schwach geworden war«, wie der korrekte Ausdruck sicher lautet.

Um eine Sache klarzustellen: An dem Kurs habe ich nicht aus freien Stücken teilgenommen. Mir wurde von meinem Hausarzt und einzigen Freund seit dreißig Jahren (und eine Zeit lang auch Stellas Vorgesetzten), Dr. Isak Skald, auferlegt, daran teilzunehmen. Er sagte, ich würde sterben, wenn ich mit dem Rauchen nicht aufhörte. Ich sagte, das wäre kein hinlängliches Argument, da ich 1. großes Vergnügen daran fände, Zigaretten zu rauchen, und ich 2. nichts dagegen hätte zu sterben. Lieber gleich als später, sagte ich. Aber Skald, der etwas jünger war als ich, war so entschieden, meinen alten Leib, den er als Leben bezeichnete, zu retten, dass ich tatsächlich meinen eigenen Willen einbüßte, woraufhin ich mich fragte, ob ich überhaupt einen eigenen Willen besaß. Sein Wille war jedenfalls stärker als meiner, eine Erkenntnis, die ich als sehr unangenehm erlebte. Es war mir auch keine Hilfe, dass Skald selbst ein Jahr später kurzerhand an einem Herzinfarkt starb, im Alter von nur fünfundsiebzig Jahren. Die Freude war dahin. Die Freude, eine Zigarette anzuzünden, war verflogen, Skald hatte sie mit ins Grab genommen. (Er selbst empfand Freude an den Händen seiner Frau Else, hatte er vor langer Zeit einmal erzählt. Es war nahezu unerhört, sagte er, dass ein paar Frauenhände alles verändern konnten, alle Pläne für ein geordnetes Junggesellenleben, alle selbst gewählte Einsamkeit, alle Verachtung für eheliche Verbindungen; dass er aufgrund von Elses Händen und der ständigen Sehnsucht nach Elses Berührungen nicht mehr alleine in seiner Wohnung leben wollte mit zwei alternden Liebhaberinnen in sicherem Abstand, wie er es vorgehabt hatte, sondern zusammen mit Else bis ans Ende seiner Tage.)

Verstehen Sie mich nicht falsch: Ich habe versucht, wieder damit anzufangen. Beim Leichenschmaus, der anlässlich von Skalds Begräbnis abgehalten wurde, habe ich wirklich viele Zigaretten geraucht, ich stand in einer Ecke von Skalds schönem hellen Wohnzimmer und habe die Zigaretten fast verschlungen, Schnittchen gegessen und Bier getrunken. Und plötzlich stand Else neben mir, seine Gattin, eine fast zwei Meter große Frau, ihre Lippen an meinem Ohr. (Else hatte an diesem Tag einen selten gelungenen Auftritt als Witwe: aufrecht, ruhig, warm und mit angemessen rot geränderten Augen. Sie sah jünger aus als ihre vierundsechzig Jahre. Die fünfzehnjährige Ehe mit Skald war ihre dritte gewesen. Seine Vorgänger waren ebenfalls verschieden, folglich war sie mit der Witwenrolle an und für sich vertraut, auch wenn es seit dem letzten Mal lange her war.)

»Sie wissen, dass Isak seine Ehre darangesetzt hat, damit Sie das hier aufgeben«, flüsterte sie und zeigte auf die Zigarette zwischen meinen Fingern. »Er wäre völlig außer sich, wenn er wüsste ...«
Ich betrachtete ihr Gesicht, die glänzenden Augen, das graue Kostüm, ihre Hände – zwei breite Goldringe am linken Ringfinger, Skalds Ring und ihrer.
»Ihr Mann und mein Freund wird keineswegs *außer* sich sein, wie Sie es nennen, dort, wo er jetzt ist«, sagte ich leise.
»Mag sein«, flüsterte sie, »aber *ich* bin noch hier, und ich bin außer mir. Ich bin außer mir.« Sie sah zu Boden, wischte eine Träne weg und sagte: »Und ich finde es dumm, wenn Sie wieder anfangen zu rauchen, nachdem Sie vor so langer Zeit und mit so viel Erfolg aufgehört haben« (eine selige Frau, dachte ich damals, das weiß ich noch, es überraschte mich nicht, dass sie wenige Monate später erneut heiratete) und dann hob sie die eine Hand, die meinem Freund Dr. Isak Skald einst solche Freude verschafft hatte, und nahm mir die Zigarette aus dem Mund.
»Für mich«, flüsterte sie, küsste mich auf die Stirn und drückte die Zigarette im Aschenbecher aus. Und dann ging sie weiter zum nächsten Gast, der gekommen war, um ihrem Mann die letzte Ehre zu erweisen.

Ich habe Stella vor zehn Jahren im Ullevål-Krankenhaus kennen gelernt. Sie war Krankenschwester, ich war Patient. Aus irgendeinem Grund – dies ist eins der seltsamsten Ereignisse in meinem Leben – besuchte mich diese junge Frau jeden Tag im Krankenzimmer, setzte sich auf die Bettkante, redete munter drauflos über dieses und jenes (nicht zuletzt über Martin, den sie gerade kennen gelernt und in den sie sich verliebt hatte), als habe sie den aufrichtigen Wunsch, mich zum Freund zu haben. Ich wiederhole noch einmal, dass ich nicht begreife, weshalb sie meine Gesellschaft gesucht hat oder was sie in mir gesehen hat, einem sterbenden alten Mann ... Gelegentlich frage ich mich, ob sie mich überhaupt gesehen hat, wie sie da so auf der Bettkante saß, jung, weiß gekleidet und gesprächig.

Es war ein längerer Krankenhausaufenthalt gewesen. Skald hatte mich zu einer Operation überredet. Ich will jetzt nicht ins Detail gehen. Der Kadaver war im Begriff auseinander zu fallen. Die Schmerzen waren ausgesucht. Ich sage ausgesucht, weil Gott, so es ihn gibt, ein brutaler Erfinder ist. Seine Galerie an Schmerzen und Plagen, die den menschlichen Körper heimsuchen, ist – ja – ausgesucht in ihrer Ehrlichkeit. Gott beschönigt nichts – alles tut weh, alles bricht auseinander – es ist ja ganz offensichtlich, welchen Weg alles nimmt. Das Sterben ist *eine* Sache, eine Erleichterung, glaube ich. Aber alt zu werden ist harte Arbeit.

Damals vor zehn Jahren arbeitete Stella auf der geriatrischen Station, wechselte aber später in die Strahlenklinik, wo sie Schwerkranke pflegte, vor allem Krebspatienten.

Ihr Gesicht. Ich sehe es die ganze Zeit über vor mir, wie im Traum, ganz dicht vor mir, ganz dicht an meinem eigenen Gesicht – ihre Züge jedoch kann ich nicht beschreiben, denn ihr Gesicht veränderte sich ständig.

Sie erinnerte mich an meine einzige Tochter, Alice, die ich seit dem Tod meiner Frau Gerd im Jahr neunundsechzig nicht mehr gesehen habe (Alice war der Meinung, ich sei am Tod ihrer Mutter schuld, ich hätte mit meinem »egoistischen, brutalen, zerstörerischen Wesen« irgendwie den Krebs in Gerds Magen hervorgerufen). Stella hatte den gleichen mächtigen Lebenswillen wie Alice, die gleiche stolze Art, sich zu bewegen. Ich rede hier nicht von einer Schönheit, die von Gesichtszügen oder einer wohl geformten Figur herrührt – weder Alice noch Stella können im traditionellen Sinn als schön bezeichnet werden –, sondern von einer Schönheit, die ihren Ursprung in den Körperbewegungen hat. Schon als kleines Kind konnte Alice mir mitunter den Atem rauben, indem sie einfach auf der Straße auf mich zurannte, die Arme nach vorne gestreckt. So war es auch bei Stella. Ich sehe sie vor mir, weit weg am anderen Ende des Krankenhauskorridors oder auf meiner Bettkante sitzend: eine kantige junge Frau mit breiten Schultern, schmalen Hüften, kleinen, runden Brüsten und flinken, gestikulierenden Händen. Sie war sehr groß, schlank und leicht gebeugt – eine Prinzessin auf Stelzen. Mal rauschte sie leichtfüßig und bravourös durch den Raum, mal unsicher, taumelnd, einnehmend.

Riesenräder haben schon immer eine große Anziehungskraft auf mich ausgeübt. Ich betrachte sie gerne aus der Entfernung. Oder sehe mir Fotos von alten Riesenrädern an, in Coney Island, Wien, London, Chicago, Tokio. Selbst die schillernden kleinen Riesenräder umherziehender Jahrmärkte haben ihren Charme. Es käme mir heute natürlich nicht in den Sinn, mich in ein Riesenrad zu setzen und mich langsam durch die Luft drehen zu lassen. Jetzt nicht mehr. Ich bin zu alt. Einmal bin ich mit meinem Vater Riesenrad gefahren, und damals hat er mir erzählt, dass wir entfernte Verwandte des amerikanischen Ingenieurs George Washington Ferris seien, dem Erfinder des Riesenrads.

Als Alice klein war, bin ich mit ihr in dem schönen Riesenrad von Wien gefahren, und ich erinnere mich an den Schnee, der fiel, an die Lichter, ihr fröhliches Lachen und wie sie in der Gondel aufstand und die Arme in die Luft streckte. Das letzte Mal, dass ich mich in ein Riesenrad gewagt habe, war zusammen mit Stella im Tivoli von Kopenhagen. Wir hatten uns zufällig auf der Straße getroffen. Sie war in der Stadt, um an einem Kongress zur Pflege schwer kranker Patienten teilzunehmen, und ich … ja … ich war dort, um ins Tivoli zu gehen. Sie war überrascht, als sie mich vor ihrem Hotel traf.

»Du meine Güte«, sagte sie. »Du bist in Kopenhagen, Axel?«

Und ich sagte, ja klar, ich hätte oft geschäftlich in Dänemark zu tun (ich glaube tatsächlich, dass ich mit der größten Selbstverständlichkeit das Wort »geschäftlich« verwendet habe).

Sie sagte, es sei schön, mich zu sehen, sie habe es zwar eigentlich ziemlich eilig, wir könnten aber jederzeit einen Kaffee trinken gehen. Ich sagte: »Sollen wir nicht lieber ins Tivoli gehen und Riesenrad fahren?« Sie fiel aus allen Wolken. Oder besser gesagt: Sie sah mich an, als sei ich gerade vom Himmel gefallen und um 14.30 Uhr nachmittags hier vor ihrem Hotel in Kopenhagen gelandet. Es war ihr allem Anschein nach nie der Gedanke gekommen, dass ich ein Mann sein könnte, der ins Tivoli ging.

»Du hast ganz still dagesessen, Axel, deine große Hand auf meiner, und als wir den höchsten Punkt erreichten, hast du gesagt: Sieh nur, Stella! Sieh nur!«
»Und du wagtest kaum, die Augen aufzumachen, hast nicht verstanden, was ich an dieser Form von Unterhaltung fand.«

Als ich Stella zum ersten Mal ganz hinten am anderen Ende des Krankenhauskorridors sah, weiß gekleidet und zielstrebig und mit all diesem – wie soll ich sagen – Gesang in sich, musste ich an Alices Trauung denken. Stella war Mitte zwanzig, als ich sie kennen lernte, und war soeben mit Martin zusammengezogen. Alice war ebenfalls Mitte zwanzig gewesen, als sie aus unbegreiflichen Gründen beschloss zu heiraten. Es war geplant, dass ich sie zum Altar führen sollte, um sie jenem vorzüglichen Bräutigam zu überlassen, dessen Namen ich zum Glück vergessen habe. Er war ein großer, dunkelhaariger Mann mit Brille, dessen einzige positive Eigenschaft es war, dass er dem zuletzt Gesagten stets zustimmte und anderen niemals seine eigenen Gedanken und Ansichten aufzwang – worin auch immer sie bestanden. Gab es einen Mann, in dessen Gedanken ich keinen Einblick haben wollte, so war es Alices Bräutigam. Gewisse Qualen blieben selbst mir erspart! Nun. Ich holte meine weiß gekleidete Tochter in ihrer kleinen Einzimmerwohnung ab … wie viele Jahre ist das jetzt her? Es war dreiundsechzig, sechs Jahre vor Gerds Tod. Ich holte sie in ihrer kleinen Einzimmerwohnung ab und räumte ihr in meinem blauen VW, der irgendwann in den Siebzigerjahren den Geist aufgab, der jedoch damals mit der Sonne um die Wette strahlte, einen Platz frei. Wir fuhren zur Kirche, Alice war still und plötzlich verstimmt. Der Brautschleier fiel ihr ständig vors Gesicht und sie blies ihn gereizt weg, als wären es die langen Haare, die sie nie gehabt hatte. Ich redete ein wenig pflichtschuldig über das Wetter und erwähnte, dass sich ihre Mutter auf die Hochzeitsfeier freute. Dass sie schon vor einer halben Stunde zur Kirche gefahren sei, um nachzuschauen, ob die Blumenarrangements nach ihren Wünschen waren, und dass das ganze Haus wunderbar nach Rentierbraten geduftet habe – ja, in der Art fuhr ich fort.

»Pöhh«, sagte Alice plötzlich, als wir zur Kirche abbogen.

»Was ist los, Alice?«, fragte ich.

»Vielleicht ist das alles ein großer Fehler«, sagte Alice.

»Aber Alice«, sagte ich, stieg aus, ging um das Auto herum und öffnete ihr die Tür.

Nahezu aggressiv ergriff sie ihre Röcke, schob sich den Schleier aus dem Gesicht und marschierte mit langen Schritten zur Kirche. Obwohl die Sonne an diesem Tag schien, blies ein kräftiger Wind. Sie drehte sich zu mir um und rief:

»Komm jetzt, Vater! Alle sind schon da. Jetzt sind wir dran!«

Vor der Kirchentür ließ sie ihre Röcke herunter, ich rückte ihr den Brautschleier zurecht. Sie sah mich mit trotzigem Blick an, und ich strich ihr über die Wange.

»Du magst ihn nicht sonderlich, oder?«, flüsterte sie.

»Alice, du bist diejenige, die ihn heiraten soll, nicht ich.«

Die Musik fing an zu spielen, die Türen gingen auf, und meine Tochter und ich liefen langsam den Mittelgang entlang. Die Hochzeitsgäste erhoben sich, am Altar standen der vorzügliche Bräutigam und die beiden Trauzeugen. Aller Blicke ruhten auf uns. Alice verlangsamte den Schritt und beugte sich zu mir, ihre Lippen an meinem Ohr.

»Das Problem ist, Vater, dass ich im Augenblick an nichts anderes denke, als dass ich mich in fünf Jahren von ihm scheiden lassen werde. Mit dem Kerl halte ich es nicht länger als fünf Jahre aus.«
Wir gingen weiter den Mittelgang hinauf, während Alice mir diese Worte ins Ohr flüsterte. Ich beugte mich zu ihr und murmelte, dies sei wohl nicht der richtige Zeitpunkt, um über eine eventuelle Scheidung zu reden. Da blieb sie stehen. Ein winziges Raunen ging durch die Versammlung. Eine neugierige Unruhe. Alice blieb stehen und flüsterte mir ins Ohr:
»Das Problem, Vater, ist nicht, dass *du* ihn nicht magst. Das Problem ist, dass *ich* ihn nicht mag! Meiner Meinung nach ist er ein aufgeblasener Trottel. Sieh ihn dir doch an! Sieh ihn dir an, wie er da steht, mit feierlicher und selbstgerechter Miene, und wie er darauf wartet, mich zu heiraten. Ich habe es einfach im Gefühl, Vater, das hier wird kein Vergnügen!«
Wir blieben im Mittelgang stehen, den Blick auf den Bräutigam gerichtet. Er sah jetzt verwirrt aus. Wir betrachteten ihn lange. Schließlich beugte ich mich zu meiner Tochter.
»Tja, Alice, da gibt es nur eins«, flüsterte ich. Sie sah mich an und lächelte ihr schönstes Lächeln.
»Wir kehren um«, fügte ich hinzu. »Wir kehren jetzt um!«
Und dann kehrten wir um. Wir kehrten um und schritten ebenso feierlich den Mittelgang zurück, ebenso langsam in die andere Richtung, weg vom Altar, weg von dem vorzüglichen Bräutigam, zur Kirchentür. Der Kirchendiener machte völlig verdutzt die Tür für uns auf und entließ uns hinaus ins Licht. Und bevor sich die Versammlung gefasst hatte, saßen wir ein weiteres Mal in meinem blauen VW.

»Und wohin willst du jetzt?«, fragte ich meine Tochter. Alice lachte nur.
»Vater, wie sehr ich dich lieb habe«, sagte sie und lehnte den Kopf an meine Schulter, während ich den Motor anließ und losfuhr, »wie unendlich lieb ich dich habe.«

Und heute geht es erneut zur Kirche, oder besser gesagt zum Krematorium. Dieses Mal geht es um Stella. Es ist ein befreiender Gedanke, dass das nächste Begräbnis, an dem ich teilnehmen werde, mein eigenes sein wird. Ich habe keine Angst zu sterben. Stella hatte Angst vor dem Tod, vielleicht war das der Grund, weshalb sie sich im Alltag damit beschäftigte. Ich weiß es nicht. Sie war jung. Sie hatte Kinder. Zwei Mädchen. Amanda und Bi – ein kleines schweigsames Kind, das sie von dem eitlen Gockel bekam, mit dem sie verheiratet war.

»Du magst ja niemanden, Axel, alle sind Drachen oder abscheulich oder ehrlos oder eine Beleidigung fürs Auge, und wie hast du Martin noch genannt?«
»Einen eitlen Gockel.«
»Warum denn, nenn mir einen guten Grund?«
»Er ist leichtsinnig.«
»Das bist du auch, Axel, auf deine Art.«
»Er ist unehrlich.«
»Und was bist du? Aufrichtig?«
»Er war dir nicht wohlgesinnt.«
»Anderen geht es noch schlechter.«

Ich habe keine Angst vor dem Tod. Mein Vater hat mir früh beigebracht, dass das Recht auf den Tod von eigener Hand die grundlegendste Freiheit des Menschen ist. Dass es stets einen Ausweg gibt. Das weiß ich seit meiner

Kindheit: Dass es stets einen Ausweg gibt! Mein Vater hat schließlich auch allem ein Ende gesetzt und Mutter mitgenommen. Ob absichtlich, weiß ich nicht, vermutlich schon. Nachdem wir Kinder schon lange groß und von zu Hause ausgezogen waren, irgendwann vor dem Krieg, verschwanden sie in Trollheimen und wurden erst im Frühjahr gefunden. Es hieß, sie seien von einer Lawine erfasst worden. Sie hinterließen kein Geld. Meine Schwestern erbten ein paar Kleider und billigen Schmuck von Mutter. Ich erbte einen Kronleuchter. Als Gerd und ich heirateten, hängte sie den Kronleuchter ins Wohnzimmer. Sie fand ihn schön. Sie behauptete, dass er das Zimmer und zugleich sich selbst erhellte. Im Gegensatz zu mir, sagte sie, der ich weder das Zimmer erhellte noch mich selbst noch auch nur irgendetwas anderes. Ich erinnere mich, dass sie in ihrem blau karierten Kleid mit einem gelben Strickpullover über den Schultern, die Haare in einem Zopf gesammelt, unter dem Kronleuchter auf dem Boden saß und ihn stundenlang betrachtete. Eines Nachts, nachdem sie eingeschlafen war, schlich ich mich aus dem Bett, die Treppe hinunter ins Wohnzimmer – dann stellte ich mich auf einen Stuhl und entfernte ein Prisma nach dem anderen, bis der Kronleuchter zum Schluss vollkommen gerupft aussah. Am nächsten Morgen verlangte Gerd eine Erklärung. Ich hatte nicht das Gefühl, dass ich ihr eine Erklärung schuldig sei, und das sagte ich auch. Die Prismen bewahre ich noch immer in einem verschlossenen Karton im Keller auf, neben dem Leierkasten.

Stella wollte nicht sterben. Sie wollte nicht einfach so von einem Dach fallen. Als Kind fällt man ständig. Und dann hört man auf zu fallen, natürlich fällt man immer mal wieder in moralischer Hinsicht, aber richtig konkret fällt man nicht mehr. Ganz selten sieht man, wie ein erwachsener Mann oder eine erwachsene Frau hinfällt – auf der Straße vielleicht oder in der Straßenbahn –, und wenn es mitunter geschieht, ist es sehr unangenehm, sowohl für denjenigen, der fällt, als auch für den, der zuschaut: eine Art kollektiver Gleichgewichtsverlust. Und dann wird man alt und fängt wieder an zu fallen. Ich falle ständig. Meine Knie geben unter mir nach. Ich rutsche auf dem Eis aus. Meine Füße nehmen einen anderen Weg, als ich es will. Wenn ich mich auf die Straße wage, fürchte ich mich vor allem davor zu fallen. Davor, dass ich falle und mir etwas breche und außerdem demjenigen, der dieser Szene beiwohnen sollte, einen komischen Anblick biete. Stella wäre auch nicht gesprungen. Nicht weg von ihren Kindern. Und was sie eigentlich auf diesem Dach wollte, ist mir ein Rätsel. Er zwang sie wohl, ihn zu begleiten. Sie waren beide leichtsinnig, Stella und Martin. Spielten wie Kinder. Forderten sich heraus und tobten miteinander. Klammerten sich aneinander und stießen sich gegenseitig weg. Es war vielleicht nur eine Frage der Zeit, bis einer den anderen über die Kante stieß.

Amanda

Weitere Dinge, die ich Bi nicht erzähle:

Zum Beispiel 4. Ich nenne meine Freunde Ene, Mene und Mu. Sie wissen nicht, dass ich sie Ene, Mene und Mu nenne. Sie wissen auch nicht, dass ich mehr als einen Freund habe. Ene weiß nicht, dass es einen Mene gibt, und Mene weiß nicht, dass es einen Mu gibt, und Mu weiß nicht, dass es einen Ene und einen Mene gibt. Als ich dreizehn war, hatte ich keine Brüste und auch keinen Freund. Marianne hatte Brüste – aber sie war fast ein Jahr älter als ich, von daher war es nicht allzu erstaunlich. Marianne war damals meine beste Freundin. Einmal zog sich Marianne in Mamas Zimmer ganz aus. Sie zog sich ganz aus und stellte sich vor Mamas großen Spiegel, und ich stellte mich hinter sie, und dann bewunderten wir ihre Brüste, ihre Haut und ihre schönen langen hellen Haare und ihren kleinen runden Bauch und ihren Po und ihre Beine. Ich sagte, wenn ich ein Junge wäre, hätte ich sicher Lust, sie zu ficken. Das sagte ich damals, aber eigentlich dachte ich, dass ich Lust hätte, mit dem Finger seitlich an ihrem Körper hinunterzustreichen, die weiche Linie entlang, die sich an der Taille nach innen wölbte und an den Hüften nach außen. Marianne stand vor Mamas großem

Spiegel, und plötzlich machte sie einen kleinen Sprung, einen Freudensprung gewissermaßen, und die Worte purzelten einfach aus ihrem Mund: *Mann, was bin ich schön!*

Ich glaube nicht, dass sie es hatte laut sagen wollen, denn sie wurde knallrot im Gesicht und zog eiligst ihre Unterhose und ihr T-Shirt wieder an.

Jetzt bin ich fünfzehn und auch ganz hübsch, nicht so hübsch wie Marianne, aber hübsch genug. Damals vor Mamas großem Spiegel war ich nicht hübsch. Manchmal zog ich viele Pullover übereinander an, damit man nicht sehen konnte, dass ich keine Brüste hatte. Ich glaubte, das Einzige, was die Jungs dachten, wenn sie mich sahen, war, dort läuft ein Mädchen, das sich warm anzieht. Und nicht, dort läuft ein Mädchen ohne Brüste. Später überlegte ich, dass die Jungs wahrscheinlich gar nichts dachten, wenn sie mich sahen, weder das eine noch das andere.

Bi, die neben mir auf dem Bett liegt, erzähle ich, dass Mama fällt und fällt und niemals unten auftrifft. Und während sie fällt, erlebt sie die seltsamsten Dinge und trifft die merkwürdigsten Menschen und Gestalten. Vögel zum Beispiel. Auf dem Weg in ein warmes Land. Aber Vögel fallen nicht, sie fliegen. Das macht einen gewissen Unterschied. Sie trifft ein Eichhörnchen, das von einem Baum gefallen ist, und einen Dorsch, der von einem Jungen gefangen und danach halb lebendig, halb tot an Land geschleudert worden ist. Ich erkläre Bi, dass es für einen Dorsch genauso schlimm ist, aus dem Meer gezogen zu werden, wie für ein Eichhörnchen, von einem Baum zu fallen. Bi nickt und legt ihren Kopf in meine Achsel. Ich breite eine Decke über uns beide.

Vielleicht trifft Mama auch Großmutter, sage ich, Gott hat Großmutter bestimmt vor langer Zeit schon aus dem Himmel geworfen, so griesgrämig und still wie sie war.

Axel

Es ist eine ärgerliche Sache, dass Money Sørensen stets zu den unpassendsten Zeitpunkten in meine Wohnung kommt. Zwar haben wir uns auf Donnerstag zehn Uhr verständigt und tatsächlich kommt sie auch jeden Donnerstag um zehn, aber Donnerstag um zehn ist und bleibt für *mich* ein unpassender Zeitpunkt! Als wir uns seinerzeit vor genau dreißig Jahren darauf einigten, dass sie jeden Donnerstag um zehn hier aufräumen und putzen sollte, hatte ich das Gefühl, diese Absprache unter Druck zu treffen. Es würde mir besser passen, wenn sie beispielsweise jeden Freitag um dreizehn Uhr käme, denn um diese Zeit gehe ich immer draußen spazieren. Jeden Montag um zwölf würde ebenfalls hervorragend passen, denn da sitze ich für gewöhnlich in der Deichman'schen Bibliothek in der Stadt. Sogar mittwochs nach elf würde gut passen, mittwochs mache ich meine Besorgungen in der Stadt: gehe einkaufen, zur Bank und so weiter. Aber Donnerstag um zehn ist und bleibt der unpassendste Zeitpunkt, den man sich denken kann. Donnerstags passieren immer unvorhergesehene Dinge, wie zum Beispiel heute, heute will ich zu einem Begräbnis und muss baden und mich anziehen. Isak Skald wurde ebenfalls an einem Donnerstag beerdigt. Aber ich rede nicht nur von Beerdigungen. Die kleine Amanda kommt häufig donnerstags vorbei, denn dann hat sie früh Schulschluss – und das Letzte, was ich mir wünsche, wenn Amanda zu Besuch kommt, ist, dass dieser Drachen hier herumschleicht und griesgrämig dreinblickt, so dass das Mädchen und ich schlechte Laune bekommen. Darüber habe ich einmal mit Stella gesprochen, und Stella hat mich natürlich gefragt, weshalb ich nicht mit dem Drachen darüber spreche.

»Warum hast du nicht versucht, den Zeitpunkt zu ändern?«, fragte sie und lachte.

Ich sagte, das wäre leichter gesagt als getan, da Money und ich seit dreißig Jahren die Abmachung hätten, dass sie jeden Donnerstag um zehn zum Aufräumen und Putzen zu mir kommt. Dass ich das Gefühl hatte, bei dieser Absprache unter Druck gesetzt worden zu sein, ist eine andere Sache. Ich erinnere mich, dass ich ganz bestimmt zu dem Drachen gesagt habe: »Fräulein Sørensen, es würde mir besser passen, wenn sie freitags um 13.00 Uhr kämen. Donnerstags ist es etwas schwierig für mich.«

Und ich erinnere mich bestimmt, wie sie geantwortet hat, sie könne an keinem anderen Tag als Donnerstag zu mir kommen. Falls mir dies nicht genehm sei, könne sie mir leider nicht helfen.

Dass sie eine Freundin von Gerds Schwester war, verschaffte ihr einen ziemlichen Vorteil. Sie wusste, dass ich mich ihr gegenüber höflich benehmen musste (um zu widerlegen, was Gerds Schwester, meine Tochter Alice und alle anderen Verwandten von Gerd mittlerweile über mich erzählten, nämlich, dass ich ein »Narr« sei). Dass ich jemanden brauchte, der die Wohnung für mich in Ordnung hielt, wusste sie ebenfalls, da weder Alice noch Gerds Schwester mir länger helfen wollten. Ich war ganz allein.

Es ist mit anderen Worten nicht möglich, sagte ich zu Stella. Es ist nicht möglich, etwas daran zu ändern. Sollte ich mit dem Drachen ein Gespräch führen wollen mit dem Ziel, den Zeitpunkt ihrer Anwesenheit in meiner Wohnung zu ändern, wäre sie 1. tödlich beleidigt, würde sie 2. bissig und spöttisch reagieren. Sie würde etwas in der Art sagen wie: *So so, jetzt kommt er an, der Axel Grutt, und will etwas ändern, was seit dreißig Jahren ausgezeichnet funktioniert.*

Und dann würde ich sagen, liebes Fräulein Sørensen, für mich hat es nicht immer ausgezeichnet funktioniert. Sie erinnern sich vielleicht an das Gespräch, das wir damals geführt haben, als sie bei mir anfingen, in dem ich deutlich zum Ausdruck gebracht habe, dass der Donnerstag für mich nicht der geeignetste Tag ist? Und dann würde sie natürlich schnauben, dass sie sich an ein derartiges Gespräch nicht erinnern könnte, aber wenn es sich denn so verhielte, dass ich mit ihrer Arbeit unzufrieden sei, so gäbe es natürlich andere und vergnüglichere Dinge, die sie donnerstags erledigen könnte. Sie sehe keinerlei Veranlassung, weiterzumachen, wenn dies nicht erwünscht sei. Und dann würde ich, nachdem ich mich regelrecht vor ihr gekrümmt hätte, sagen müssen, dass es keineswegs so gemeint gewesen sei, es sei lediglich ein Vorschlag gewesen. Und ich würde noch hinzufügen, in forciert jovialem Ton, dass ich gedacht hätte, eine kleine Änderung in unserer Routine könne uns ein wenig beleben, Fräulein Sørensen.

Und jetzt geschieht es also erneut, dass Money genau in dem Moment die Tür zu meiner Wohnung aufschließt, in dem ich in die Badewanne steigen will. Ich hatte mir vorgenommen, vor dem Begräbnis, das um 13.00 Uhr stattfindet, zu baden und dann zum Krematorium zu spazieren, damit ich rechtzeitig da wäre. Natürlich könnte ich die Tür zum Badezimmer abschließen und ihr zurufen, dass sie heute nicht hier drinnen putzen muss, da ich in der Wanne liege. Aber dann wäre sie beleidigt. Ich muss mich also anziehen und zu ihr gehen und guten Tag sagen – und jetzt habe ich ausgerechnet meine Socken im Wohnzimmer vergessen. Ich habe keine Wahl. Ich muss barfuß durch die ganze Wohnung gehen, um sie zu holen, und dabei werde ich Money garantiert begegnen.

»Guten Tag, Fräulein Sørensen.«

Sie steht am Fensterrahmen im Wohnzimmer, wo sie gerade Staub wischt, dreht sich um und sieht zu mir herüber, die alten faltigen Lippen sind rot angemalt, die Wangen geschminkt, alles wirkt etwas fiebrig. Sie lächelt fast unmerklich. Ein säuerliches Lächeln, mich täuscht sie nicht mit ihrer vermeintlichen Freundlichkeit, ein säuerliches Lächeln, das in ein sarkastisches Lächeln übergeht, als ihr Blick auf meine nackten Füße fällt.
»Guten Tag, Grutt.« Sie wendet sich wieder dem Fenster zu. »Es sieht aus, als brächte uns auch der September Sonne.«
Ich würde ihr gerne sagen, dass sie ruhig sarkastisch über meine nackten alten Füße lächeln kann, aber da fällt mir auf, dass ihre Strumpfhose am linken Bein eine Laufmasche hat, und nicht nur das, es ist mir vor drei Wochen schon einmal aufgefallen, woraus ich schließe, dass sie ihre Strumpfhose seit Wochen nicht gewechselt hat, vielleicht seit Monaten nicht, dieser alte schmuddelige Drachen, der hier steht und mit abgewandtem Gesicht sarkastisch über mich lächelt.

»Meine Freundin Stella wird heute beerdigt«, sage ich.
Sie schweigt.
»Und ich habe mich nie entscheiden können, welches Wetter meiner Meinung nach am besten zu derartigen Veranstaltungen passt«, fahre ich fort. »Ich habe schon immer Sonnenschein mit dem Tod und Regen mit dem Leben verbunden, mir scheint es daher nur mehr recht und billig, dass heute die Sonne scheint. Ich hoffe, dass sie auch bei meiner Beerdigung scheinen wird.«
Money sieht immer noch aus dem Fenster, dann sagt sie: »Ich habe Ihnen … *dir* … vielleicht noch nicht gesagt, wie aufrichtig Leid es mir für dich tut, dass Stella gestorben ist. Ich denke dabei natürlich auch an ihre Töchter. Amanda habe ich ja mehrmals hier bei dir gesehen …«
Seit wann duzen wir uns?, würde ich sie gerne fragen, sage aber nichts. Stattdessen murmle ich: »Wir müssen alle einmal sterben, Fräulein Sørensen.«
Ich will hinzufügen, dass es sehr – *sehr* – gedankenlos ist, einfach so über Stella und Amanda zu sprechen, während ich hier im Wohnzimmer stehe, *barfuß*. Das ist typisch für sie. Dass wir jahraus, jahrein solche kurzen, sinnlosen, demütigenden Unterhaltungen führen müssen.
»Drachen!«, flüstere ich.
Sie dreht sich um und sieht mich an.
»Hast du was gesagt, Grutt?«
»Ich habe gesagt, dass ich jetzt wohl ein Bad nehmen werde«, flüstere ich. Ich lächle ein einfältiges Lächeln. Ich betrachte ihr Gesicht. Sie erinnert mich an meine Mutter – sie hat etwas Strenges um den Mund –, auch wenn sie fünfzehn Jahre jünger ist als ich und mindestens zwanzig Jahre älter, als meine Mutter je geworden ist.
»Vor der Beerdigung muss ich baden«, sage ich.
Ich schnappe mir die Socken, die auf dem Sofa liegen,

überlege einen Augenblick, ob ich sie anziehen soll, um das Zimmer nicht barfuß zu verlassen, aber dann würde sie dort im Licht des Fensters stehen und mir zuschauen, wie ich mich auf das Sofa setze und unbeholfen die Socken anziehe – das ertrage ich nicht. Socken anziehen ist etwas Intimes und Mühsames zugleich, das man unmöglich im Beisein anderer machen kann. Ich entscheide mich deshalb für das geringere Übel und verlasse das Wohnzimmer mit so viel Würde, wie zur Schau zu tragen mir in meinem Zustand möglich ist.

Als ich Stella zum ersten Mal am anderen Ende des Krankenhauskorridors sah, hatte sie Martin gerade kennen gelernt, den Mann, dem sie bis in den Tod ausgesetzt war. Es sind nicht meine Worte, sondern ihre. *Ausgesetzt*, sagte sie. Blödsinn, sagte ich. Wenn es nicht Martin wäre, wäre es ein anderer. Nein, sagte sie entschieden. *Ausgesetzt!* Ich selbst war meinem eigenen alternden Körper ausgesetzt, den Schmerzen in den Gliedern, dem äußerst unangenehmen Gefühl, ich müsse permanent einem natürlichen Bedürfnis folgend austreten, und natürlich kommt dann nichts, aber der Drang gibt sich deshalb noch lange nicht, eine Qual, die ebenso unerträglich wie lächerlich ist, die nervösen Zuckungen im rechten Auge, der konstante Ton (ein hohes C) im linken Ohr, das Herz, das einfach ab und an einen Schlag überspringt, zwar nicht gerade schmerzhaft, aber man wird auf diese Weise daran erinnert, wohin alles führt, und dazu habe ich noch eine Blase am rechten Fuß, so dass ich in meinen guten Schuhen humple. Ich bin also einem Paar Schuhe ausgesetzt. Und ich bin der Osloer Straßenmeisterei ausgesetzt, die im Winter keinen Sand auf die Bürgersteige streut, bin dem Wetter ausgesetzt, denn im Januar haben wir Glatteis, und im Sommer machen mir die Hitze und das unerbittlich grelle Licht zu schaffen: Ich bin all der Dummheit ausgesetzt, die mir täglich in unseren Zeitungen und Fernsehkanälen entgegengeschleudert wird, bin dem Nachbarn ausgesetzt, der noch älter ist als ich und außerdem taub und der einen furchtbaren Musikgeschmack hat, bin meinem nicht vorhandenen Glauben an Gott und an ein Leben nach diesem Leben ausgesetzt, meiner Angst zu fallen und nicht zu sterben (der Tod jagt mir keine Angst ein), vielmehr zu überleben, hilflos dahinzuvegetieren, der mitleidigen Pflege professioneller Kräfte *ausgesetzt.* Aber einem anderen Menschen? Nein, niemals bin ich einem anderen Menschen ausgesetzt gewesen in der Art, wie Stella es erzählt.

»Das glaube ich nicht.«
»Was denn?«
»Dass du noch nie einem anderen Menschen auf diese Weise ausgesetzt warst.«
»Glaub, was du willst, Stella, aber das weiß ich selbst am besten.«

Martin war ein schöner Mann, der Stella im Aussehen ähnelte. Er *ist* ein schöner Mann. Er sprang ihr ja nicht einfach hinterher, als sie fiel, und befindet sich folglich noch immer unter uns. Die Frage ist, ob er versucht hat, sie daran zu hindern. Oder ob er sie, um es deutlich zu sagen, hinabgestoßen hat. Ich weiß, dass er mehrfach von der Polizei verhört worden ist, sie haben sicher ihre Vermutungen, und ich habe meine über so allerlei. Aber ich glaube nicht, dass er sie hinabgestoßen hat. Nicht absichtlich. Ehemänner werden immer für die Unfälle ihrer Frauen verantwortlich gemacht, ich spreche aus Erfahrung. Er hat Stella nicht verdient, so ist es nun mal, so wie ich ihn erlebt habe, war er ein eitler Gockel (und das habe ich dem seltsamen Weibsbild erzählt, das mich in dieser Angelegenheit verhört hat), ein Trottel war er, aber er hat sie nicht umgebracht. Dazu gehört ja trotz allem etwas Mut.

Amanda

Alles, was der Pfarrer heute in der Kirche sagt, ist gelogen, denn:

1. Ich glaube nicht an Gott. Ich glaube nicht an den Tod. Ich glaube nicht an Mama. Ich glaube nicht an Papa. 2. Ich glaube nicht an die Erde. Ich glaube nicht an den Himmel. Ich glaube nicht an die Sterne. Ich glaube nicht an die Bäume. Ich glaube nicht an das Gras. Ich glaube nicht an die Vögel. 3. Ich glaube nicht an Norwegen. Ich glaube nicht an den Ministerpräsidenten. Ich glaube nicht an meine Lehrer oder meine Freunde oder andere Menschen. 4. Ich glaube nicht an meinen Körper, meine Brüste, meine Haare, meine Hände, meine Augen, meine Zähne oder meinen Mund.

Ich erzähle Bi, dass Mama fällt und fällt und niemals unten auftrifft.
Ich sage, zuerst begegnet Mama einem großen blauen Vogel und der Vogel sagt überheblich: Fallen ist nicht das Gleiche wie Fliegen.
Pöhh, sagt Mama da, was weißt du schon davon?
Da hast du Recht, sagt der Vogel und fliegt weiter.
Wenig später begegnet Mama einem Eichhörnchen und

einem Dorsch, und das Eichhörnchen und der Dorsch sagen traurig: Fallen ist nicht das Gleiche wie Fliegen.
Pöhh, was wisst ihr schon davon, sagt Mama.
Da hast du Recht, sagen das Eichhörnchen und der Dorsch und fallen weiter.
Und dann, etwas später, begegnet Mama einer alten Frau, die Gott aus dem Himmel geworfen hat, weil sie so griesgrämig und still war.
Guten Tag, Mutter, sagt Mama.
Guten Tag, Tochter, sagt die Alte.
Was machst du hier, zwischen Himmel und Erde?, fragt Mama.
Gott hat mich aus dem Himmel geworfen, weil ich so griesgrämig und still war, sagt die Alte. Und was machst du?
Ich bin von einem Hausdach gefallen, und jetzt falle ich und falle, ohne unten aufzutreffen, sagt Mama.
Nun, ich kann dir sagen, Fallen ist nicht das Gleiche wie Fliegen, sagt die Alte.
Pöhh, was weißt du schon davon?, sagt Mama.
Da hast du Recht, sagt das Weib und fällt weiter.

Axel

Ein grünes Sofa führte sie zusammen.
Stella, die nur mit ihrer Tochter Amanda zusammenwohnte, hatte von einer Tante Geld geerbt, und von diesem Geld wollte sie sich ein Sofa kaufen. Martin arbeitete für ein exklusives Möbelgeschäft in Oslo und war verantwortlich für die Auslieferung der Waren an die Kunden nach Hause. Auf diese Weise haben sie sich kennen gelernt.
Wäre ich an Stellas Stelle gewesen, hätte ich das Geld für andere Dinge ausgegeben. Ich hätte es für Musik ausgegeben oder für Wein oder, falls ich jünger gewesen wäre, für eine Reise nach London, um das neue Riesenrad The London Eye auszuprobieren. Aber Stella gab das Geld für ein grünes Sofa aus. Ich habe im Übrigen schon auf dem Sofa gesessen, es war überhaupt nicht nach meinem Geschmack, ein längliches, hartes und modernes Möbelstück, das am ehesten an einen strengen, grünen Frauenmund erinnerte.
Stella hat mir erzählt, dass Martin, nachdem er das Sofa geliefert hatte, nicht wieder gehen wollte. Er hatte sich und das Sofa an der Außenseite des Gebäudes hinaufhieven lassen und war vor ihrem Fenster im neunten Stock erschienen.

»Plötzlich war er da, saß auf dem Sofa, schön, lächelnd, vor meinem Fenster.«
Ich erinnere mich, dass sie auf meiner Bettkante saß und lachte, als sie es erzählte.
»Ich forderte ihn auf zu gehen, aber er wollte nicht. Er weigerte sich. Ja ... und dann zog er eben ein.«

Ich kann mir vorstellen, dass Stella, als sie Martin vor ihrem Fenster sah, ihr eigenes Gesicht in seinem erkannte. Die gleichen schmalen blauen Augen, die gleiche volle Unterlippe, die gleiche große, gebogene Nase. Beide waren sie mager und dünnhäutig, jeder einzelne Muskel, jeder einzelne Knochen, jede einzelne Linie war zu sehen. Mitunter erinnerten mich die beiden Gesichter an ein anderes Gesicht. Das Gesicht eines Mannes, den ich einmal gekannt hatte. Rolf Larsen hieß er. Im Krieg war er nach Dachau geschickt worden. Irgendwie hatte er überlebt, und als ich ihn wiedersah, ganz zufällig, auf der Karl-Johans-Gate in Oslo, war es dieses dünnhäutige Gesicht, das mich am meisten erschreckte. Was er erzählte, wo er gewesen sei und was sie mit ihm gemacht hätten, habe ich überhaupt nicht mitbekommen. Die Haut um die Augen, um den Mund und die Wangenknochen war zu stramm, sie spannte, sie konnte jederzeit reißen und etwas bloßlegen – ja, nur was? –. Einen Abgrund? Einen Schrei? Allmählich sah man solche Gesichter überall. Man konnte kaum eine Zeitung aufschlagen, ohne auf Bilder von ihnen zu stoßen, Kriegsgesichter, aber heute sehe ich fast keine mehr. Aber als ich Stella und Martin zusammen sah, erinnerten ihre Gesichter an das Gesicht meines Freundes Rolf Larsen. Das fiel mir nur die wenigen Male auf, die ich die beiden zusammen sah, nie wenn sie alleine war. Stellas Gesicht veränderte und entwickelte sich ständig,

als könnte es sich nicht entscheiden, was für ein Gesicht es sein wollte, und spiegelte stattdessen die Gesichtszüge derjenigen wider, mit denen sie zusammen war – was nicht heißen soll, dass sie alt und faltig wurde, wenn sie mit mir zusammen war. Die Veränderung war subtilerer Art.
Sie sagte selbst: »Martin ist eine schönere Ausgabe meiner selbst.« Und natürlich überhörte sie meine eindringlichen Proteste. Stella verabscheute ihr eigenes Spiegelbild. Ich erinnere mich, dass sie einmal, als sie in meiner Wohnung von der Toilette kam, vor dem vergoldeten Spiegel in der Diele stehen blieben. Sie wusste nicht, dass ich sie vom Wohnzimmer aus sehen konnte, merkte eigentlich nie, dass ich ihr bei allem folgte, was sie sagte, was sie tat, wenn sie bei mir zu Besuch war. Sie blieb vor dem Spiegel stehen, beugte sich vor, schaute sich ihr eigenes Gesicht genau an – und schnitt dann eine dermaßen grauenvolle Grimasse, dass mir fast die Kaffeetasse aus der Hand gefallen wäre. Sie bohrte die kurzen Nägel in die Haut und fing an, sich das Gesicht aufzukratzen, kreuz und quer, wie ein Kind, das mit seiner Zeichnung unzufrieden ist und alles voller Zorn durchstreicht. Dann richtete sie sich auf, fuhr sich mit einer Hand durch die Haare, befeuchtete mit der Zunge die Lippen – und kehrte zu mir ins Wohnzimmer zurück, als wäre nichts geschehen. Fast lächelnd und mit rot gefleckten Wangen.

Nicht lange nachdem Martin eingezogen war, und das tat er unmittelbar, schlug er vor, dass Stella mit ihm nach Høylandet kommen sollte, um seine Familie kennen zu lernen. Seine Großmutter Harriet wurde fünfundsiebzig, und das sollte gefeiert werden mit allem Drum und Dran. Ich lag noch immer im Krankenhaus. Ich weiß noch, wie

Stella ins Zimmer kam, sich auf mein Bett setzte. Sie war sehr aufgeregt.

»Er will, dass ich ewig weit mit ihm verreise, Flugzeug, Zug und Bus und ich weiß nicht was noch. Wo ich doch so Angst vorm Fliegen habe.«

Ich sah sie an, fragend.

»Er? Welcher er?«, fragte ich unschuldig.

»Martin!«, sagte sie ungeduldig. »Er will, dass ich mit ihm nach Hause fahre … auf den Hof … die Familie kennen lerne, die Mutter, den Vater, die Strauße, alles.«

Ich sah sie fragend an.

»Strauße?«

»Seine Familie betreibt eine Straußenfarm«, erklärte sie. »Ein Experiment. Sein Vater hat von den Behörden die Erlaubnis erhalten. Er hält Strauße für den großen landwirtschaftlichen Coup der Neunzigerjahre oder so. Und jetzt hör zu! Seine Großmutter Harriet wird fünfundsiebzig. Wir wollen zur Geburtstagsfeier!«

Ich wendete mich ab und murmelte ein paar wohl überlegte spöttische Bemerkungen zu Mittelnorwegen, Geburtstagen und Großmüttern. Und war es nicht so, dass sie sich erst seit wenigen Wochen kannten?, wunderte ich mich. Doch, so sei es, antwortete sie, aber er sei ja schon in ihre Wohnung eingezogen, dann sprach ja wohl nichts dagegen, dass sie zusammen verreisten. Sie sah mich fast flehentlich an, oder zweifelnd – es schien, als sei meine Zustimmung oder Ablehnung von Bedeutung.

»Wann wollt ihr fahren?«

»Morgen.«

»Für wie lange?«

»Vier Tage, vielleicht fünf.«

»Du arbeitest doch …«

»Ich kann meinen Dienst mit jemandem auf der Station tauschen.«

Ich saß da im Bett und dachte, wenn sie am nächsten Tag fuhr, würde ich sie nie wieder sehen. Ich würde in drei Tagen entlassen werden und in mein kümmerliches Dasein im Stadtteil Majorstuen zurückkehren. Der Gedanke, sie nie wieder zu sehen, brachte mich dazu, etwas ganz Seltsames zu tun, ich schäme mich fast, wenn ich daran zurückdenke. Ja, ich schäme mich noch nach zehn Jahren. Ich weiß nicht, was damals über mich gekommen ist. Normalerweise bin ich ein beherrschter Mensch. Mir missfallen spontane Ausbrüche jeglicher Art und ich setze mich ungern anderer Leute Gefühlsduselei aus. Ich fühle mich nicht wohl, wenn mich Menschen berühren, es bereitet mir regelrecht körperliches Unbehagen, ich weiche instinktiv zurück, wenn ich merke, dass sich eine Umarmung oder Berührung anbahnt. Da ich ungern jemanden verletze, täusche ich gerne ein Niesen oder einen heftigen Hustenanfall vor, damit derjenige nicht denkt, ich würde seine Geste zurückweisen. (Meine Frau Gerd ließ sich natürlich nichts vormachen. Ich erinnere mich an all die Male, die ich ihr ins Gesicht hustete, während wir Seite an Seite in dem engen Ehebett lagen, an ihren kühlen, verletzten Blick, wenn sie sich abwendete, ihren nackten, leicht rauen Rücken, den ich nicht zu streicheln oder zu umarmen vermochte.) Aber als mir aufging, dass ich Stella nie wieder sehen würde, war ich es, der tat, was ich bei anderen so sehr verabscheue. Ich berührte sie. Ich saß im Bett, und sie saß auf der Bettkante, und plötzlich ergriff ich ihre rechte Hand und legte sie auf meine Wange. (Sie hatte ein ganz schmales, weiches Handgelenk, keine Ringe oder Armbänder, die rasselten, nichts als

warme Haut.) Und sie zog ihre Hand nicht zurück – auch nicht, nachdem ich sie losgelassen hatte. Sie blieb sitzen, ganz still, ganz nah.
Etwas brach aus mir heraus. Worte ... Geplapper ... Schluchzer ... ich weiß nicht. Außerdem erbrach ich mich, als wäre alles, was in mir verabscheuungswürdig ist, auf dem Weg durch den Hals nach draußen. Und dann kam etwas wie ein Heulton aus meinem Mund.
»Ruhig, Axel, ruhig«, flüsterte sie, »es wird schon wieder, es wird schon wieder.«
Sie sprach zu mir, wie eine Mutter zu ihrem Kind, um es zu trösten. »Ruhig, Axel, ruhig.«
Es war Ewigkeiten her, dass mich jemand Axel genannt hatte. Ich neigte den Kopf. Dankbar. Stellas Hand auf meiner Wange.

Dann sagte Stella:

»Wir wollen Freunde sein, du und ich. Dies wird nicht das letzte Mal sein, verstehst du. Ich kann dich in deiner Wohnung besuchen, und dann werden wir uns unterhalten wie bisher und Kaffee trinken. Ich will, dass du meine Tochter kennen lernst – Amanda, weißt du –, sie wird nächste Woche fünf. Und ich will, dass du Martin kennen lernst.«
Ich wurde mit einem Mal ganz unruhig. Vielleicht wäre es richtig gewesen, jetzt Abschied zu nehmen. Natürlich hatte ich mich auf unsere Gespräche auf der Bettkante im Krankenhaus gefreut, aber dass sie plötzlich in meiner Wohnung in Majorstuen auftauchen sollte, dass sie mit mir auf meinem grauen Sofa sitzen und Kaffee trinken und sich mit mir unterhalten sollte, erschien mir in diesem Moment so ganz und gar unrealistisch. Die Probleme

türmten sich in meinem Kopf. Musste ich zum Kaffee etwas anbieten? Worüber sollten wir uns unterhalten? Worüber unterhält man sich mit einer Fünfundzwanzigjährigen? Was würde Money sagen? War ich nicht im Grunde ein trauriger, alter Mann? Ich habe nicht viele enge Freunde in meinem Leben gehabt, eigentlich nur Isak Skald, und Isak Skald und ich hatten im Laufe der Jahre ein ungeschriebenes Regelwerk für unsere Freundschaft ausgearbeitet. Zum Beispiel nannte er mich Grutt und ich nannte ihn Skald. Was nicht heißt, dass wir besonders formell oder höflich zueinander waren, es war ganz einfach unser Umgangston. Wir waren auch sehr zurückhaltend in persönlichen Dingen. Da er Arzt war, war es eine Selbstverständlichkeit für mich, ihn über meine körperlichen Leiden in Kenntnis zu setzen, und er antwortete ebenso selbstverständlich mit guten medizinischen Ratschlägen – aber damit die Freundschaft nicht mit einer reinen Patient-Arzt-Beziehung verwechselt werden konnte, setzte auch er mich über *seine* körperlichen Leiden in Kenntnis. Da wir beide an einer vergrößerten Prostata litten, wurde dies zu einem natürlichen Gesprächsthema. Gelegentlich sprachen wir über seine Frau, die selige Else mit ihren Händen, die ein Männerleben veränderten, aber summa summarum würde ich sagen, sprachen wir mehr über unsere jeweilige Prostata als über Else. Und ich glaube nicht, dass wir jemals Gerd erwähnten, meine Frau.
Skald hatte Wind davon bekommen, dass Stella und ich uns täglich auf der Bettkante unterhielten, dass sie manchmal ihr Mittagessen mit in mein Zimmer nahm, anstatt sich mit ihren Kollegen zu treffen. Hatte ich mich womöglich in die junge Frau verliebt?, wunderte er sich, und ich stellte klar, dass mich derlei Unterstellungen

ärgerten. Falls Stella mit mir in meiner Wohnung Kaffee trinken würde, waren es gerade Äußerungen dieser Art, die mich beunruhigten. Überhaupt hatten Stella und ich im Grunde keinerlei Voraussetzungen, miteinander Umgang zu pflegen. Ich hatte nichts zu geben. Und das vage Gefühl von Schüchternheit, das ich in ihrer Nähe empfand, quälte mich. Schüchternheit und sogar Scham. Als sähe ich mich selbst und meinen Körper und mein Gesicht mit ihren Augen. Meine fummelnden Hände. Meine steifen Finger, die nicht schnell genug waren. Ich erinnere mich beispielsweise, wie Stella und ich einmal zusammen auf der Bettkante unsere Brote aßen. Sie spielte die ganze Zeit mit einem Silberherz, das sie am Hals trug. Ein Erbstück ihrer Mutter. Plötzlich ging die Kette auf, und das Schmuckstück fiel zu Boden. Stella sprang auf und ging auf alle viere.

»Mist«, murmelte sie, »Mist, ich finde es nicht.«

Und dann nach einiger Sucherei rief sie: »Ich habe es gefunden! Hier unterm Bett!«

Sie tauchte wieder auf, mit zerzausten Haaren und einem frohen Lächeln. »Ich habe es gefunden!«

Sie bürstete sich den Staub vom Krankenschwesternkittel und hielt mir das silberne Herz hin. Ich nahm es entgegen. Das Schmuckstück war in meiner Hand winzig klein. Ich betrachtete es, wie es in meiner Hand lag und glänzte, und dachte, dass es für so etwas Kleines und Silbriges und Weibliches eine Beleidigung war, in eine steinalte Hand wie meine gelegt zu werden. Sie setzte sich auf die Bettkante mit dem Rücken zu mir, sammelte die langen Haare in ihren Händen, beugte den Kopf nach vorne und entblößte ihren langen, weißen Hals. Ich sah weg.

»Der Verschluss ist so fummelig. Kannst du ihn mir zumachen?«

Ich sah auf das Schmuckstück in meinen Fingern. Ich sah auf ihren Nacken. Ich sah auf meine eigenen Hände.
»Im Umgang mit solch kleinen Sachen bin ich nicht sehr geschickt.«
Ich versuchte ein wenig zu lachen.
»Doch, doch, es ist ganz leicht«, sagte sie. »Es ist nur so schwierig, es an sich selbst zuzumachen.«
Und dann erklärte sie mir, wie die spezielle Schließmechanik der Kette funktionierte, das Gesicht abgewandt, die Haare in den Händen gesammelt. Ich betrachtete ihren Nacken, nahm einen schwachen Schweißgeruch wahr und etwas anderes, das ich nicht recht in Worte fassen konnte, einen nicht unangenehmen, aber etwas würzigen Duft, der Stella immerzu anzuhaften schien. Vorsichtig legte ich ihr die Kette um den Hals, meine Hände zitterten, alle Manschettenknöpfe, die ich nach und nach nicht mehr an meinen Hemdsärmeln zu befestigen vermochte, flimmerten an mir vorbei.
»Geht es nicht?«, fragte sie.
»Nicht so ungeduldig, Stella«, flüsterte ich.
Schließlich gelang es mir, den Verschluss zu öffnen, jetzt musste ich bloß noch die kleine Öse in der Kette einhängen und – klick – wäre alles in Ordnung, aber nun ließ mich natürlich auch noch mein gesundes Auge im Stich, wurde feucht, verschwamm, und meine Hände zitterten noch mehr.
Zum Schluss glitt mir alles aus den Fingern, und das Herz rutschte auf ihren Schoß. Sie drehte sich um und lächelte mich an. Ich sah zu Boden.
»Warte einen Augenblick«, zwitscherte sie und erhob sich. »Ich suche nur schnell Lena auf dem Flur, damit sie es mir zumacht. Typisch Mama, etwas mit einem derart komplizierten Verschluss zu hinterlassen. Sie dachte

wohl, man sollte es nicht ablegen können, es sollte für immer und ewig um meinen Hals hängen.«
Sie blinzelte mir zu.
Ich nickte, als sie aus der Tür verschwand.
Ich krümmte die Finger.
»Fummelfinger!«, flüsterte ich meinen Händen zu.
Ich biss ein Stück von meinem Brot ab. Kaute und kaute, vermochte es aber nicht hinunterzuschlucken.

Amanda

Nach dem Begräbnis wird der Straußenkönig Martin Bi an die Hand nehmen und mit ihr nach Hause gehen. Martin ist nicht mein Vater. Mein Vater ist in Australien. Martin ist Bis Vater, und deshalb wird er Bi an die Hand nehmen und mit ihr nach Hause gehen. Bi wird in diesem Zimmer schlafen und in diesem Zimmer aufwachen. Und Mama ist nicht da. Und ich bin nicht da. Und der Klempner ist nicht da.

Einmal, als Bi ein kleines Baby war, sind der Straußenkönig und ich nach Kopenhagen gefahren, um meinen Geburtstag zu feiern. Er hatte mir versprochen, dass wir mit dem Riesenrad fahren würden. Der Alte hat mir erzählt, dass es ohne seinen Großonkel in Amerika keine Riesenräder auf der Welt gäbe, und ohne Riesenräder, sagt er, wäre die Welt ein ärmerer Ort. Ich weiß nicht. Der Alte erzählt so viele komische Sachen. Aber aus dem Riesenrad ist nichts geworden. Der Straußenkönig und ich fuhren stattdessen Achterbahn. Auf und ab und auf und ab. Ich hatte Angst. Heute habe ich vor nichts mehr Angst. Doch damals hatte ich Angst. Aber der Straußenkönig lachte nur über mich, und dann fuhren wir noch einmal. Danach gingen wir ins Hotelzimmer, und ich legte mich auf mein Bett und sah fern, und der Straußenkönig legte sich auf sein Bett und schlief. Die Vorhänge waren zugezogen.

An meinem Geburtstag bestellte ich beim Zimmerservice Pommes, Würstchen und Limonade.

Der Straußenkönig hat drei Tage am Stück geschlafen. Noch nie habe er so gut geschlafen, sagte er.

Traumlos.

Dann fuhren wir wieder nach Hause.

Axel

Ein Bad vor dem Begräbnis.

Seinen Körper zu pflegen, sich für die Umwelt herzurichten, ist eine zunehmend mühsamere Arbeit, doch wenn ich genug Zeit habe und nicht von Ungeduld oder Angst erfasst werde, geht es trotz allem gut.

Ich erinnere mich an einen Vorfall vor vielen Jahren auf einer meiner letzten Auslandsreisen nach Arezzo in Italien. Dort gab es einen Archäologen. Paolo? Massimo? Ich weiß nicht mehr, wie er hieß. Aber ich weiß noch, dass ich seine Werkstatt besuchen und mir all die Fragmente der Steinkrüge anschauen durfte, an denen er arbeitete. Er war stolz auf seine Sammlung, doch für mich sahen sie aus wie graue Steine. Er war stolz, weil die Steine alt waren. Mehrere tausend Jahre alt. Und wenn man sie richtig zusammensetzte, erzählte Paolo oder Massimo, wenn man den Zusammenhang zwischen den einzelnen Steinen verstand, dann hatte man etwas absolut Wesentliches begriffen von etwas – das ich mittlerweile vergessen habe. Aber es war nicht unbedingt der Gedanke an die großen Zusammenhänge, der damals Eindruck auf mich machte. Was mich beeindruckte, war die Art und Weise, wie der Archäologe seine Arbeit ausführte. Jedes Steinchen wurde genauestens, sorgsam, vorsichtig und bedächtig behandelt. Stets mit der Gewissheit, dass es zerbröckeln, brechen, sich auflösen könnte. Es war ein schöner Anblick: die Hände des Archäologen, das wundersame Zusammenspiel zwischen Fingern und Augen. Gelegentlich – und jetzt komme ich zum Punkt – betrachte ich meinen Körper, wie der Archäologe seine Steine betrachtet hat. Ich betrachte meinen Körper als eine Sammlung von Steinen. Ich denke dann, dass auch diese Steinsammlung hergerichtet werden sollte, vorgezeigt, möglicherweise von einigen wenigen kommentiert (nein, stell dir vor, er lebt ja immer noch!), und dann soll sie sich zeigen dürfen, ohne dass ich mich dafür schämen muss. Wäre da nicht die Angst, dass mich dieser Körper, diese Sammlung aus grauen Steinen, im Stich lassen könnte. Denn er droht stets mich zu demütigen, mich zu reduzieren, mich lächerlich zu machen.

Ich habe ständig Angst.

Der Archäologe sagte nichts von Furcht. Die Steine waren nicht sein Körper. Er behauptete, die Steine seien sein Leben, aber sie waren nicht sein Körper. Das macht einen gewissen Unterschied. Bevor ich ihn und seine Werkstatt verließ, gab er mir einen Stein und bat mich, gut darauf aufzupassen, weil er gewiss sehr alt sei, mindestens zweitausenddreihundert Jahre alt. Und ich nahm den zweitausenddreihundert Jahre alten grauen Stein mit nach Hause und legte ihn auf den Nachttisch, in einen Aschenbecher unter der Lampe. Ich sah ihn jeden Abend vor dem Schlafengehen ehrerbietig an. Ich schickte dem Archäologen in seiner Werkstatt freundliche Gedanken. Ich versuchte mir vorzustellen, wo der Stein gewesen war, all die Jahrhunderte, für die er Zeuge gewesen wäre, wenn er ein Lebewesen wäre und kein Stein, aber er war und blieb nun mal ein Stein und war folglich kein Zeuge für irgendwas.

Doch dann geschah es. Eines Abends plötzlich, vielleicht drei Wochen nachdem ich aus Italien zurückgekehrt war, war der Stein verschwunden und der Aschenbecher stand frisch gespült im Küchenschrank. *Drachen!*, dachte ich. Natürlich hatte Money aufgeräumt und weggeworfen, was sie für Gerümpel, für einen armseligen grauen Stein gehalten hatte.

Immer musste sie mir alles kaputt machen.

Mir war jedoch klar, dass es keinen Sinn hätte, die Sache ihr gegenüber anzusprechen, sie würde mich nur verständnislos anschauen, wäre beleidigt. Was wusste sie schon von zweitausenddreihundert Jahre alten Steinen und den großen Zusammenhängen? Ich selbst war beim Gedanken an den Archäologen verzweifelt. Mehrere Nächte hintereinander lag ich wach. Das tat ich sonst zwar auch, aber jetzt dachte ich nur an den verschwundenen Stein, die Hände, die Finger und den Blick des Archäologen, an uralte Schätze von großer Bedeutung. Ich dachte, dass ich achtlos ein kleines Stück Leben verloren hatte. Nicht mein Leben wohlgemerkt, sondern das des Archäologen. Dass er ihn spürte, den Verlust des Steins – des Steins, den er mir vermacht hatte, den er mir anvertraut hatte –, dass er den Verlust als Schmerz in seinem Körper wahrnahm.

Schließlich wurde mein schlechtes Gewissen so übermächtig, dass ich die Telefonnummer des Archäologen in Italien heraussuchte, ihn anrief und in (meinem nahezu fließenden) Englisch dem verwirrten Mann, der am ande-

ren Ende abnahm, erklärte, dass ich, so gut ich konnte, auf den zweitausenddreihundert Jahre alten Stein aufgepasst, dass aber ein Drachen ihn weggeworfen hätte, wahrscheinlich in den Müllschlucker vor meiner Wohnung. Der Mann war lange Zeit still. Dann sagte er: »*Ahhh!*«
»Yes?«, sagte ich unruhig.
»It is all right!«, sagte er. »Not to worry.«
»Not to worry?«, flüsterte ich.
»No«, antwortete er, »not to worry!«
»No?«
»No!« Und dann sagte er: »*Ciao!*«, und legte auf.

Unzählige Male bin ich aufgeschnitten, umorganisiert und wieder zusammengenäht worden. Und es hat weh getan. Sogar an meinem Herz ist herumgeschnitten und herumgemacht worden. Jetzt gibt es in meinem Körper nichts mehr zu holen. Er kann nicht noch einmal aufgemacht und wieder zugenäht werden. Ich habe nichts mehr zu geben.

Früher war meine Furcht abstrakt, hypothetisch und wenig greifbar. Ich war häufig melancholisch und mochte diesen Zustand. In meiner Ehe mit Gerd konnte ich mich immer auf meine Melancholie berufen und durfte mich dann so benehmen, wie es mir gefiel. Das war angenehm. Heute ist meine Furcht konkret und prosaisch. Nehmen wir zum Beispiel das Baden. Nun habe ich mit etwas Glück und ohne hinzufallen den Kadaver in die Wanne manövriert, aber ich muss ja auch wieder hochkommen und kann das warme Wasser folglich nicht genießen, ohne daran zu denken, wie es mir dabei wohl ergehen wird. Ich habe Angst, auf dem Badezimmerboden auszurutschen und mit dem Kopf gegen den Wannenrand zu schlagen. Ich habe Angst, ohnmächtig zu werden, hier und jetzt von der Hitze übermannt, habe Angst, von Money gefunden zu werden, bewusstlos, nackt und hilflos, habe Angst, überhaupt nicht gefunden zu werden und mich in eine stinkende alte Leiche zu verwandeln, über die die Nachbarn voller Abscheu tuscheln, habe Angst, als Zeitungsnotiz zu enden: »Nackter alter Mann im Badezimmer gestürzt, lag eine Woche tot in Wohnung, bevor die Polizei sie aufbrach.« (Was würde meine Tochter sagen? Würde sie den Kopf einen Augenblick senken und an uns beide zurückdenken, an Vater und Alice, an all die Male, die sie auf der Straße mit ausgestreckten Armen auf mich zugerannt war. Oder würde sie rasch, ruhig und effektiv die Beerdigung und einen Kranz organisieren, um dann mit strengem Mund in ihr rasches, ruhiges, effektives Leben zurückzukehren, als alternde Frau mit Mann, zwei großen Kindern und in Erwartung des ersten Enkelkindes?)

In meinem früheren Leben habe ich gerne gebadet, habe es genossen, wie das Wasser die Muskeln, die Haut und die Glieder auflöst. In meinem früheren Leben habe ich vieles gemocht, ohne es wirklich zu würdigen. Ich mochte gutes Essen. Jetzt kann ich den Unterschied zwischen einem Stück Graubrot und einem Stück Weißbrot nicht mehr schmecken. Früher mochte ich einen guten Wein. Jetzt macht es keinen Unterschied mehr für mich, ob ich einen Bordeaux oder einen amerikanischen Cabernet trinke. Das heißt nicht, dass ich mir nicht bisweilen gutes Essen und einen guten Wein gönne, aber die Freude ist dahin.

Amanda

Daran glaube ich:

1. Ich glaube an Ene, Mene und Mu. Ich glaube an ihre Finger in meinen Haaren, die länger und länger werden. Ich glaube an dreißig Finger in meinen Haaren, sechs Hände, die meinen Körper streicheln, drei Münder, die mich küssen. 2. Ich glaube, dass ich jederzeit anfangen kann zu brennen.

Aber solche Sachen erzähle ich Bi nicht, denn sie ist nur ein kleines Mädchen, das noch keine Brüste hat.

Axel

Die Freude ist dahin.

Ich selbst fand Freude an der langsamen Bewegung eines Riesenrads, so schön gebaut, groß gedacht. Einmal erzähle ich Amanda von Ingenieur George Washington Ferris, einem Verwandten von mir und dem Erfinder des Riesenrads. Martha Ferris, die Mutter des Ingenieurs, war eine Kusine zweiten Grades von meinem Vater. Als kleiner Junge durfte ich mit meinem Vater in ein Riesenrad steigen, kein besonders großes Riesenrad, aber dennoch Schwindel erregend, und als wir den höchsten Punkt erreichten, sah er hinunter und sagte: Es geht, man kann aufstehen, die Arme zur Seite strecken und springen. Daran muss ich hier oben immer denken. Es geht!

Ich erzähle Amanda, dass George Washington Ferris das Rad seiner Träume konstruiert hat, um es 1893 auf der Weltausstellung in Chicago vorzustellen und seine bezaubernde Frau Margaret Ann Ferris zu beeindrucken. Das Rad maß fünfundsiebzig Meter im Durchmesser – kein Rad sollte größer sein – und kostete vierhunderttausend Dollar in der Herstellung, denn keine technische Erfindung sollte großartiger sein. Die Radachse – das Herz des

Rades, Amanda! – wog dreiundsechzig Tonnen und war das größte Stück Eisen aus einem Guss. Und zweitausendeinhundert Fahrgäste konnten sich damit auf einmal in die Luft schwingen und wieder hinunter, in die Luft und wieder hinunter, in die Luft und wieder hinunter.

Am 17. Juni 1893 erhob seine bezaubernde Frau Margaret Ann Ferris das Champagnerglas und sprach einen Toast auf ihren Mann aus. In jenem Augenblick befand sie sich auf dem höchsten Punkt des Rades und konnte ganz Chicago überblicken. Ihre Stimme war sanft: *To the health of my husband and the success of the Ferris Wheel ...*

»Übersetz mir das, Axel!«, unterbricht Amanda.

»Sie sprach einen Toast auf ihren Mann und seine phantastische Erfindung aus, die eigentlich gar nicht Riesenrad oder Russisches Rad heißen sollte, wie in Europa, sondern Ferris-Rad, wie in den USA. Er war größer als Gustave Eiffel, Amanda, und dennoch ist er heute völlig vergessen.«

»Aber hat sich denn seine Frau darüber gefreut, dass er ein Rad für sie gebaut hat?«

»Ich glaube, sie hat nie wieder einen Fuß in ein Riesenrad gesetzt«, fahre ich fort. »Drei Jahre später hat sie ihn verlassen. Alles ging entzwei. Er schuldete Geld in Ost und West, in Süd und Nord. Das Traumrad hatte zu viel gekostet, und das Interesse der Leute erlahmte allmählich. George Washington Ferris erhielt den Befehl, alles auseinander zu nehmen, und als er versuchte, das alte Eisen zu verkaufen, wollte es keiner haben. Manche behaupten, er habe es schließlich den Deutschen gegeben, die es später zur Waffenproduktion im Ersten Weltkrieg eingesetzt hätten.«

»Und was geschah mit dem Erfinder? Was geschah mit Ferris?«, fragt Amanda.

»Er starb. Starb aus Kummer, hieß es. Seine bezaubernde Frau, das großartige Rad. Alles war zu Schrott geworden. Die Freude war dahin.«

***

Amanda lässt mich daran denken, dass ich vor langer Zeit Freude am Unterrichten fand. In meiner Jugend habe ich mir gewünscht, als Studienrat etwas zu bewirken, ja ich verwendete Worte wie Inspiration, Überlieferung und … ja … Freude. Doch ich kam mit meinen Kollegen nicht zurecht. Die Älteren konnten mir meinen angeblichen Verrat im Krieg nicht verzeihen. Die Jüngeren übersahen mich. Und die Schüler … ich habe nie Kontakt zu ihnen bekommen. Sie wollten nicht hören. Und allmählich gab ich auf, wurde spöttisch und drohte ihnen. Stieß sie von mir. Erhielt den Spitznamen Gruft.

»Weshalb mochten sie dich nicht, Axel? Was warfen sie dir vor? Was geschah im Krieg?«
Stella steht vor dem vergoldeten Spiegel im Flur und sieht mich an.
»Erzähl schon, Axel, ich erzähle dir ja auch alles.«

Vor ein paar Tagen habe ich in der Zeitung ein Interview mit alten Menschen gelesen, die auf die Frage antworten sollten: Würden Sie Ihr Leben noch einmal leben wollen, wenn Sie die Möglichkeit dazu erhielten? Die meisten antworteten mit Ja. Das kann ich nicht verstehen. Noch einmal leben? Die ganze Mühsal noch einmal? Nun muss gesagt werden, dass der Verfasser des Artikels nicht die Absicht hatte, über das Leben älterer Menschen in Norwegen zu schreiben. Der Artikel gehörte in die Kategorie der guten Nachrichten, des *human interest*, war an jüngere Menschen gerichtet, die sich abrackern und die kleinen Dinge nicht genießen, ihre Kinder, ihre Familie et cetera et cetera. (Ich habe nie verstanden, wie man seine Familie *genießen* kann. Ich jedenfalls war nie imstande, meine zu *genießen*.) Die Alten, die interviewt wurden, dienten lediglich als Tableau, als düsterer Fingerzeig auf das, was einen erwartete: Genieße dein Leben, solange du noch ein Leben hast! So endete der Artikel des Journalisten. Das Leben genießen? Noch einmal leben? Niemals! Niemals! Ich fürchte vielmehr, dass ich ewig leben werde, wenn ich die Sache nicht in die Hand nehme, dass mich Gott, so es ihn gibt, vergessen hat, dass mich der Tod, der viel Beschäftigte, schlicht übersehen hat.

Nachdem ich jetzt gebadet und den Körper mühsam aus der Wanne gehievt habe, stehe ich auf sicheren Beinen vor dem Spiegel, in einen gelben Frotteebademantel gehüllt. Ich rasiere mich mit ruhiger Hand. Sie zittert nicht. Sie führt ihre Arbeit genauestens, sorgsam, vorsichtig und bedächtig aus. Wenn ich mit dem Rasieren fertig bin, werde ich mich ankleiden. Die Kleider habe ich schon gestern Abend herausgehängt. Ich werde dunkelblaue *slacks*, eine dunkelblaue Jacke, ein weißes Hemd, das ich vor fünf Tagen gebügelt habe, an eben jenem Tag, an dem ich von ihrem Tod erfahren habe, und eine blaue Krawatte anziehen. Ich brauche keinen Stock. In Anbetracht meines hohen Alters ist mein Gang ausgezeichnet. Ich habe einen grünen Filzhut, an dem ich sehr hänge.

Aber es gibt auch eine Freude. Ich habe selbst nie ein Instrument gespielt, ich war nicht einmal besonders musikalisch, ich kann nicht singen, außer wenn ich allein bin,

ganz leise, nachts unter meiner Decke oder – früher – wenn die Gondel des Riesenrads den höchsten Punkt erreicht: Dann stehe ich auf, strecke die Arme zur Seite und singe. In der Musik gibt es Freude. Denn die Musik erzählt mir, dass es außerhalb dieses tristen Daseins Geschöpfe gibt, die bereit sind, sich mit uns zu unterhalten. Kinder, die nie geboren wurden vielleicht, denen ein Körper zugedacht war, eine Sprache, ein Lebenslauf ... aber aus denen dann nichts geworden ist, die abgetrieben wurden oder im Augenblick der Empfängnis erstickt sind, und so wurden sie stattdessen zu Musik, die irgendein Komponist, der gut genug hinhörte, aufschrieb.
Ich weiß, dass es andere Wirklichkeiten gibt. Ich kann hören, dass es sie gibt, auf der anderen Seite, an den äußersten Grenzen überliefert.

Auch wenn mein Nachbar bemüht ist, mir alles kaputtzumachen. Im Laufe der Jahre habe ich unzählige Male an die Wand geklopft, wenn er jenes Gejammer auflegte, das er Musik nannte. Aber der Alte ist fast völlig taub. Einmal morgens habe ich bei ihm geklingelt, um ihm auf die liebenswürdigste Art zum Kauf eines Hörgeräts zu raten, wie ich es habe, mit Kopfhörer und ohne kleine Schrauben und Knöpfe, die kein Mensch bedienen kann, aber der Dummkopf hat den Rat als Beleidigung aufgefasst.
Zum einen, sagte er, habe er ein ausgezeichnetes Gehör; und zum anderen habe er keinerlei Probleme, sein Hörgerät einzustellen.
Ich fragte natürlich, warum er überhaupt ein Hörgerät besäße, wenn sein Gehör doch ausgezeichnet sei.
Da schlug er mir die Tür vor der Nase zu.
»Ja, vielen Dank auch!«, rief ich.
Ich hörte ihn hinter der Tür etwas murmeln, dann schlurf-

te er zu seiner Stereoanlage, die ich für ziemlich teuer und modern hielt, und stellte die Musik noch lauter. Irgendein zweitklassiger Opernsänger, glaube ich. Der sich durch ein grauenhaftes Libretto jaulte, das jemand einem Klarinettenkonzert von Mozart aufgepfropft hatte.
Da hatte ich genug.
Ich marschierte in meine Wohnung und drehte die Lautstärke der Stereoanlage voll auf. Ich habe eine CD, auf der Janet Baker Mahler singt, und zwar so schön, dass man meinen könnte, Mahler habe sie im Sinn gehabt, als er das Stück komponiert hat. Ich schloss die Augen.
Ich öffnete die Augen. Der Nachbar hatte sein Gejammer plötzlich noch viel lauter gestellt – in der Absicht, meinen Mahler zu übertönen.
Ich klopfte an die Wand.
Der Nachbar klopfte an die Wand.
Ich stellte die Musik lauter.
Der Nachbar stellte die Musik lauter.
Es hallte durch das ganze Haus.
Bisweilen kommt es mir vor, als liefe die Zeit, ohne dass ich mitkomme. Das verwirrt mich. Der Tag beginnt, und der Tag endet, und plötzlich ist es Nacht. Wo bin ich gewesen? Was habe ich getan? Ich hörte Fußgetrappel und Stimmen im Treppenhaus. Lautes Klopfen an meiner Tür. Eine Männerstimme, die rief:
»Grutt! Grutt! Ist was nicht in Ordnung?«
Ich ging in die Diele, vorbei an dem vergoldeten Spiegel, und machte ganz ruhig die Tür auf.
»Ist was nicht in Ordnung?«, fragte der junge, dunkelhaarige Mann vor meiner Tür. Er war außer Atem.
Ich kannte ihn. Er wohnte zwei Stockwerke über mir und war wohl Schriftsteller, ein eitler Gockel. Ich konnte kaum verstehen, was er sagte. Mahler übertönte alles.

»Nein, es ist alles in bester Ordnung«, antwortete ich. Ich war bemüht, mit normaler Stimme zu reden, obwohl die Musik so laut war. Ich hörte jetzt nur noch meine Musik, der Nachbar musste seine ausgestellt haben.
»Aber Sie wecken ja das ganze Haus«, rief der junge Mann und schaute mir über die Schulter, als rechne er damit, im Wohnzimmer langsam tanzende Frauen zu erblicken.
»Das ist Mahler«, rief ich.
»Ja, aber das geht doch nicht ...«
Ich sah ihn an, wollte erklären, ich wusste ja sehr wohl, dass es viel zu laut war. Es wurde einen Augenblick still, lange genug, dass wir beide Atem schöpfen konnten. Wir sahen einander an. Sekunden verstrichen. Dann setzte die Musik mit dem ersten Stück der CD wieder ein. Ich zuckte zusammen.
»Das ist Mahler«, wiederholte ich und sah zu Boden. »Mein Nachbar hat Mozart Gewalt angetan, dass es nicht zum Aushalten war. Sie haben es sicher gehört. Ich weiß, dass es zu laut ist. Ich bitte um Verzeihung. Aber er hat Mozart Gewalt angetan ... Wollen Sie hereinkommen, dann stelle ich die Musik leiser und Sie können ihn selbst hören ... Mahler, meine ich.«
Der junge Mann seufzte, er sah auf die Uhr.
»Es ist nach zwei«, sagte er. »Ich habe mich vor vielen Stunden schlafen gelegt. Ich, meine Frau, unsere Kinder, unser Hund. Die ganze Bande. Es ist mitten in der Nacht, verstehen Sie? Und es hört überhaupt nicht auf. Haben Sie vergessen, den Repeat-Knopf abzustellen?«
»Nein ... ja ... ich habe ... ich weiß nicht.«
Jetzt war ich verwirrt. Ich sagte: »Können Sie nicht kurz hereinkommen, dann können wir die Sache klären.«
Der junge Mann sah erneut auf die Uhr. Er war plötzlich unschlüssig.

»Ich will, dass Sie Mahler so hören, wie er gehört werden muss«, fuhr ich fort, jetzt bestimmt. »Es ist Janet Baker, die singt … als hätte Mahler sie im Sinn gehabt, als er das komponiert hat … Hören Sie! Es geht um sterbende Kinder, sein eigenes, verstehen Sie? Sein eigenes Kind.«
Der junge Mann zuckte mit den Schultern, als wollte er sich umdrehen und gehen – aber zu meinem Erstaunen folgte er mir ins Wohnzimmer und setzte sich aufs Sofa. Ich stellte die Musik leiser. Janet Bakers begnadete Stimme erfüllte den Raum.
»Vielleicht können wir einfach nur ganz ruhig dasitzen«, sagte der junge Mann, »und Ihre Musik hören. Ohne etwas sagen zu müssen und ohne das Ganze in einer anderen Nacht noch einmal wiederholen zu müssen, aus reiner Höflichkeit.«
»Ja«, sagte ich.
Und dann saßen wir da, in meinem Wohnzimmer, und lauschten Mahler. Ein eitler junger Gockel und ich. Er war bestimmt nicht so schlimm, wenn man ihn etwas besser kennen lernte, was ich natürlich nicht tat. Denn wir haben das Ganze nicht wiederholt. Wir nickten einander höflich zu, wenn wir uns im Treppenhaus begegneten, aber wir wiederholten es nicht mehr – und vor ein paar Monaten zog er aus, ohne die Frau, die Kinder und den Hund, ich weiß nicht, wohin. Wir haben uns nicht voneinander verabschiedet.

Später habe ich überlegt, dass ich besser Schubert aufgelegt hätte. Man sollte emotional nicht allzu aufgewühlt sein, wenn man Mahler hört. Schubert hätte ihm vielleicht mehr Freude bereitet oder hätte ihn getröstet. Manchmal, wenn ich Freude sage, meine ich Trost.

Amanda

»Mach die Augen zu, Bi«, sage ich.
»Sie sind zu«, sagt Bi.
»Wenn du mit dem Straußenkönig allein bist, sollst du dir vorstellen, dass Mama in der Nähe ist. Nicht hier, aber in der Nähe.«
»Ja«, sagt Bi. »Aber eigentlich ist sie tot, oder?«
»Ja«, sage ich. »Das stimmt.«
Bi schaut an die Decke.
»Aber das heißt nicht, dass sie nicht in der Nähe ist«, sage ich. »Wenn du allein bist, sollst du denken, dass ihre Arme lang sind, tausendmal länger als Flügel, tausendmal länger als meine Haare und deine Haare, ihre Arme sind so lang, dass sie dir jederzeit die Hand geben und dich wegführen kann.«

Axel

Als sie von der Reise nach Høylandet zurückkam, hatte sie sich verändert. Ich weiß nicht, ob es die neue Umgebung war – meine Wohnung anstelle des sterilen Krankenhauszimmers, an das wir uns beide gewöhnt hatten – oder etwas anderes, etwas für mich nicht Greifbares, nicht Handhabbares. Ich war mehrmals kurz davor gewesen, das Kaffeekränzchen abzusagen. Die Nacht zuvor hatte ich nicht schlafen können und an Bauchschmerzen gelitten. Am Morgen, nachdem ich gebadet und mich angekleidet hatte, war ich in den Laden gegangen, hatte frischen Kaffee und Milch und in der Konditorei eine Torte gekauft. Ich dekorierte den Couchtisch mit Kerzen und einer Decke und Porzellan. Ich räumte auf und saugte die Wohnung, schlug die Kissen gegeneinander und faltete die rot karierte Decke zusammen.
Zehn Minuten bevor sie kommen sollte, setzte ich mich in einen Sessel und brach in Tränen aus.

Punkt eins klingelte sie an der Tür. Es war ein strahlend schöner und eiskalter Samstag im Februar. Das Erste, was mir auffiel, war, dass ich nach oben schauen musste, um ihrem Blick zu begegnen. Sie überragte mich. Bislang war unsere Beziehung dadurch gekennzeichnet gewesen, dass ich halb liegend, halb sitzend in einem Krankenhausbett ruhte, fürsorglich in weiße Kissen und Decken gebettet, und sie in weißer Krankenschwesterntracht auf der Bettkante saß. Nun trug sie einen weiten gelben Rollkragenpullover und einen langen dunklen Rock. Ihre Wangen waren aprikosenrot und tränennass vom winterlichen Wind, die Augen glänzten, die langen blonden Haare waren in einem losen Knoten zusammengefasst. Sie legte mir die Hände auf die Schultern und küsste mich auf die Stirn.

»Ich habe frische Brötchen mitgebracht«, sagte sie lächelnd. »Selbst gebackene!«

Ich ließ ihre Hände los und murmelte, dass ich Kaffee aufsetzen würde. In der Küche blieb ich stehen und starrte wie gelähmt auf die gekaufte Torte, die ich auf einem Kuchenteller angerichtet hatte, servierfertig. Ich war kurz davor loszuheulen. Sie würde die Torte fehl am Platz finden, übertrieben. Sie selbst hatte frisch gebackene Brötchen mitgebracht, für einen einfachen Kaffeebesuch natürlich viel passender. Torte! Hier feierte schließlich niemand Geburtstag. Es feierte überhaupt niemand etwas. Indem ich eine Torte servierte, würde ich signalisieren, dass ich hohe Erwartungen an diesen Besuch knüpfte, es würde eine angespannte Situation noch angespannter machen. Ich öffnete deshalb die Tür unter der Spüle, nahm den Kuchenteller und warf die Torte in den Mülleimer. Als ich mir gerade die Creme von den Fingern lecken wollte, stand sie plötzlich hinter mir.

»Was für eine schöne Wohnung du hast, Axel.«

Sie sah mich an, sah den leeren Kuchenteller, sah die offene Schranktür unter der Spüle. »Hast du gebacken?«, fragte sie lachend.

Ich schüttelte den Kopf.

»Du hast Creme im Gesicht.« Sie lächelte immer noch, strich mir mit dem rechten Zeigefinger über die Wange und steckte dann den Finger in den Mund.

»Mmmm«, sagte sie augenzwinkernd. »Vanillecreme ... Hältst du was Leckeres bereit?«

»Nein, überhaupt nicht!«, antwortete ich. »Ich hatte gestern Abend Gäste, und eine der Frauen hatte einen Kuchen gebacken. Ich war so unhöflich, das letzte Stück zu essen, bevor du kamst, nun ja, ich dachte mir, dass ich dir keinen fast aufgegessenen Kuchen vom Vortag anbieten kann. Aber jetzt kannst du im Wohnzimmer auf dem Sofa Platz nehmen, Stella, und ich werde deine Brötchen auf einen Teller legen, Butter und Käse holen und den Kaffee kochen.«

»Ich helfe dir«, sagte sie.

»Setz dich, Stella! Bitte! Ich mach das schon.« Ich war wieder kurz davor loszuheulen. Sie lächelte vorsichtig und ließ mich in der Küche allein, so dass ich mir die Augen trocknen, die Schranktür schließen und die unglückselige Torte weit unten in den Mülleimer versenken konnte. Und dann setzte ich den Kaffee auf.

Die nächste Stunde verlief undramatisch. Wir saßen auf dem Sofa, aßen frisch gebackene Brötchen und tranken Kaffee. Sie redete. Sie duftete. Sie lachte. Ich sagte nicht viel. Das brauchte ich nicht. Sie war so voll von allem, was sie auf ihrer kurzen Reise mit dem neuen Freund nach Mittelnorwegen erlebt hatte.

»Wir sind Freitag in aller Frühe aufgebrochen«, sagte Stella. »Sind von Fornebu nach Værnes geflogen. Wir hätten bis Namsos fliegen können, was näher ist, aber das wäre viel teurer gewesen. Er hat alles bezahlt ...«

»Das war wohl das Mindeste«, unterbrach ich sie.
»Ja, meinst du«, antwortete sie. »Wir haben beide nicht viel Geld. Ich finde es eine schöne Geste. Das nächste Mal kann ich zahlen. Aber das ist nicht der Punkt. Das war es nicht, was ich erzählen wollte. Weißt du, Axel, ich hatte immer große Angst vorm Fliegen. Es ist für Menschen nicht natürlich zu fliegen, wir gehören auf die Erde, es ist nicht natürlich, sich so bedingungslos und wehrlos einem anderen Menschen in die Hände zu geben ... dem Piloten, meine ich ... dass er so viele Körper auf einmal in die Lüfte hebt, von einer Stadt zur anderen fliegt, von einem Land zum anderen ... das widerspricht allem ... der Schwerkraft, dem Überlebensinstinkt, dem Kontrollbedürfnis und auch dem Vertrauen, das ich anderen entgegenzubringen vermag. Wie kann ich wissen, dass alle, die am Bau genau dieses Flugzeugs beteiligt waren, hundert Prozent präsent und kompetent waren? Es kann ein Verrückter unter ihnen gewesen sein, oder? Und wie kann ich wissen, dass die Techniker, die alles kontrollieren, so sind, wie es sich gehört, dass sie nicht verkatert sind und genau an dem Tag, an dem ich verreisen will, alles auf die leichte Schulter nehmen? Und wie kann ich wissen, dass nicht der Pilot am Vorabend seine Geliebte mit einem anderen Mann erwischt hat und es als eine geeignete Form der Rache ansieht, sich selbst und alle anderen in den Tod zu stürzen?«
»Du kannst den Menschen doch einfach vertrauen«, schlug ich vor.
»Sagt Axel Grutt, der keiner lebenden Seele vertraut.«
Ich murmelte etwas, und sie fuhr fort:
»Das ist jedenfalls der Grund, weshalb ich nicht sehr häufig fliege. Das und meine ständige Geldnot, natürlich. Aber Martin hat versucht, mir zu helfen. Er weiß, dass ich

einer Herausforderung nicht widerstehen kann. Letzte Woche sagte er, er würde ein himmlisches siebengängiges Menü für mich kochen, wenn ich als Mann verkleidet mit ihm einkaufen ginge, in seinen Kleidern, mit angeklebtem Schnurrbart, Hut und Mantel und so ... Und auf dem Weg zum Flughafen sagte er: Stella, wenn du es schaffst, von Fornebu nach Værnes zu fliegen, ohne einen Panikanfall zu bekommen, werde ich dir ein Straußenei verehren. Ich lachte und fragte, was ich mit einem Straußenei sollte, wenn das Flugzeug abstürzte und wir ins Nichts geschleudert würden? Und so ging es hin und her. Du verstehst sicher ... das verstehst du doch, Axel ... ich wollte nicht, dass er merkt, wie viel Angst ich habe. Er wirkt so selbstsicher, und ich fühle mich so plump und ängstlich neben ihm. Bei dir habe ich keine Angst, Axel, aber bei ihm ... Ich setzte mich also ins Flugzeug und kniff die Augen zusammen. Ich schlief nicht. Ich schlief nicht, trotzdem habe ich geträumt. Das kommt gelegentlich vor. Und ich träumte, dass ich auf der Leiter zum höchsten Sprungbrett im Frogner Bad in der Schlange stand – dem Zehner, weißt du. Ich stand hinter einer Menge nackter Frauen, die allesamt darauf warteten, springen zu dürfen. Und jedes Mal, wenn das Signal ertönte, ein hoher schriller Trompetenton, sprang eine von ihnen hinunter. Nur im Becken war kein Wasser, und alle, die sprangen, schlugen auf dem Boden auf. Das wusste ich die ganze Zeit, wir wussten es alle, trotzdem standen wir auf der Leiter und warteten darauf, dass wir an die Reihe kamen ... und ich sah, wie sich eine Frau nach der anderen streckte, Schwung nahm und kopfüber in die Tiefe sprang. Es war ein Traum, nicht wahr ... aber ich schlief nicht. Ich saß im Flugzeug neben Martin, kniff die Augen zusammen und wurde irgendwie von Bildern überwältigt, gegen die ich mich nicht wehren konnte. Aber ich schlief nicht.«

Stella war einen Augenblick still. Ihre Offenheit verwirrte mich. Aber ich hörte zu. Ich unterbrach sie nicht.

»Das war es eigentlich nicht, was ich erzählen wollte«, fuhr sie fort. »Was ich erzählen wollte, ist, dass, als ich an der Reihe war, vom Zehner zu springen, als ich Luft holte, um mich hinunterzustürzen, da stürzte das Flugzeug richtig ein Stück ab. Es fühlte sich an, als kippten wir vornüber und fielen senkrecht durch den Himmel. Alle Passagiere schrien, ich schrie, und Martin hielt mich fest und flüsterte, es wird gut gehen, Stella, es wird gut gehen, ich halte dich fest ... und es ging natürlich gut. Denn hier bin ich, nicht wahr? Quicklebendig. Und ganz sicher schwanger. Es waren nur Turbulenzen. Keine ernsthafte Gefahr. Aber ich frage mich, ob ich da und dort aufhörte, Angst zu haben. Vorm Fliegen. Vor allem. Ich habe mein ganzes Leben lang Angst gehabt, Axel. Angst vor allen erdenklichen Katastrophen.«

»Und jetzt hast du vor nichts mehr Angst?«, fragte ich mit einer Spur Ironie in der Stimme.

»Schon«, antwortete sie. »Natürlich.«

»Habe ich mich verhört oder hast du gesagt, du seist schwanger?«, fragte ich.

Sie nickte.

»Das ging schnell. Wie lange kennst du ihn schon? Einen Monat?«

»Fünf Wochen und ein paar Tage«, antwortete sie. »Ich bin nicht sicher, dass ich schwanger bin. Ich glaube es nur. Damals, als Amanda gezeugt wurde, wusste ich es sofort. Auch wenn der Mann ... Amandas Vater ... mir nichts bedeutete. Ich will nicht über ihn reden! Ich will auf keinen Fall über Amandas Vater reden.«

»Nein, um Gottes willen«, antwortete ich. »Meinetwegen brauchst du überhaupt nicht über frühere Liebhaber zu reden. Ich würde es sogar vorziehen, wenn du es sein ließest.«

»Ja, ich plappere einfach drauflos.«

»Ja.«

»Ich wollte nur, dass du von dem Baby weißt. Ich bin nicht sicher … aber ich glaube nicht, dass ich mich irre. Ich weiß, dass es in jener Nacht passierte.«

»Aha.«

»Es war kalt und weiß und sternenklar, und wir waren auf dem Heimweg von der Geburtstagsfeier, es war ziemlich spät, drei oder halb vier, und wir hatten einen halbstündigen Spaziergang vor uns durch die kalte Nacht. Es hatte frisch geschneit, alles um uns herum war weiß und still, wir spielten wie Kinder, zogen Spuren und machten Engel im Schnee, er zog mir die Mütze vom Kopf und warf sie auf eine Tanne, wo sie hängen blieb – und dann kamen wir an einen See, der zugefroren war, am Tag hatten wir Kinder mit Schlittschuhen darauf gesehen, aber jetzt war es ganz ruhig … ganz ruhig, bis wir von weit weg ein schwaches Poltern hörten, und plötzlich sahen wir riesige Schatten im Wald, seltsame, große Gestalten auf dem Weg über das Eis. Martin und ich blieben stehen. Die dunklen Schatten wurden schneller, ja, plötzlich galoppierten sie einer hinter dem anderen her, es waren ganz viele, und sie verloren nicht das Gleichgewicht, sie rutschten nicht aus, sie galoppierten einfach immer weiter, und einen Augenblick glaubte ich, es sei eine Art seltsamer prähistorischer Pferde, aber nachdem sich die Augen allmählich an die Entfernung und die Dunkelheit gewöhnt hatten, sah ich, dass sie Federn hatten, und ich musste an das Märchen von dem Goldenen Vogel denken, das mein Vater mir immer wieder erzählt hat, als ich klein war, wie sie da durch den Wald sausten und rauschten, und plötzlich ging mir auf, dass es keine Pferde waren, sondern Strauße, die ich da auf dem Eis sah. Strauße, die in der nächtlichen Dunkelheit über das Eis galoppierten. Sie sind ausgebrochen, flüsterte Martin. Sie glauben, sie seien wieder in der Savanne. Wir müssen etwas tun. Ich muss anrufen. Ja, und dann rief er an, und nach einiger Zeit kam ein großer Lastwagen, und Martins Vater und Mutter und drei weitere Männer hüpften ganz leise heraus, und alle liefen sie mit Taschenlampen auf das Eis. Die Strauße standen jetzt ganz still, alle beieinander, sie waren plötzlich stehen geblieben, als wären sie in der Winternacht festgefroren. Wir gingen dann, gingen nach Hause.«

Stella sah mich an und lächelte fast unmerklich.

»Seine Familie hat eine Straußenfarm«, erklärte sie. »Ein wenig wider die Natur, findest du nicht, afrikanische Riesenvögel in Mittelnorwegen? Daran dachte ich. Sie sind an die Erde gebunden … ans Land gefesselt … zu groß, um nach Hause zu fliegen, um überhaupt zu fliegen. Federn und Flügel, die ihnen nichts nützen.«

Sie war einen Augenblick still, dann sah sie weg und sagte: »In jener Nacht nahm Martin meine Hand in seine und sagte, wenn wir jetzt ein Kind bekommen und wenn es ein Mädchen werden sollte, werden wir es Bi nennen nach meiner schwedischen Urgroßmutter Bianka. Sie war die erste Frau in Skandinavien, deren Hut mit einer Straußenfeder geschmückt war.«

***

Ja, ich merkte es sofort. Als sie von der Reise mit Martin zurückkam, hatte sie sich verändert. Etwas war geschehen. Er hatte sie berührt, sie gehalten, sie geküsst, sie geöffnet … ich weiß es nicht, habe es nie so recht gewusst, konnte es nicht wissen. Sie erzählte es nicht, sie brauchte es nicht zu erzählen. Ich sah es an ihren Wangen, den Augen und dem herausfordernden Lächeln.
Nachdem sie an jenem Samstagnachmittag gegangen war, beschloss ich, sie nie wieder zu sehen.
Denn was konnte ich, ein alter Mann – denn ich war schon damals ein alter Mann –, einer verliebten jungen Frau bieten? Und was konnte sie mir bieten?

»Ja, sieh es dir an, Axel Grutt, was konnte ich dir bieten? Was anderes konnte ich dir bieten als Visionen von deiner Tochter als junges Mädchen? Oder von deiner Frau Gerd als junges Mädchen? Ja, denn es war wohl Gerd, an die du damals dachtest, als ich vor zehn Jahren auf deinem Sofa saß, mit roten Wangen, froh und schwanger? Und Gerd ist es, an die du heute denkst, nicht wahr? – während auch ich zu Erde werde?«

Vielleicht war es der gelbe Strickpullover? Gerd hatte einen gelben Strickpullover, den sie beim Skifahren trug. Gerd war sportlich, ich selbst verabscheue jegliche Form von Sport. Oder das herausfordernde Lächeln, die Art zu sitzen, die langen ausgestreckten Beine, der hocherhobene Kopf, eine Hand in den Haaren. Stellas Besuch erinnerte mich an damals, als Gerd lange nach der Abendessenszeit nach Hause kam, sich in einen Sessel fallen ließ und sagte: »Jetzt hörst du mir mal gut zu, Axel, denn was jetzt kommt, wird wehtun!« Es war kurz nach dem Krieg, und ich steckte an meinem Arbeitsplatz gerade mitten in einem ziemlichen Schlamassel, ich war sehr müde und außerdem gezwungen gewesen, mir selbst etwas zu kochen, da meine Frau an diesem Tag so ganz offensichtlich etwas anderes vorgehabt hatte.

»Was ist es denn, was wehtun wird, Gerd?«, fragte ich.

Ich wusste natürlich, was es war. Einmal mehr würde es um Victor gehen, unser aller hellblonder Widerstandsheld, den Lehrerkollegen, *meinen* Kollegen. Sie wollte ihn nicht aufgeben. Alle wussten es. Alle im Lehrerzimmer. Alle, mit denen ich für gewöhnlich Kaffee trank. Ich weiß nicht, wer ihnen am meisten Leid tat: der Feigling Grutt, der in aller Öffentlichkeit betrogen wurde, oder seine schöne Frau, die das Pech hatte, mit ihm verheiratet zu sein.

Gerd wollte Alice mitnehmen, die damals neun war, und mit dem anderen zusammen in den Norden gehen. Victors Heldentat würde wohl nie ein Ende nehmen, und jetzt wollte er meine Frau und mein Kind entführen – denn es ist ja wohl mein Kind?, schrie ich Gerd an – nach Tromsø und die Siegesfeier dort fortsetzen. Daraus wurde natürlich nichts. Heute, fünfzig Jahre später, kann ich nicht verstehen, warum ich sie nicht einfach gehen ließ. Ich hing nicht so sehr an ihr, dass ich von ihr verlangen konnte zu bleiben, und wie sie selbst sagte:

»Du verstehst das nicht, Axel, nein, wie solltest du es auch verstehen, ausgerechnet du, aber ich habe Stellen am Körper, die du nie berührt hast, du kennst meine Laute nicht, würdest sie nicht erkennen, wenn ich mit ihm zusammen wäre und du dich im Nebenzimmer befändest, und du warst niemals auch nur in der Nähe …«

Sie führte den Satz nicht zu Ende, aber ich wusste genau, was sie meinte. Es widerte mich an … das, was sie von mir

erwartete, das, was sie mit Recht von mir erwarten durfte, was sie bei einem anderen gefunden hatte.
Ich selbst fürchtete mich vor den Abenden. Suchte demütigende Entschuldigungen, demütigend für sie wie für mich, um mich zu entziehen. Dennoch musste ich bisweilen, und bisweilen zwang ich mich selbst, aber dann nur mit ihr rittlings auf mir, damit ich sie nicht zu berühren brauchte, und wohl wissend, dass es dann schneller ging, dass die kurzen spannungsgeladenen Zuckungen, die plötzlich durch ihren Körper fuhren, nicht auf sich warten lassen würden. Denn, wenn es dann geschah, wenn die Zuckungen kamen, war es vorbei. Auch wenn sie wollte, dass es andauerte, war es vorbei. Ich wartete nur darauf, schloss die Augen, wartete und spürte sie kaum in ihrem einsamen Tanz, weit über mir, wartete auf das, was ich guten Gewissens als das Ende definierte.
»Du hast bekommen, was du wolltest«, fuhr ich sie einmal an, als sie mich zum Weitermachen verführen wollte. »Glaubst du, ich spüre deine Zuckungen nicht?«
Voller Verwunderung wiederholte sie das Wort. »Zuckungen, sagst du?«
Sie sah mir direkt in die Augen.
»Zuckungen!«
Und dann lachte sie leise, wendete sich ab.
»Es ist nur mein eigener Körper, der mich im Stich lässt«, flüsterte sie. »Das darfst du nicht mit etwas anderem verwechseln, Axel, vor allem nicht mit Genuss.«

Auf dem Weg zum Krematorium begegne ich niemandem, den ich kenne. Das heißt, die junge Frau mit den Stieraugen, die Zeitungen verkauft, ist an ihrem Platz. Ich habe ein ganzes Leben lang in dieser Stadt gewohnt, und trotzdem ist sie mir so fremd. Ich komme am Majorstuen-Haus vorbei. Einst war geplant gewesen, dass das Majorstuen-Haus ein eindrucksvoller Knotenpunkt werden sollte, ein schöneres, höheres Gebäude als das, was heute da steht, einen nicht gerade kleinen Wolkenkratzer hatte Stadtplaner Harald Hals im Sinn. Aber dann kam der Krieg, und die Pläne von einer schönen Stadt fielen in sich zusammen. Es sieht so aus, als hätten Oslo und mein Leben gemeinsam, dass nichts so wurde, wie es geplant war.

Ich hatte zum Beispiel nie an die Möglichkeit gedacht, dass Gerd vor mir sterben könnte. In guten Momenten sah ich einen ruhigen Lebensabend mit ihr vor mir, dachte, dass wir im Laufe der Zeit gute Freunde werden könnten, sie und ich, wenn sich ihre Leidenschaft gelegt hatte. Oder dass Gott, so es ihn gibt, mich früh von allem erlösen würde und dass sie auf ihre alten Tage ein schönes Leben mit Freundinnen und Theaterbesuchen führen würde.

Und Stella! Das mit Stella kann ich nicht erklären. So zu fallen, über die Kante zu stolpern, mit dem eigenen Mann, dem eitlen Gockel, als Zeugen, das kann ich nicht begreifen. So unvorsichtig. So sinnlos. Was wollten sie überhaupt auf diesem Dach? Wie verdammt ungeschickt von einer so verdammt ungeschickten Frau, auf diese Weise dort oben zu spielen. Ungeschickte Menschen haben gewisse Verpflichtungen sich selbst und ihrem Körper gegenüber und gegenüber anderen. Ungeschickte Menschen ziehen das Unglück an, wenn sie sich nicht vorsehen. Das weiß ich, ich bin selbst ein ungeschickter Mann.

Amanda

Wir können uns ja vorstellen, Bi, dass wir auf ein Baugerüst, einen Glockenturm oder auf ein Dach klettern, genau wie Mama und Martin, und dann sehen wir die ganze Stadt vor uns, und dann zählen wir eins, zwei, drei, und dann springen wir, Bi. (Aber zuerst will ich mit Ene, Mene und Mu schlafen und hören, wie sie mir herrliche Dinge ins Ohr flüstern über meine Brüste und meinen Bauch und mein Gesicht, während sie in mich eindringen, von vorne und von hinten, denn ich will auf keinen Fall unberührt sein, wenn ich springe.) Wir springen, und unsere Kleider füllen sich mit Luft und sehen aus wie Ballons, zwei rote Ballons, und nach einer Weile begegnen auch wir den zwei Vögeln und dem Eichhörnchen und dem Dorsch und der alten Frau. Es kann gut sein, dass wir den Alten durch die Luft fliegen sehen, mit Haarbüscheln, die nach oben abstehen, und wenn wir noch etwas schneller fallen, dann begegnen wir bestimmt auch Mama, irgendwo zwischen Himmel und Erde, warte nur ab.

[II] FALL

Frederikke Moll
Zeugin

Auf dem Dach sehe ich einen Mann und eine Frau. Sie hat ein rotgelbes Sommerkleid – eins dieser Kleider, wie ich sie selber nähe – und lange rotblonde Haare. Rote Sandalen an den Füßen.

Ich habe nicht viel zu sagen, denn ich kann nicht einmal auf die einfachste Frage antworten: Versucht er sie am Fallen zu hindern, oder stößt er sie über die Kante? Ich sollte diese Frage eigentlich mit entweder-oder beantworten können. Sie umarmen sich, stehen dort oben und halten sich in den Armen, und während ich noch denke, dass hier zwei Menschen sind, die sich lieben, fällt sie. Neun Etagen nach unten. Ich schließe die Augen, weiche zurück, schreie – und weiß nur, dass sich die beiden umarmen und sie dann fällt. Aber die Frage: Versucht er sie am Fallen zu hindern, oder stößt er sie über die Kante?, kann ich nicht beantworten. Beides zugleich ist nicht möglich. Er kann sie nicht am Fallen hindern und gleichzeitig stoßen, dann müsste er sie ja mit der rechten Hand festhalten und mit der linken stoßen, oder er müsste sie mit der linken festhalten und mit der rechten stoßen. Eine Art Wettbewerb zwischen den Händen, vielleicht, der guten und der bösen Hand. Sollte mich die Ermittlungsbeamtin (eine eigenartige, markante Dame) bitten, ihn zu beschreiben, sie hat mich nicht darum gebeten, aber sollte sie mich darum bitten, ihn zu beschreiben, ihn zu identifizieren, könnte ich es nicht. Ich erinnere mich nur an sie. Ein gelbrotes Sommerkleid, ein gelbroter Stoff, der sich im Wind auffaltet, der sich auffaltet und zu mehr Stoff wird. Immer wieder geschieht es, die beiden umarmen sich und sie fällt, denn dieser Augenblick wird bis in alle Ewigkeit durchlebt werden, und ich kann nichts tun, um ihn aufzuhalten.

Ich werde jede Nacht wach von einer Umarmung, von einem Schrei, der ihrer und zugleich meiner ist, von gelbrotem Stoff, der sich auffaltet, richte mich im Schlaf halb auf, schweißnass und unendlich müde.

Corinne

Es ist mitten in der Nacht, und Martin Vold hat lange geredet. Wir sitzen uns an dem großen dunkelbraunen Esstisch gegenüber. Ich kann gut zuhören. Meine Sinnesorgane funktionieren gut. Meine Ohren, mein Mund, meine Hände, meine Augen und meine große, gut ausgestattete Nase. Dank meiner Nase kann ich es riechen, wenn sich ein Mann in irgendeiner Form schuldig gemacht hat. Das ist in meinem Beruf sehr nützlich. Meine Kollegen behaupten, es sei gut, dass ich nicht verheiratet bin, denn der Betreffende hätte kein angenehmes Leben.

Ich würde es jedes Mal riechen, wenn er mich betrügt. Ich würde es jedes Mal riechen, wenn er lügt. Ich würde es jedes Mal riechen, wenn er nur mit dem Gedanken an meinen Tod spielt.

Außerdem bin ich mindestens fünfhundert Jahre alt und wiege ebenso viele Kilos, Chancen auf dem Heiratsmarkt habe ich wohl nie gehabt.

»›Der Unterschied zwischen dir und mir, Martin, ist, dass du als Kind geliebt wurdest.‹ Lassen Sie uns bei diesem Satz verweilen, Martin.«

Martin schüttelt den Kopf. Ich rede weiter.

»Sie sitzen dort drüben auf dem Sofa.« Ich zeige auf das grüne Sofa. »Und Stella sitzt im Schneidersitz auf dem

Boden. Sie wird plötzlich ganz wütend, steht auf und sagt, der Unterschied zwischen Ihnen und ihr sei, dass Sie als Kind geliebt wurden. Sehen Sie die Situation vor sich?«

»Aber warum ist sie wütend?«, fragt Martin.

»Sie reden über die Kinder.«

Martin wird still. Und flüstert dann, fast wie zu sich selbst: »Ja, dann ist es nicht verwunderlich, dass sie wütend wurde.«

»Stimmt es denn: Wurden Sie als Kind geliebt?«

»Die Welt ist voller Menschen, die als Kind geliebt wurden. Was um Himmels willen ist ein Kind, das geliebt wird? Wird meine Tochter Bi geliebt? Dies ist meine Geschichte: Ich wachse in Høylandet auf. Mein Vater heißt Jesper, meine Mutter heißt Nora. Aber das ist keine Antwort auf Ihre Frage. Meine Vorfahren waren über Generationen hinweg Landwirte. Meine Urgroßeltern väterlicherseits waren Schweden, sie hatten die nördlichste Straußenfarm der Welt. Wir halten noch heute Strauße. Ich ähnle am meisten meinem Großvater Elias, er hatte andere Pläne als der Rest der Familie. Strauße waren nichts für ihn. Er wollte Filmstar werden. Er hatte auf alle Fälle das Aussehen dazu. Einen schöneren Mann konnte man in ganz Skandinavien nicht auftreiben. Aber er wurde von einem Zug überfahren, das war's dann mit der Filmkarriere. Zu Hause in Høylandet saß seine Verlobte Harriet, schwanger mit meinem Vater. Elias hatte sie aufs Schlimmste verraten, war davongelaufen und wollte nie wieder zurückkehren … und dann kam er dennoch zurück, nicht ganz so, wie er gehofft hatte, vielleicht, sondern in einem Sarg, in der Mitte durchtrennt. Harriet erholte sich schnell, war kein Kind von Traurigkeit. Aber es wird behauptet, dass sie ihm heftige Vorwürfe machte, als er metertief unter der Erde lag und sich nicht länger wehren konnte. Manche glauben, sie habe den Ärmsten verflucht. Hauptsächlich ihretwegen … hauptsächlich Harriets wegen konnte Stella behaupten, ich sei als Kind geliebt worden. Meine Eltern waren rechtschaffene Menschen, aber mehr kann ich über sie nicht sagen.«

»Aber Sie wurden von Harriet geliebt, Ihrer Großmutter?«

»Es ist wohl eher so, dass ich sie geliebt habe. Sie hemmungslos geliebt habe.«

»Sie haben Ihre Großmutter hemmungslos geliebt?«

»Ja.«

»Warum?«

»Weil meine Großmutter …«

»Ja?«

»Ich war sechs und übernachtete gerne bei ihr. Und auch häufig. Bei Großmutter war alles gut. Sie kochte leckeres Essen, sie hatte einen langen grauen Zopf, der über dem Hintern hin und her baumelte, wenn sie hin und her lief und im Garten arbeitete, und sie hatte einen Liebhaber, der Thorleif hieß, ein pensionierter Rechnungsprüfer mit portugiesischen Ahnen. Um mich kümmerte sie sich eigentlich nicht. Sie liebte mich hinlänglich, nicht mehr, nicht weniger. Hinlänglich. Verstehen Sie?«

»Ich glaube schon.«

»Eines Abends schickte Großmutter mich früh ins Bett. Ich hatte gebadet und in der Küche zu Abend gegessen. Frisch gebackene Brötchen und heiße Schokolade mit Sahne. So war es bei Großmutter immer. Stets gab es etwas Gutes in der Küche. Als ich im Bett lag und sie auf der Bettkante saß, ließ sie mich ihr Gesicht streicheln. Großmutters Gesicht zu streicheln war für mich das Allerschönste – und an jenem Abend legte sie sich sogar zu mir und schmiegte sich an mich und flüsterte: *Du wirst mindestens genauso hübsch wie dein Großvater, aber hoffen wir, dass du nicht genauso dumm wirst. Dein Großvater ging mit dem Kopf voller Träume weg. Theater, Dampfzüge und Damen. Theater, Dampfzüge und Damen. Etwas anderes bekam ich nicht zu hören. Und das rächte sich.* Großmutter küsste mich auf die Wange … *Du verlässt mich nicht, Martin, oder?* Ich schüttelte den Kopf. Sie lächelte mich an, zog mich an den Haaren. Dann stand sie auf und ging. Ich blieb im Dunkeln zurück und sehnte mich nach ihr. Ich überlegte, ob ich nach ihr rufen und um einen weiteren Kuss bitten könnte, aber dann würde sie wütend werden. Das war mir klar. Zum Schluss stahl ich mich aus dem Bett und schlich in die Küche, in der ich vorher zu Abend gegessen hatte. Ich wusste, dass Großmutter gerade einen Braten zubereitete, und konnte mich jederzeit hinter den Mänteln verstecken, die im Gang vor der Küche an einem Kleiderhaken hingen, und sie einfach nur anschauen, den Zopf, der hin und her baumelte, über dem Hintern hin und her. Ja, so stand ich also da, hinter den Mänteln, und sehnte mich nach ihr, verehrte und begehrte sie mit meinem ganzen sechsjährigen Herzen. Plötzlich hörte ich Schritte hinter mir, und ich kauerte mich zusammen, machte mich so klein wie möglich. Würde ich entdeckt, würde sie mich den ganzen nächsten Tag ignorieren, und es gab keine schlimmere Strafe, als von ihr ignoriert zu werden. Es konnte ihr sogar in den Sinn kommen, mich früher als vorgesehen nach Hause zu schicken. Ich hörte Schritte, es war Thorleif, und Thorleif blieb ebenfalls stehen und sah ihr zu. Jetzt waren wir zu zweit. Sie bückte sich, um den Braten in den Backofen zu schieben. Und dieser wunderhübsche Anblick, Großmutter über den Backofen gebeugt, der Zopf auf ihrem

Rücken, der Hintern in der Luft, war mehr, als Thorleif ertragen konnte. Er machte seinen Reißverschluss auf, rannte auf sie zu, schlug ihren Rock nach oben und warf sich auf sie. Doch das ging nicht gut. Der Braten fiel zu Boden, Großmutter schlug mit dem Kopf an die Ofenkante und verbrannte sich die linke Wange. Thorleif fiel hin und brach sich den Arm.
Beide heulten und fluchten, und Großmutter versetzte Thorleif mit einem Kochtopf einen Schlag ins Gesicht.

Ich selbst schlich wieder zurück in mein Bett und legte mich unter die Decke. Ich war dankbar, ja, das war ich. Ich hatte die Liebe gesehen. Harriet, Høylandets Schönste, war nicht nur meine Großmutter, sie war eine Göttin.«

Videoaufnahme
Stella & Martin
Haus in Damefallene
27.08.00, 03.50 Uhr

Martin: Stella sagt nichts. Sie ist der Meinung, wir sollten das hier anders machen. Nicht wahr, Stella? Nicht wahr, du meinst, wir sollten das hier anders machen? Jetzt schüttelt sie den Kopf. Jetzt zieht sie einen Flunsch. Wollen Sie es sehen? Sie sitzt auf dem Boden, die Beine untergeschlagen, und spielt mit dem Silberherz ihrer Mutter. Möchten Sie die Zunge meiner Frau sehen? Ich verewige diese Zunge, ich verewige jetzt diese Zunge, diese hellrote Zunge, die mich erinnert an … soll ich dir sagen, woran mich deine Zunge erinnert, Stella?
Stella: Habe ich eine Wahl?
Martin: Tja, wir haben immer eine Wahl.
Stella: Axel glaubt nicht, dass wir wählen können, er glaubt …
Martin: Axel ist ein alter und seniler Dummkopf.
Stella: Senil, nein! Willst du mir sagen, woran dich meine Zunge erinnert, oder willst du das hier richtig machen, denn dann glaube ich, wir sollten zum Beispiel mit dem Silberbesteck beginnen.
Martin: Deine Zunge, Stella.

Deine Zunge, Stella. Streck sie raus. Ja, so. Weit raus. Als wärst du ein Kind beim Arzt und solltest Aaaaaaa sagen. Deine hellrote Zunge erinnert mich an ein feines Fischfilet, Rotbarsch oder Steinbeißer, in Olivenöl, Knoblauch und Weißwein mariniert, gegrillt und ohne alles serviert. Nur mit einer kalten Flasche trockenem Weißwein.

STELLA: Jetzt machst du mich hungrig.

MARTIN: Auf deine eigene Zunge? Gibt es nicht etwas, das man seine eigene Zunge verschlucken nennt?

STELLA: Eine meiner Patientinnen hat sich fast die Zunge abgebissen, weil sie solche Schmerzen hatte.

MARTIN: Weshalb hatte sie solche Schmerzen?

STELLA: Weil sie im Sterben lag. Sie schrie und flehte und drohte damit, sich selbst in Stücke zu beißen, wenn wir ihr nicht helfen würden.

MARTIN: Habt ihr ihr geholfen?

STELLA: Ja.

MARTIN: Aber es hat nichts geholfen?

STELLA: Nein.

MARTIN: Immer noch hungrig?

STELLA: Nein.

MARTIN: Dann kann ich dir ja erzählen, wo ich ein solches Fischfilet gegessen habe, an das mich deine Zunge erinnert. Es war in Italien. Früher einmal – lange bevor ich dich kannte. Es war Abend. Ich war in einem kleinen einfachen Dorfrestaurant irgendwo an der Amalfiküste, ich saß draußen unter den Zitronenbäumen. Der Wirt schenkte Wein aus und kam persönlich zu uns an den Tisch, um uns den Fisch zu zeigen, den er dem Koch zur Zubereitung geben wollte.

STELLA: Uns?

MARTIN: Uns?

STELLA: Du hast gesagt: Er kam persönlich zu uns an den Tisch …
MARTIN: Das hier war vor deiner Zeit, das war vor dir und mir.
STELLA: Dir und mir. Dir und ihr. Mit wem hast du unter den Zitronenbäumen Fisch gegessen?
MARTIN: Mit der schönen Penelope.
STELLA: Penelope?
MARTIN: Penelope.
STELLA: Wer ist Penelope?
MARTIN: Penelope war lange vor dir.
STELLA: Das heißt, jedes Mal, wenn ich dir die Zunge herausstrecke …
MARTIN: Und jedes Mal, wenn du mich küsst …
STELLA: Und jedes Mal, wenn ich dir Apfelscheiben in den Mund lege …
MARTIN: Und jedes Mal, wenn ich dich lecke …
STELLA: Und jedes Mal, wenn ich mit offenem Mund schlafe …
MARTIN: Und jedes Mal, wenn du die Zungenspitze zwischen meine Gesäßhälften steckst …
STELLA: Denkst du an eine Hure, die Penelope heißt.
MARTIN: Nein, ich denke an das Fischfilet, das ich in einem Restaurant in Italien bekam und zufällig mit Penelope an meiner Seite verspeist habe.
STELLA: Aber indirekt erinnert dich meine Zunge an eine andere Frau.
MARTIN: Indirekt erinnert mich deine Zunge daran, dass du zu viel redest. Meine Frau redet zu viel. Sie müssen entschuldigen. Lassen Sie mich von dem Sofa erzählen, auf dem sie sitzt. Dem avokadogrünen Sofa … damit hat alles angefangen. Es mag fleckig und abgenutzt sein, aber früher hat es einmal ein Vermögen gekostet, und wir wä-

ren außer uns, wenn wir es nicht mehr hätten. Es ist nämlich so, dass dieses Sofa, dieses avokadogrüne Sofa in unserem Wohnzimmer, hier, in Martins und Stellas Wohnzimmer, magisch ist. Es ist magisch, lieber Herr Versicherungsvertreter, Herr ... wie hieß er noch mal?

STELLA: Er hieß ... ich erinnere mich! Er hieß Owesen. Gunnar R. Owesen hieß er.

MARTIN: Also, lieber Herr Versicherungsvertreter Gunnar R. Owesen. Unser Mann in der Not für den Fall, dass unser Haus abbrennt, wir ausgeraubt oder von anderen grausamen Katastrophen heimgesucht werden. Dann sollen Sie dieses Video sehen können. Dann sollen Sie sehen, dass wir alle unsere Sachen gefilmt haben – wie Sie es uns aufgetragen haben –, alles Wertvolle, nicht wahr. Wir haben alles beschrieben und einen Preis dafür festgesetzt. Und ich sage Ihnen jetzt: Dieses Sofa ist magisch. Haben Sie schon mal auf einem magischen Sofa gesessen? Ich glaube kaum. Ich möchte Sie und Ihre Erfahrungen nicht unterschätzen, aber ich glaube nicht, dass Sie je auf einem magischen Sofa gesessen haben, ich glaube nicht, dass es in Ihrer versicherungssachverständigen ... Ihrer versicherten Welt magische Sofas gibt. Stella und ich haben über Sie gesprochen. Wir haben an dem Tag über Sie gesprochen, als Sie sich unser Haus angeschaut haben, wir haben versucht uns vorzustellen, was für ein Leben Sie führen, was für nächtliche Träume Sie haben. Wir glauben, dass Sie sich etwas anderes wünschen, eine andere Frau, zum Beispiel, eine andere Arbeit. Es ist nämlich so, Herr Gunnar R. Owesen, dass, wenn Sie sich zum allerersten Mal auf dieses Sofa setzen, Sie sich etwas wünschen können – nahezu alles – und Simsalabim wird Ihr Wunsch in Erfüllung gehen. Aber das Angebot gilt nur für das allererste Mal. Dann nicht mehr. Sie können sich hundertmal auf das Sofa setzen, zweihundertmal, dreihundertmal, und Sie können sich wünschen, was Sie wollen, es nützt nichts. Es zählt nur das allererste Mal. Wenn Stella und ich Gäste haben, das haben wir nicht oft, das Haus ist ohnehin schon voll genug von Klempnern und Kindern, aber wenn wir Gäste haben oder andere Besucher wie Sie zum Beispiel, Herr Gunnar R. Owesen, dann kann es vorkommen, dass wir sie bitten, sich auf das Sofa zu setzen, es kann vorkommen, dass wir das Gespräch dahin lenken, was man sich im Leben so wünscht – und dann fragen wir Sie, was Sie sich am allermeisten wünschen, und wenn Sie nach einigem Nachdenken antworten wollen, unterbricht Stella …

STELLA: … Psst. Sagen Sie es nicht laut. Damit ein Wunsch wirklich in Erfüllung geht, muss er vor der Welt geheim gehalten werden.

MARTIN: Wir erzählen Ihnen nicht, dass Sie auf einem magischen Sofa sitzen. Das ist *unser* Geheimnis. Wir spielen nur, nicht wahr. Sie lachen und trinken noch mehr Kaffee oder Wein, je nach Tageszeit, und Stella und ich versuchen, Ihr Gesicht zu deuten, versuchen herauszufinden, was Sie sich gewünscht haben. War es ein guter oder ein böser Wunsch? Denn das Sofa erfüllt alle Wünsche, nicht nur die guten.

STELLA: Als ich mich das erste Mal auf das Sofa gesetzt habe …

MARTIN: Als du dich das erste Mal auf das Sofa gesetzt hast, habe ich gedacht, dass …

STELLA: Als ich mich das erste Mal auf das Sofa gesetzt habe, habe ich gedacht, dieses Sofa will ich haben.

MARTIN: Als du dich das erste Mal auf das Sofa gesetzt hast, habe ich gedacht, *dich* will ich haben. Sie verstehen, Herr Versicherungsvertreter Gunnar R. Owesen, dass es dieses Sofa war, dieses avokadogrüne Sofa, das uns zusammengeführt hat. Stella betrat das Möbelgeschäft Galileo, setzte sich auf das Sofa, ein Ausstellungsstück, drehte sich zu mir und sagte: *Dies hier will ich haben.* Sechs Wochen später habe ich es ihr nach Hause geliefert.

STELLA: Er hat es mir nach Hause geliefert, es mitten ins Wohnzimmer gestellt. Und dann hat er sich geweigert zu gehen.

MARTIN: Du wolltest nicht, dass ich gehe, Stella.

STELLA: Alle bleiben einfach.

MARTIN: Arme Stella.

STELLA: Alle bleiben einfach. Der Klempner, Martin, Herr Poppel.

MARTIN: Willst du jetzt schon wieder mit Herrn Poppel anfangen?

STELLA: Ich weiß nicht, ob er ein gutes oder ein böses Gesicht hat.

MARTIN: Wenn ich Herrn Poppel zu Gesicht bekomme, muss ich immer an meine Großmutter Harriet denken.

STELLA: Ein böses Gesicht also.

MARTIN: Nein, Stella, ein gutes Gesicht.

STELLA: Sie schlägt Kinder, weißt du.

MARTIN: Stella, nicht diese Geschichte schon wieder.

Corinne

Ich habe drei Zeugen: Alma Blom, Frederikke Moll und Ella Dalby. Drei schwarz gekleidete Damen in meinem Büro, die eine hässlicher als die andere, und alle haben irgendwelches Strickzeug in der Hand. Es waren auch noch andere Menschen in der Nähe, natürlich, es war ein warmer sonniger Abend, das Hochhaus liegt am Frogner Park, und überall waren Leute, die auf die Straßenbahn warteten, die in den Park wollten oder hinaus, Leute mit Picknickkörben, Hunden, Weinflaschen, Fußbällen – aber Oslo ist keine Stadt, in der man normalerweise den Kopf hebt und nach oben schaut, Oslo ist eine Stadt, in der man entweder starr geradeaus schaut oder auf den Boden. Deshalb gehen in den Höhen Oslos ständig Dinge vor sich, die kein Mensch bemerkt.
Es eilten also viele herbei, nach dem Fall, als Stella auf dem Boden lag, mit einer flauschigen blauen Picknickdecke bedeckt, die Alma Blom, eine der Zeuginnen, in ihrem Schreck über sie geworfen hatte. Anschließend eilten noch viele herbei, aber nur drei hatten sie vor dem Fall gesehen, oben auf dem Dach zusammen mit Martin.

Stella und Martin auf dem Dach, neun Stockwerke über dem Erdboden, vor und zurück an der Kante, zuerst er und dann sie, winzige Schrittchen, die Arme zur Seite gestreckt, wie Zirkusartisten, Seiltänzer, Akrobaten. Alma Blom oder vielleicht auch Frederikke Moll ruft ihnen zu, dass sie herunterkommen sollen, aber sie hören nicht. Stattdessen balancieren sie aufeinander zu, umarmen sich und verharren lange in dieser Umarmung.

Obgleich Alma Blom behauptet, die Umarmung sei eher als Gerangel anzusehen.

»Ihre Frau war schwanger, Martin. In der dritten oder vierten Woche.«

Martin zuckt mit den Schultern.

»Das stimmt nicht«, sagt er. »Sie nahm die Pille.«

»Es stimmt nur allzu sehr«, sage ich und seufze. »Meine Freundin Karina von der gerichtsmedizinischen Abteilung hat einen großen gelben Körper im Eierstock gefunden, einen Fötus von weniger als einem Zentimeter in der Gebärmutter.« Ich zeige Martin meinen Zeigefingernagel. »Kleiner als dieser Nagel, ein kleines Würmchen. Eine Ausbuchtung in der Schleimhaut, sagte meine Freundin Karina, eine schwammige kleine Beule, ein Bläschen. Haben Sie das gewusst?«

»Nein.«

»Sie wussten nicht, dass sie schwanger war?«

»Nein, sage ich.«

»Wollten Sie noch mehr Kinder haben?«

»Nein.«

»Wollte Stella noch mehr Kinder haben?«

»Nein, sie nahm die Pille, habe ich doch gesagt.«

Amanda

Als Mama krank war, hatten wir Angst, sie würde sterben. Mama fand es schade, dass sie so viele Bücher nicht gelesen hatte, und ich saß bei ihr im Krankenhaus auf der Bettkante und las aus einem Buch über einen Kapitän, der zur See fuhr, um ein Seeungeheuer zu töten. Wir kamen nicht sehr weit. Mama wollte nicht mehr, und für mich war es okay. Nach einer Weile wollte sie nur noch, dass ich ihr die Wohnungsanzeigen in der Zeitung vorlese.

Ich glaube, wenn wir von dem Haus, in dem wir zurzeit wohnen, in ein anderes Haus ziehen würden, könnten wir ganz von vorne anfangen, sagte sie und drückte mich fest an sich.

Ich fragte, wieso wir wieder ganz von vorn anfangen sollten, wo wir schon so weit gekommen wären. Ich will jedenfalls nicht wieder von vorne anfangen, die vielen Welten noch einmal umrunden, sagte ich.

Sie sagte, das sei nur eine Redensart, nicht wörtlich gemeint.

Ich sagte, das würde ich verstehen.

Einmal las ich ihr von einer Wohnung im Frognerveien vor, zum Verkauf oder zur Miete. Ich erinnere mich nicht mehr, ob zum Verkauf oder zur Miete. Wir lasen von

morgens bis abends Anzeigen für Mietwohnungen und für Eigentumswohnungen.
Oh, sagte Mama. Dort haben wir gewohnt, bevor wir in unser Haus gezogen sind. Genau in diesem Haus. Ich frage mich, ob es unsere alte Wohnung ist.
Ich erinnere mich, dass wir dort gewohnt haben.
Einmal vor langer Zeit, lange bevor Mama geboren wurde, ist dort ein Mann aufs Dach geklettert und in die Tiefe gesprungen. Mama hat mir das erzählt, als eine Art Erklärung, weshalb ich mich nicht zu weit aus dem Fenster lehnen sollte. Wir wohnten immerhin im neunten Stock. Ich kann gut verstehen, dass sie Angst hatte. Ich war erst vier oder fünf, ein kleines unvernünftiges Kind.

»Niemand, Amanda, niemand.
Niemand weiß, warum er gesprungen ist«, sagte Mama.

Corinne

Es gibt noch einen anderen Satz, bei dem wir ein wenig verweilen sollten, sage ich zu Martin.

Er sieht weg. Er steht auf und fragt, ob ich Kaffee haben möchte. Ich trinke lieber Tee.

»Eine Tasse Tee, bitte«, sage ich. »Zu einer Tasse Tee sage ich niemals nein. Meine Kollegen bevorzugen Whisky. Früher waren wir dienstlich häufig außerhalb unterwegs, und dann saßen wir für gewöhnlich die ganze Nacht im Hotelzimmer und überlegten hin und her. Viele Fälle wurden über einem Dawson aufgeklärt, sagen meine Kollegen mit einem Hauch von Nostalgie. Ich für mein Teil kann sagen, dass viele Fälle ungelöst geblieben wären ohne eine starke Tasse Lipton Tee. Aber das gilt nur für mich.«

Martin kommt mit einer Tasse Tee zurück.

»Und der Satz, bei dem Sie verweilen wollen«, sagt er. »Wie lautet der?«

»Eine Zeugenaussage«, sage ich. »Eine der Zeuginnen meint, dass die Umarmung auf dem Dach ebenso gut Gerangel gewesen sein könnte?«

Martin sieht weg.

»Nein, es war kein Gerangel. Es war eine Umarmung. Sie balancierte auf mich zu, von der Sonne, der Aussicht und einer plötzlichen ... Freude wie benommen. Und das steckte mich an. Wir hatten eine schwere Zeit hinter uns.«

»Schwer inwiefern?«

»Stellas Krankheit, der Tod ihrer Mutter ... vieles.«

»Aber es gab keinerlei Schwierigkeiten zwischen Ihnen beiden?«

»Sie trieb mich in den Wahnsinn«, sagt er jäh. »Stella hatte Angst. Angst vor diesem und Angst vor jenem. Und am meisten hatte sie Angst davor, dass ich sie verlassen könnte. Sie war ängstlich und still. Sie war ein kleines Kind. Sie war wie Bi.«

»Bi ist Ihre Tochter?«

»Seine Kinder muss man in gutem Glauben annehmen.«

»Und das heißt?«

»Ja, wahrscheinlich ist sie das.«

»Und jetzt erwarteten Sie beide noch ein Kind?«

»Nein!«

»Dann wiederhole ich die Frage: Kann die Umarmung dort oben auf dem Dach ebenso gut Gerangel gewesen sein – ein Ausdruck der Uneinigkeit vielleicht?«

»Uns ging es gut, Stella und mir. Ich habe sie nicht gestoßen, wenn Sie mich das fragen wollen. Wir standen am Abgrund, dicht, dicht beieinander. Ich erinnere mich, wie ich ihr über den langen, schmalen Rücken strich, an den dünnen Kleiderstoff, ihr Rückgrat unter meinen Fingerkuppen. Als ich klein war, erzählte mir Thorleif, der Liebhaber meiner Großmutter Harriet, dass ihn der Rücken meiner Großmutter an eine Stradivari erinnerte. Bevor Thorleif nämlich Rechnungsprüfer in Høylandet wurde, war er einmal Musiker gewesen, Geiger, und hatte nur einen einzigen Traum im Leben gehabt: einmal auf einer Stradivari spielen zu dürfen. Es war ihm nicht vergönnt, ich glaube nicht, dass er ein besonders guter

Musiker war. Und diese Kindheitserinnerung durchfuhr mich ganz plötzlich wie eine blaue Wolke«, sagt Martin. Er sieht mich einen Augenblick lang an.
»Ich habe sie nicht gestoßen«, wiederholt er.
Ich sage: »Erzählen Sie mir von dem Video.«
»Von dem Video«, sagt er.
»Ja, von dem Video«, sage ich.
»Bei unserem Nachbarn ist im Winter eingebrochen worden, und er war nicht versichert. Damals überlegten wir, dass wir uns versichern sollten, das heißt, Stella, die immerzu Angst hatte, bestand darauf, dass wir uns versichern ließen. Der Versicherungsvertreter kam zu Besuch, ging von einem Zimmer ins nächste und machte Notizen, und dann sagte er, dass er allen Versicherten empfehle, sämtliche Wertgegenstände im Haus zu filmen und zu kommentieren, für den Fall, dass alles verbrannte oder gestohlen wurde. Er sagte, in Katastrophensituationen würde man vergessen, was man hatte und was es wert war.«
Martin lacht. »Aber es wurde wohl kein richtiger Versicherungsfilm«, sagt er.
»Tja ... er ist auf alle Fälle unterhaltsam«, sage ich.
Eine ganze Weile schweigen wir beide. Die Stille macht ihn nervös. Daran ist er nicht gewöhnt. Die Stille verschafft mir eine gewisse Überlegenheit. Er trommelt mit den Fingern auf den Tisch.
»Woran denken Sie?«, fragt er schließlich.
»Ich denke an das Sofa«, sage ich. »Es ist doch dieses Sofa dort drüben, oder?« (Eine Schiebetür teilt das Zimmer in der Mitte. Wir sitzen im Esszimmer, das grüne Sofa steht im Wohnzimmer.)
»Es kommt nicht sehr häufig vor, dass sich Menschen in meinem Beruf mit magischen Sofas befassen. Ich hatte

einmal mit einem fliegenden Teppich zu tun, aber mit magischen Sofas … noch nie! Ich frage mich, ob ich mich einmal draufsetzen dürfte, um mir etwas zu wünschen?«

»Was wünschen Sie sich?«, fragt Martin.

»Sehen Sie, das kann ich Ihnen nicht sagen.«

Martin holt eine Schachtel Zigaretten heraus, bietet mir eine an, die ich aber ablehne. Er zündet sich eine an und betrachtet schweigend seine Rauchringe.

»Ich glaube nicht, dass jemals jemand, der so dick war wie Sie, darauf gesessen hat«, sagt er.

»Sie werden sehen, es wird in zwei Teile brechen.«

»Genau wie mein Großvater«, sagt er.

»Der sich auf die Schienen gelegt hat?«

»Ja, der.«

Wir schweigen wieder. Ich habe viel Zeit. Meine Kollegen nehmen sich niemals Zeit. Ich sage ihnen, dass sie sich Zeit nehmen sollten. Aber die Langsamkeit erschreckt sie, desgleichen die Stille. Ich hole eine Nagelfeile aus der Handtasche und fange an, mir die Nägel zu feilen. Ich habe ungewöhnlich schöne Hände. Wenn Sie mich sehen würden, würden Sie zunächst denken, dass es an mir nichts Schönes gibt. Aber das liegt daran, dass Sie meine Hände noch nicht bemerkt haben.

Lange Zeit sagt keiner von uns ein Wort. Martin starrt an die Decke. Ich feile mir die Nägel. Der Esstisch zwischen uns wächst. Um die Stimmung ein wenig zu lockern, schlage ich vor, dass wir Geschichten austauschen. Eine Ermittlungsbeamtin und ein Möbelhändler haben sich sicher viel zu erzählen, und die Umstände, das heißt ein unaufgeklärter Todesfall, sollten uns nicht daran hindern, nähere Bekanntschaft zu schließen. Meine Kollegen sind der Meinung, dass ich viel zu viel Zeit mit unwich-

tigen Geschichten vergeude. Aber ich sage ihnen, dass gerade im Unwichtigen, im Geplauder zwischen zwei Menschen, in den Nebensätzen, die Aufklärung liegt.
Ja, ja Chor'in, sagen sie. Du und Miss Marple!
Vertraut mir, sage ich dann. Es gibt eine Ordnung. Undeutlich nur, aber deshalb nicht minder menschlich.
Ich erzähle Martin also von einem Kriminalfall, den ich einmal vor langer Zeit bearbeitet habe.
»Vor wie langer Zeit denn?«, fragt er.
»Fast hundert Jahre«, sage ich.
Er nickt.
»Es war einmal ein Mann, Ihnen in Haltung und Aussehen nicht unähnlich, der so gut log, dass man ihn unmöglich zu fassen bekam«, erzähle ich, »und ich hatte keine Beweise, nur einen Verdacht, ein Kneifen in der Magengegend, außerdem habe ich es gerochen. Das kann ich, wissen Sie, riechen, ob ein Mann schuldig ist oder nicht.«
»Aha«, sagt er, rückt aber deshalb nicht weiter von mir ab.
»Damals vor fast hundert Jahren hatte ich nicht einmal eine Leiche«, fahre ich fort. »Dafür hatte ich dreihundertachtundfünfzig Zeugen, ein Publikum genau genommen. Ein Zauberkünstler von gewissem Rang hatte eines Abends seine Frau weggezaubert.«

Der Zauberkünstler, der unter dem Namen El Jabali auftrat, zählte zu den Besten in Skandinavien. Als Junge träumte er davon, der neue Houdini zu werden. Der Gedanke, sich aus jeder x-beliebigen Situation herauswinden zu können – Fesseln, Eisblöcken, Flammenmeeren –, trieb ihn an, und nach und nach machte er sich an die größten norwegischen Artisten heran und versuchte, sich das eine oder andere Kunststück abzuschauen. Er war ein lernwilliger Junge und trat mit Kartentricks, Würfeln, Seidenschals, Zylinder, zwei Tauben und einem Kaninchen im ganzen Land auf Veranstaltungen und Festen auf. Aber ein Houdini war er nicht. Er übte und übte, konnte sich aber seinen selbst auferlegten Hindernissen nicht schnell genug entziehen, konnte nicht vor einem Publikum stehen als freier Mann, als lebende Erklärung: Ich existiere! Ich bin! Als er schließlich in einem Alter von dreiundzwanzig Jahren einsah, dass der Houdini-Traum nie in Erfüllung gehen würde, wurde er unglücklich. Vier Jahre lang war El Jabali unglücklich. Er lag unter der Decke in seinem Zimmer in Majorstuen, war unglücklich und wünschte sich zu verschwinden. Die Vermieterin drohte damit, ihn hinauszuwerfen. Seine Eltern drohten damit, ihn zu enterben. Seine Freunde drohten damit, ihm Trost und finanzielle Unterstützung zu verweigern. Dann geschahen zwei Dinge. Am Ende des vierten Jahres fing er an zu überlegen, er spannte die Dämonen vor seinen Karren und ließ *sie* für *ihn* arbeiten, rief sämtliche Ungeheuer der Depression an und fragte: Wie kann ich zum größten Zauberkünstler der Welt werden? Und die Ungeheuer antworteten, wie sie es immer taten: Du existierst nicht! Du bist nicht!

Vier Jahre lang hatte El Jabali unter der Decke gelegen und sich gewünscht zu verschwinden. Und in gewisser Weise war es ihm auch gelungen. Niemand sprach mehr mit ihm. Niemand kümmerte sich mehr um ihn. Niemand verschwendete mehr einen Gedanken an ihn. Er verstand plötzlich, dass es nicht seine Mission im Leben war, der neue Houdini zu werden, sich der ganzen Welt zu präsentieren, zu erklären: Ich existiere! Ich bin! Sondern das Gegenteil. Seine Mission als Zauberkünstler, als Magier, als El Jabali war es, Dinge verschwinden zu

lassen. Karten, Würfel, Seidenschals, Zylinder, Tauben, Kaninchen, vielleicht sogar eine hübsche Frau und zuletzt natürlich sich selbst.
Eine Handbewegung, dachte er, und alles wird dunkel, alles verschwindet.

Am Ende der vier Jahre unter der Decke geschahen also zwei Dinge in El Jabalis Leben. Zum einen fing er an zu denken. Zum anderen traf er, als er wieder Umgang mit seinen Freunden pflegte, die halb russische, halb kongolesische Zirkusartistin Darling und verliebte sich in sie. Darling erwiderte seine Gefühle, und nicht lange nach dem ersten heftigen Treffen heirateten sie. Darlings Vater war Zirkusdirektor, und El Jabali gehörte innerhalb kürzester Zeit zu dem Stab des kleinen, aber etablierten russischen Zirkus Bravado. Jeden Abend zeigte er eine Serie konventioneller Zaubertricks – unterhaltsam zwar, aber keineswegs Aufsehen erregend. Noch nicht.
Und dann ging der Zirkus Bravado auf Norwegen-Tournee. Das junge Paar führte im Großen und Ganzen ein gutes Leben. Alle wussten, dass El Jabali etwas ausheckte. Jeden Tag vor der Vorstellung lag er im Wohnwagen, den er mit Darling teilte, im Bett, hörte Schuberts *Winterreise* und grübelte über seinen großen Zaubertrick nach.
Im Laufe der Zeit erzählte er auch seiner Frau von seinen Plänen, wie er alles Mögliche spurlos vor den Augen des Publikums verschwinden lassen wollte – kein Kabinett, kein hohler Boden, keine flatternden Faltenwürfe, nichts –, eine hervorragende optische Täuschung nur, ein allmähliches *fade out*, mitten in der Manege, vor Hunderten verblüffter Zeugen. Darling war sofort begeistert und bot sich als seine Assistentin an.
Sie selbst war Trapezkünstlerin und im Zirkus aufge-

wachsen. Es lag mit anderen Worten nicht in ihrer Natur, für einen anderen zu assistieren. Die halb russische, halb kongolesische Darling war schon als Neunjährige eine Diva gewesen, als sie die Spitze einer menschlichen Pyramide bildete, die aus ihrem Großvater und ihrer Großmutter, aus Vater, Mutter, fünf Brüdern, zwei Schwestern, drei Vettern und einer Kusine bestand. Aber Darling glaubte an die Qualitäten ihres Mannes als Zauberkünstler, er hatte die richtigen Hände, gute Hände. Darlings Herz zweifelte nicht einen Augenblick daran, dass er die Hände eines Zauberkünstlers hatte. Es gab noch einen weiteren Grund, weshalb sie sich bereit erklärte, ihm zu assistieren. Sie hatte Angst vor seiner Schwermut, die ab und zu damit drohte, sie beide in den Abgrund zu treiben, und war deshalb mehr als willig, einmal am Abend zu dem magischen Klang applaudierender Hände aus der Manege zu verschwinden – wenn es das war, was ihn glücklich machte.

Die Zaubernummer wurde von der ersten Vorstellung an eine Sensation, und die Zeitungen nannten El Jabali bald den größten Zauberkünstler Skandinaviens. Die Norwegen-Tournee des Zirkus Bravado wurde die beste aller Tourneen, und El Jabalis Schwiegervater, der Zirkusdirektor, war endlich mit seinem Schwiegersohn zufrieden, klopfte ihm auf den Rücken und küsste ihn auf den Mund. Und es wurde nicht länger darüber geredet, dass sich der Zirkusdirektor früher in herablassenden Worten über seinen Schwiegersohn geäußert hatte, dass er ihn beispielsweise einen eitlen Gockel genannt hatte. Aber es war auch eine phantastische Nummer, die El Jabali dem Publikum des Zirkus Bravado präsentieren konnte.

»Können Sie sie beschreiben?«, fragt Martin. Das Zimmer ist dunkel, sein Gesicht auf der anderen Seite des Esstischs undeutlich.
»Schließen Sie die Augen, und stellen Sie sich die Szene vor«, sage ich.
Martin schließt die Augen nicht, hört aber schweigend zu.
»Die Vorstellung nähert sich ihrem Ende. Die Scheinwerfer werden gedämpft, nur ein einziger weißer Lichtkegel in der Mitte der Manege. Der Klavierspieler spielt die ersten Strophen dessen, was Einzelne als das letzte Lied in Schuberts Liederzyklus *Die Winterreise* erkennen mögen. El Jabali hält Einzug in die Manege, in Lumpen gekleidet, ein verlorener Spielmann, mit platt gedrücktem Zylinder, löchrigem Smoking, einer zerfransten Krawatte um den Hals und viel zu großen schwarzen Schuhen an den Füßen. Er bewegt sich langsam auf den Lichtkegel zu, und hin und wieder bleibt er stehen, legt den Kopf schief und zeigt auf das Zirkusorchester, wie um dem Publikum zu sagen, dass auch er die Töne des Klavierspielers hört.
Dann steht er ganz still im Scheinwerferlicht. Er wirft einen vorsichtigen Blick auf den Klavierspieler und fängt an, mit dem rechten Arm zu kurbeln. Der Klavierspieler spielt, der Spielmann kurbelt. Eine ganze Zeit geht das so. Der Klavierspieler spielt, der Spielmann kurbelt. Zum Schluss kommen zwei rot gekleidete Clowns mit einem Leierkasten in die Manege. Vorsichtig stellen sie diesen vor den Spielmann hin und zeigen ihm mit großen weiß bemalten Händen, dass er darauf spielen darf, dass der Leierkasten ein Geschenk von ihnen an ihn ist, dann laufen sie wieder hinaus.
Und der Spielmann spielt auf dem Leierkasten, ein Lied-

chen nach dem anderen, aber er sieht keineswegs fröhlich aus. Er sieht sich um. Er ist ganz allein. Der Spielmann ist ganz allein. Auch die Clowns sind verschwunden. Niemand will dem Leierkastenmann zuhören. Niemand will seine Musik hören. Aber: Wenn er vielleicht noch ein wenig weiterspielt, ja, wenn er vielleicht noch ein wenig weiterspielt, fröhlichere Musik, als würde er nach jemandem rufen, laut nach jemandem rufen, und zur Verwunderung des Publikums nimmt plötzlich eine Frau in dem Licht Gestalt an. Zunächst ein Arm, dann noch ein Arm, dann ein Finger und dann ein Auge und dann ein Knie und dann ein Fuß und dann ein Zeh und dann eine Brust und noch eine Brust. Plötzlich steht sie da, eine blendend schöne junge Frau, halb russisch, halb kongolesisch, ebenso vollkommen, ebenso lebendig wie der Leierkastenmann selbst. Es ist kaum zu glauben. Eine Frau aus dem Nichts herbeigezaubert.

Und dann tanzen sie. Der Leierkastenmann tanzt mit der Frau.
Ich kann tanzen, sagt er.
Wobei man das nicht hört. Man hört nicht, wie er sagt, dass er tanzen kann. Denn das Ganze ist eine Zirkusnummer und im Zirkus wird eigentlich nichts gesagt. Aber man stellt sich vor, dass er das sagt. Dass er tanzen kann. Die Eitelkeit packt ihn, der Spielmann wird eitel, er sagt, dass er nicht hier stehen und an seinem Leierkasten kurbeln muss. Denn er kann tanzen. Der Spielmann kann tanzen. Der Leierkastenmann kann tanzen. Ich kann tanzen, sagt er. Er kann sogar alleine tanzen. Er kann ohne sie tanzen. Ich kann ohne dich tanzen, sagt er. Ich kann allein in diesem Licht tanzen.

Der Leierkastenmann hebt beide Hände in die Luft und macht eine Handbewegung, El Jabali macht eine Handbewegung, mehr nicht, eine Handbewegung, und die hübsche junge Frau fängt an, zu verschwinden, sie löst sich auf, dematerialisiert sich, zersetzt sich, hier und jetzt, vor mehreren hundert Augenpaaren, und es tut weh. Das kann man an ihrem Gesicht erkennen. Es tut weh, so zu verschwinden, ohne dass man es selbst will, mitten im Tanz, tut weh, wegretuschiert zu werden, ausgewischt zu werden, sich in Luft aufzulösen, zu Nichts zu werden im Beisein dieser vielen Zeugen.

Sie krümmt sich vor Schmerz. Und gleich einer Blase, die platzt, ist sie – und so schnell kann man nicht einmal blinzeln – verschwunden.

So ungefähr hat es sich zugetragen«, sage ich.

»Und das Publikum war jeden Abend gleichermaßen verblüfft?«, fragt Martin.

»Das Publikum war jeden Abend gleichermaßen verblüfft«, sage ich. »In Kristiansand, Bergen, Stavanger, Trondheim und Bodø. Denn wie schafft er es? Eine Frau herbeizuzaubern, um sie sodann wieder wegzuzaubern? Es muss mit dem Leierkasten zusammenhängen, sagen einige. Damit muss es zusammenhängen. Aber die Frau ist ja nicht einmal in der Nähe des Leierkastens, sagen andere. Man sieht ja mit eigenen Augen, dass sie sich dort im Licht zersetzt, zu Staub wird. Er macht nur eine Handbewegung, sonst nichts. Das hat nichts mit dem Leierkasten zu tun. So unterhalten sie sich jeden Abend nach der Vorstellung – und in allen norwegischen Städten strömen die Leute in den Zirkus Bravado, um El Jabalis unglaubliche Zirkusnummer zu sehen.

Die Tournee endet in Oslo. Neun ausverkaufte Vorstellungen. El Jabali und seine Frau Darling sind Zeugen zufolge glücklich über diesen Erfolg und bester Stimmung, vor allem El Jabali, dem jeden Abend Bravorufe entgegenschlagen, wenn er und Darling in die Manege kommen, um die Huldigung des Publikums entgegenzunehmen.
Dann eines Abends, in der vorletzten Vorstellung des Sommers, geschieht es, dass El Jabali den Applaus ohne seine Frau entgegennimmt. Dem Publikum fällt es nicht weiter auf. Er ist ja schließlich der Zauberer. Seine Frau ist nur diejenige, die verschwindet, die Dame, die er weggezaubert hat. Das Publikum weiß nicht, dass sie auch ein Star ist, eine Trapezkünstlerin, eine Diva schon als Neunjährige, als sie die Spitze einer menschlichen Pyramide bildete, die sich aus ihrem Großvater und ihrer Großmutter, Vater, Mutter, fünf Brüdern, zwei Schwestern, drei Vettern und einer Kusine zusammensetzte. Aber Darlings Vater, der Zirkusdirektor, weiß es, und ihm fällt auf, dass El Jabali den Applaus allein entgegennimmt, und er fürchtet, dass seine Tochter gekränkt ist. Nach der Vorstellung läuft er deshalb durch den ganzen Zirkus und sucht nach ihr. Er fragt die Musikanten: Habt ihr meine Tochter gesehen? Und die Musikanten schütteln den Kopf und sagen Nein, sie haben sie nicht mehr gesehen, seit sie mit El Jabali in der Manege war. Dann geht der Zirkusdirektor weiter, bis er zu den Seiltänzern Stern und Mond kommt. Er fragt die Seiltänzer: Habt ihr meine Tochter gesehen?, und Stern und Mond sagen Nein, sie haben sie nicht mehr gesehen, seit sie mit El Jabali in der Manege war. Dann geht der Zirkusdirektor weiter, bis er zu dem Löwenbändiger kommt (der eigentlich nur Hunde, Pferde und einen singenden Strauß zähmt, denn im

Zirkus Bravado gibt es keine Löwen mehr). Und er fragt den Löwenbändiger: Hast du meine Tochter gesehen? Der Löwenbändiger schüttelt den Kopf und sagt Nein, er habe sie nicht mehr gesehen, seit sie mit El Jabali in der Manege war. Und nun fragt der Zirkusdirektor (dem einfällt, dass er seinen Schwiegersohn eigentlich noch nie gemocht hat): Wo ist El Jabali? Seine Stimme donnert: WO IST EL JABALI? Ja, wo ist El Jabali, fragen sich alle. Denn El Jabali ist verschwunden. Darling, seine Frau, die Tochter des Zirkusdirektors, ist ebenfalls verschwunden. Darling ist verschwunden, El Jabali ist verschwunden.

El Jabali wird kurze Zeit später gefunden. Er sitzt auf einem Baumstumpf vor seinem Wohnwagen, trinkt Apfelsaft und isst eine Scheibe Brot. Der Zirkusdirektor läuft mit den Musikanten, den Seiltänzern, dem Löwenbändiger, dem Schlangenmenschen, dem Clown, den Hunden und dem Strauß auf den Fersen zu ihm, packt ihn an den Schultern, schüttelt ihn und verlangt zu erfahren, wo seine Tochter ist, verlangt zu erfahren, weshalb die Tochter den Applaus nicht zusammen mit ihm entgegengenommen hat. El Jabali weiß es nicht, sagt er. Ich habe sie nicht mehr gesehen, seit ich sie weggezaubert habe. Und an dieser verwunderlichen Geschichte hält er fest. Die Polizei wird eingeschaltet. Es liegt unmittelbar der Verdacht einer kriminellen Handlung vor. Ich komme zum Tatort. Ich spreche mit den Anwesenden. Ich spreche mit El Jabali. Ich spreche mit allen, die an dem Abend im Zirkus waren, als Darling weggezaubert wurde, aber niemand kann mir etwas anderes erzählen, als was er mit eigenen Augen gesehen zu haben glaubt: Dass Darling weggezaubert wurde, dass sie verschwand, sich zersetzte, sich vor mehreren hundert Zeugen in Nichts auflöste.«

»Und El Jabali?«, fragt Martin.
»Er verschwand ebenfalls.«
»Haben Sie ihn je wieder gesehen?«
»Tja, manchmal glaube ich, ihn zu sehen. Unaufgeklärte Fälle haben eine Tendenz, mich zu verfolgen«, sage ich. »Er ist jetzt sicher ein alter Mann, wenn er noch lebt.«

***

»Jetzt werde ich eine Geschichte erzählen«, sagt Martin nach einer Weile.
»So war es abgemacht«, sage ich.
»Ich werde Ihnen von dem avokadogrünen Sofa erzählen«, sagt er.
»Wollen Sie mir erzählen, dass es magisch ist?«, frage ich, »denn das weiß ich schon.«
»Nein«, sagt er, «das nicht.«

Und das ist die Geschichte, die Martin erzählt:

Vor langer Zeit, bevor Martin seine Stella getroffen hat und Stella ihren Martin, hatte Martin eine Geliebte, die Penelope Lund hieß. Und eines Tages sagt Penelope zu Martin, dass er ein feiger, verwöhnter, nichtsnutziger, selbstbezogener und fauler Mann ist, der die Liebe einer guten Frau nicht verdient. Martin widerspricht ihr nicht. Im Gegenteil. Er gibt Penelope Lund in jedem einzelnen Punkt Recht. Das heißt nicht, dass er aufhört, Frauen zu treffen. Keineswegs. Er hört schlicht und einfach auf, Penelope Lund zu treffen, jedenfalls eine Weile. Er geht stattdessen mit vielen verschiedenen Frauen ein langes und betörendes Liebesverhältnis ein. Und seine Arbeit als Möbelhändler ermöglicht es ihm, sein Liebesrepertoire ins Unendliche zu erweitern. Es ist kein Geheimnis, dass es im Wesentlichen Frauen sind, die Möbel kaufen. Es ist auch kein Geheimnis, dass Frauen warm ums Herz wird, sobald sie sich einem schönen Möbelgeschäft nähern. Und eines Tages beschließt der junge Möbelhändler, aus dieser Wärme Nutzen zu ziehen und mit allen (und wenn ich alle sage, präzisiert Martin, dann meine ich auch alle) Frauen ins Bett zu gehen, die das avokadogrüne Sofa kaufen, das in der Nähe des beliebten Ladencafés ausgestellt ist, flankiert von einer Lampe mit einem weißen damenhutförmigen Schirm aus dem 19. Jahrhundert. Eben jenes Sofa, das ihn allmählich in Stellas Wohnung führen wird, in Stellas Leben, in Stellas Bett, außerstande zu erklären, wieso Stella plötzlich zehn Jahre später an einem Abend im August von einem Dach fällt und stirbt. Der Punkt, erzählt er, ist, dass seine Frauenwahl eben nicht seine Wahl sein sollte. Er ist nicht imstande, selbst zu wählen, verspürt auch nicht den Wunsch dazu. Martin pflegt die Willenlosigkeit. Martin will keine einzige Entscheidung treffen, keinen einzigen Beschluss fassen, der auf eigenen Bedürfnissen, Gelüsten, Sehnsüchten und Trieben basiert. Martin will leben, wie er will, ein Leben zwischen Himmel und Erde, hier und da, Tag und Nacht. Aber um dieses Ziel zu erreichen, ohne gleichzeitig zu sterben, was eigentlich das Natürliche wäre, denkt sich Martin ein System, ein Muster, einen Satz unbeugsamer Regeln aus. Er denkt sich einen Regelsatz zum Essen und Trinken aus, einen Regelsatz für den Toilettenbesuch, einen Regelsatz zum Geldverdienen und -ausgeben, einen Regelsatz zum Kennenlernen von Frauen. Damit meint er, die Notwendigkeiten des Lebens abgedeckt zu haben. Den Drang, sich zu füllen, sich zu leeren, sich zu ernähren und zu vermehren kann einen anderen Mann dazu veranlassen,

Entscheidungen zu treffen, mit deren Konsequenzen er anschließend leben muss, wohl wissend, dass er sie selbst gewählt hat, wohl wissend, dass er selbst verantwortlich für seinen Untergang ist. Martin ist schon immer davon überzeugt gewesen, dass sein Untergang kurz bevorsteht, will aber nicht selbst dafür verantwortlich sein. Deshalb lässt er, wenn es um Frauen geht, ebenso gerne das Sofa entscheiden: Alle Frauen, die das avokadogrüne Sofa kaufen, werden früher oder später Besuch von Martin Vold bekommen, werden sich früher oder später für Martin Vold ausziehen und werden früher oder später nachdrücklich und in jeder Weise denkwürdig von Martin Vold gevögelt. Ob sie hässlich, hübsch, dick, dünn, jung, alt, wütend, fröhlich sind, ist nebensächlich, er geht mit allen ins Bett, mit einer nach der anderen – und zu diesem Zeitpunkt in der Geschichte drängt es mich, ihn zu unterbrechen und zu fragen:

»Gibt es denn so viele Frauen, die avokadogrüne Sofas kaufen?«

»Sie haben keine Ahnung«, antwortet er. »Das Sofa wurde zu einem Fieber. Alle wollten es haben.«

Ich stutze ein wenig, bevor ich die nächste Frage stelle. Ich bitte ihn um Entschuldigung, dass ich so naiv frage, aber könnte es nicht sein, dass die eine oder andere Frau vielleicht mit ihrem Ehemann oder Liebhaber Möbel kaufen geht, und ist es dann nicht schwierig, ich sehe auf meine Notizen, ist es dann nicht schwierig, sie »nachdrücklich und denkwürdig« zu vögeln? »Ich meine«, sage ich, und suche nach Worten, »was machen Sie mit dem Mann?«

Er seufzt.

»Ich vereinbare einen Liefertermin, wenn er nicht zu Hause ist.«

»Kommt es vor, dass eine Frau Nein sagt?«

»Nein.«
»Nie?«
»Nein.«
»Haben Sie Henry Miller gelesen?«
»Nein.«
Ich bin still, blicke zur Decke.
»Wieso?«, fragt er. Unsicher.
»Er schreibt irgendwo, dass das australische Känguru-männchen einen doppelten Penis hat, einen für den Alltag und einen für besondere Anlässe. Ich frage mich gerade, ob es bei Ihnen ähnlich ist?«
Er antwortet nicht. Er überlegt, ob ich ihn verspotte. Zum Schluss, vielleicht aus Neugier, vielleicht auch weil wir die Nacht noch vor uns haben, bitte ich ihn, von den Frauen zu erzählen.
»Ich schleiche durch den Laden«, sagt er, »spioniere ihnen nach, halte den Atem an, wenn sie sich dem Sofa nähern. Ich nehme sie in mir auf, die Haare, das Gesicht, die Brüste, die Oberschenkel, hoffe, dass sich die eine setzt und dass die andere weitergeht. Es ist ein schönes Sofa. Vielen Frauen fällt es auf, viele streichen mit der Hand über den weichen grünen Stoff, stellen sich vor, wie ein solches Sofa in ihrer Wohnung aussehen würde. Mitunter versuche ich vielleicht, die Käuferinnen zu beeinflussen. Das ist im Hinblick auf die Regeln, die ich mir auferlegt habe, nicht erlaubt, aber wenn ich eine hübsche junge Frau sehe, die, nachdem sie das Sofa immer wieder umrundet hat, es immer wieder umrundet hat, nochmals und nochmals, sich schließlich mit einem lustigen kleinen Ahhh darauf setzt, ja, da kommt es vor, dass ich mich an sie heranschleiche, ihr die Hand gebe und sage: Ich glaube, dieses Sofa würde bestens in Ihre Wohnung passen! Und dann lacht die junge Frau leise und sagt: Aber Sie

wissen doch gar nicht, wie es in meiner Wohnung aussieht, oder?
Und dann sage ich, dass ich genau das in circa sechs bis acht Wochen wissen werde, welches die erwartungsgemäße Lieferzeit von Galileo ist.«

»Galileo?«, werfe ich ein und sehe auf meine Notizen.

»Das ist der Name des Möbelgeschäfts«, sagt Martin.

»Natürlich!«

»Wir liefern Tische, Stühle, Teppiche, Betten, Jalousien, Lampen, Chaiselongues, Regale, Schränke, Bänke, Arbeitstische, Puffs, und außerdem servieren wir den besten Espresso und Rucolasalat der Stadt ...«

»Erzählen Sie weiter, bitte.«

Martin holt tief Luft.

»Aber wenn sich eine richtig hässliche Dame auf das Sofa plumpsen lässt und Anzeichen zeigt, dass sie interessiert ist, tauche ich auf, schüttele den Kopf und zeige auf ein anderes Ausstellungsmodell, auch dieses italienisch. Ich versuche dann, die Dame davon zu überzeugen, dass das andere Sofa ein viel schöneres Möbelstück ist zu einem viel niedrigeren Preis, welches sie lieber nehmen sollte. Obgleich ich es nicht immer schaffe, sie zu überzeugen. Es kommt vor, dass die hässliche Frau das avokadogrüne Sofa haben will, egal, was ich sage, und dann habe ich gemäß meinen Regeln keine andere Wahl, als auch sie zu bedienen in jeder Hinsicht.«

»Aber es gibt doch wahrhaftig niemanden, der Sie dazu zwingt«, halte ich ihm entgegen. »Am wenigsten die so genannten hässlichen Frauen.«

»Ich habe ein System«, unterbricht er mich, »und ich will nicht aufgeben, bevor ... (er mustert mich). Es ist wie ein Kartenhaus. Zunächst geht es nur um den Spaß, und es macht nichts, wenn die Karten einstürzen. Dann fängt man halt wieder von vorne an. Aber plötzlich schafft man es, nicht wahr? Plötzlich baut man eine Etage auf die andere und noch eine, und das Haus steht! Und dann wird es plötzlich verdammt wichtig, dass es nicht einstürzt, verstehen Sie, dass man alle zweiundfünfzig Karten verwendet. So ist es. Es beginnt wie eine Wette, vielleicht mit einem Kollegen oder einem Kameraden, dass ich es schaffe, die erste Frau zu verführen, die das avokadogrüne Sofa kauft, egal wer es ist. Und es geht spielend leicht. Und dann die nächste, verstehen Sie? Ebenso leicht. Und die nächste und die nächste und die nächste. Und das Haus steht! Und es wird mit jedem Mal unendlich viel interessanter, es kann ja passieren, dass eine Nein sagt. Aber niemand sagt Nein. Niemand sagt Nein. Und es käme mir nicht in den Sinn, einen Rückzieher zu machen, das Kartenhaus absichtlich einstürzen zu lassen, nur weil ich mich von irgendeiner Frau nicht angezogen fühle.«

Einmal, erzählt er, kommt eine Frau in den Laden, die sich sofort auf das grüne Sofa setzt. Sie ist klein, dünn und blass, hat hellbraune Dauerwellen um das Gesicht, das nichts in ihm weckt, trockene Haut, müde kleine grüne Augen, einen schmalen Mund und eine kleine Nase. Sie ist nicht hübsch, aber auch nicht wirklich hässlich. Ich ziehe die wirklich Hässlichen vor, sagt er, die Aufsehen erregend Komischen oder die überwältigend Dicken. (Er bohrt seinen Blick in mich, mustert meinen Körper. Ich gebe ihm zu verstehen, ebenfalls mit einem Blick, dass ich mich davon nicht beeindrucken lasse.) Diese Frau, weder hübsch noch hässlich, kauft das avokadogrüne Sofa und empfängt Martin acht Wochen später in ihrer Wohnung. Was geschehen soll, haben sie schon miteinander vereinbart, und nachdem sie ihm geholfen hat, das

Sofa auf seinen Platz im Wohnzimmer zu stellen, das Wand an Wand zur Küche liegt, fängt sie an sich auszuziehen. Sie sieht ihn nicht an. Nicht einmal, als sie sich auf die grünen Kissen legt, sieht sie ihn an. Er knöpft die Hose auf, überlegt, dass er ihr vielleicht über die Wange streichen sollte, eine Berührung, wenigstens ein Wort, aber er lässt es sein und setzt sich auf sie, steckt sein Glied in sie, und sie könnte ebenso gut von der Taille abwärts tot sein, sagt er, ich spüre nichts, nichts. Aber die Frau bohrt plötzlich ihren Blick in ihn, zwingt ihn, ihr in die Augen zu sehen, die vor Freude tränennass sind, der Blick einer glücklichen Frau, und er starrt sie an, gebannt von diesem Blick, bis ihm einfällt, dass er die Augen schließen könnte, und dann schließt er die Augen.

Die Frau schreit ihre Lust heraus, bewegt den Körper auf eine Weise, die nichts mit Martins Körper zu tun hat, er versucht, ihren Rhythmus zu finden, aber ohne Erfolg, sie sieht ihn freudevoll an, schreit ihre Lust heraus und wirft sich von einer Seite auf die andere, aber sie schert sich nicht um ihn. Als sie kommt, gräbt sie ihre Finger in ihn und wird so starr, dass sie ihn beinahe aus sich herausstößt. Da küsst sie ihn zum ersten Mal, klammert sich so fest an ihn, dass er unfreiwillig seine Nase in ihre dünnen Haare stecken muss.

Nachdem sich beide wieder angezogen haben, umarmt sie ihn erneut, flirtend jetzt, spielerisch, als wäre sie eine junge viktorianische Romanheldin, die sich ihrem Freier endlich hingegeben hat, streicht ihm gewissermaßen kokett über den Schenkel und sagt etwas in der Art von, dass es schön sei, wenn zwei Menschen sich auf diese Weise begegnen. Er weicht ihr jetzt aus, als ihre Hand seine berührt.

»Ich hätte mich fast übergeben. Normalerweise versetzen mich Frauen in gute Stimmung … wenn ich feststelle, was die eine oder die andere oder die nächste dazu bringt, die Besinnung zu verlieren. Manchmal versuche ich es vorher zu erraten, aber meistens irre ich mich. Es ist die Andersartigkeit jeder einzelnen Frau, die mich fasziniert.«

»Aber in dem Fall hätten Sie sich beinahe übergeben, weil?«

»Weiß nicht. Es war widerlich. Eigentlich hatte ich Lust, mitten im Akt aufzustehen und zu sagen, dass ich es nicht länger ertrage.«

»Warum haben Sie es nicht getan?«

»Höflichkeit, glaube ich.«

»Hören Sie danach auf, Frauen zu verführen, die das grüne Sofa kaufen?«

»Nein.«

»Sie machen weiter?«

»Ich mache weiter. Die Metapher des Kartenhauses ist nicht zufällig gewählt. Genauso sehe ich es. Dass ich ein Kartenhaus baue. Wenn zweiundfünfzig Frauen das avokadogrüne Sofa gekauft haben, wenn ich mein Haus fertig gebaut habe und das Haus ohne zu wackeln dasteht … dann werde ich aufgeben.«

»Und mit neuen Regeln wieder anfangen?«

»Ja. Neue Regeln.«

»Frauen verführen, die … was kaufen? … Fernsehsessel vielleicht?«

»Vielleicht.«

»Und Stella … Sie liefern das Sofa ab und bleiben zehn Jahre bei ihr, bis sie von einem Dach fällt.«

»Ja.«

»Sie liefern das Sofa ab und bleiben.«

»Ich bleibe.«

Amanda

Bi schläft. Sie soll schlafen, bis Martin an die Tür klopft und sagt, dass es Zeit ist zu gehen. Wenn der Pfarrer heute in der Kapelle spricht, werde ich im Stillen Scheiße, Fotze, Schwanz, töten, Satan, Kacke, Blut, Möse, bumsen, ficken, Pimmel sagen. Dann muss ich mir nicht anhören, was er sagt. Und anschließend kommt Papa, hat Martin gesagt. Vielleicht steht er vor der Kapelle und wartet auf mich. Ich weiß nicht, wie mir Papa gefällt. Ich habe ihn ein paarmal gesehen. Das erste Mal, als ich drei Tage alt war. Damals schlief ich zusammengerollt wie eine Katze in seiner Achselhöhle. Das hat Mama erzählt. Und dann ging er nach Australien. Ich weiß nicht, ob ich ihn vermisse, ich kenne ihn ja nicht. Aber Australien ist sicher schön. Einmal, bevor Mama Martin getroffen hat und ich vier oder vielleicht fünf war, kam Papa zu Besuch. Damals wohnten Mama und ich in der Wohnung am Frogner Platz. Er hat mich mehrmals in den Arm genommen. Das fand ich eklig. Ich mag es nicht, wenn mich die Leute in den Arm nehmen. Aber er hatte eine ganze Tüte Süßigkeiten mit, nicht so eine kleine Papiertüte, sondern eine Tragetüte, eine Tüte, wie man sie im Supermarkt bekommt, und die ganze Tüte war voller Süßigkeiten. Die Tüte und die Süßigkeiten waren aus Australien.

Früher habe ich gespielt, dass der Klempner mein Vater ist. Aber jetzt wäre mir lieber, er wäre mein Geliebter. Einmal vor nicht allzu langer Zeit bin ich zu ihm auf den Dachboden gegangen und habe gefragt, ob er mit mir schlafen will. Er lag in seinem Bett und schlief. Es war ziemlich spät. Mama und Martin schliefen. Der Klempner schlug die Augen auf und sah mich an, schaltete die Lampe auf dem Nachttisch ein. Das Licht fiel direkt auf meine Brüste. Ich fror. Ich wollte zu ihm ins Bett klettern, unter die Decke, mich an ihn schmiegen. An die Wärme dort. Ich bin der Meinung, du solltest wieder gehen und dich schlafen legen, sagte er ganz leise. Ich will bei dir schlafen, sagte ich. Nein, sagte er. Das geht nicht.
Manchmal spielen wir zusammen Nintendo, der Klempner und ich. Er war es, der das Ungeheuer im Wald getötet und die schwierigste Welt umrundet hat. Das hätte ich nicht geschafft. Und ab und zu darf ich zu ihm ins Bett. Dann lieben wir uns die ganze Nacht, und am nächsten Tag läuft es nur so aus mir heraus. Einmal fing Marianne in der Schule an zu grinsen. Ich ging von einem Pult zum nächsten und teilte eine Englischarbeit aus. Marianne grinste, und dann grinste das Mädchen, das neben Marianne saß und Vigdis heißt, und dann grinste die ganze Klasse. Ich trug eine helle Hose. Ich spürte, dass meine Unterhose nass war, klatschnass, das war sie schon den ganzen Tag, aber ich hätte nicht gedacht, dass man es sehen könnte. Die anderen sagten, ich hätte in die Hose gemacht oder meine Tage bekommen. Das war aber nicht das, was passiert war, und das habe ich Marianne anschließend erzählt, in der großen Pause.
Ich bin übrigens nicht in ihn verliebt. In den Klempner. Ich habe noch andere.

Bi schläft. Bi schläft hier neben mir. Sie sieht aus wie eine Puppe mit ihren langen dunklen Haaren und dem roten Kleid. Sie hat auch einen roten Regenmantel mit Kapuze und rote Gummistiefel. Heute scheint die Sonne. Es könnte wenigstens regnen, wenn Mama beerdigt wird. Vielleicht träumt Bi von Mama. Vielleicht träumt sie von Mamas langen Armen, Armen, die sich öffnen und sich um sie legen und sie hoch in den Himmel heben.
Als ich klein war und bevor ich wusste, wie man das Ungeheuer im Wald tötet, habe ich solche Träume auch gehabt.

Corinne

Ich frage Martin: »Sie haben zwei Kinder …?«
»Stella hat zwei Kinder«, unterbricht er mich. »Ich habe eins. Amanda ist nicht mein Kind. Bi ist allem Anschein nach mein Kind, ja.«
»Bi ist allem Anschein nach mein Kind«, wiederhole ich. »Warum sagen Sie so etwas?«
Martin antwortet nicht. Wir sitzen uns am Esstisch gegenüber und keiner von uns sagt ein Wort. Ich weiß, dass er die Stille nicht ertragen wird, wenn ich nur lange genug warte.
»Ich weiß nicht, was es mit Bi auf sich hat«, sagt er schließlich.
»Sie kommt weniger als ein Jahr nachdem Sie hier eingezogen sind, auf die Welt?«
»Sie wurde in Høylandet gezeugt«, antwortet er. »Dort waren wir, kurz nachdem wir uns kennen gelernt hatten, um den Geburtstag meiner Großmutter Harriet zu feiern.«
»Freuen Sie sich, als Stella Ihnen erzählt, dass sie schwanger ist?«
»Ich finde, sie wird von Monat zu Monat schöner. Stella ist ungewöhnlich groß, und jetzt ist sie auch noch ungewöhnlich dick. Sie ist zwei und ich bin allein. Ich sehe sie

an, und sie ist zwei. Sie ist Bi und sie ist Stella, und ich kann mich bei ihnen ausruhen.«

»Sie wissen damals schon, dass das Kind Bi heißen soll?«

»Ja – nach meiner schwedischen Urgroßmutter Bianka. Wir wissen, dass sie Bi heißen soll, und wir wissen, dass sie in Høylandet gezeugt wurde. Nachts schlafe ich mit dem Kopf auf Stellas Bauch und erzähle dem Baby alles, was mir an phantastischen Geschichten einfällt. Ich sehe sie dabei vor mir, fast kommt sie aus ihrer Mutter herausspaziert, ein vollkommenes kleines Wesen, ein vollkommenes kleines Gesicht. Manchmal nennen wir sie Bi. Manchmal nennen wir sie Herr Poppel.«

Martin zündet sich eine Zigarette an. »Es ist eine schöne Zeit.«

»Eine schöne Zeit für Sie beide? Stella ist während der Schwangerschaft nicht übel?«

»Ihr ist nicht übel.«

»Und Stellas andere Tochter, Amanda? Wie reagiert sie darauf? Sie ist wohl fünf, als Stella schwanger wird?«

»Ja, so was in der Art. Ich weiß nicht. Amanda und ich sind uns nie vertraut gewesen. Ich will ehrlich sein. Amanda ist, wie soll ich sagen, Amanda ist im Weg, Amanda war ...«

»... nie jemandes Liebling«, sage ich leise.

»Was sagen Sie?«

Martin sieht mich fragend an.

Ich sagte: »Amanda war nie jemandes Liebling. Sie müssen mich entschuldigen. Meine Kollegen regen sich auch darüber auf. Ich vollende anderer Leute Sätze. Eine Unart!«

Martin sieht mich an, dann sagt er:

»Amanda hat nichts mit Stella und mir zu tun. Manchmal tue ich vielleicht so, als würde ich mich für sie interessieren. Es ist wichtig für Stella, dass ich mich für sie interessiere. Ich nehme sie auf den Schoß, aber sie reißt sich los. Ich kriege es nicht hin, das mit Amanda. Sie reizt mich. Sie ist im Weg.«

»Inwiefern im Weg?«

»Wir haben viel Spaß in dieser Zeit. Wir spielen.«

»Spielen, wie meinen Sie das? Wer spielt?«

»Stella und ich, antwortet er. Wir spielen. Wir treffen uns in Supermärkten in der ganzen Stadt und tun so, als würden wir uns nicht kennen. Wir laufen mit unseren Einkaufskörben herum, flirten mit Fremden, stehlen ein Päckchen Spaghetti, jonglieren mit Äpfeln, tanzen ein wenig mit den Besen und so weiter, bis einer von uns, in der Regel Stella, anfängt zu lachen. Dann habe ich gewonnen.«

»Dann haben Sie gewonnen.«

»Dann habe ich gewonnen. Einmal fange ich an, mit einer Kassiererin zu streiten, weil sie darauf besteht, dass ein Blumenkohl ein Blumenkohl ist.«

»Aha.«

»Stella steht hinter mir in der Schlange. Wir tun so, als würden wir uns nicht kennen. Wir haben vorher vereinbart, dass keiner von uns einen Einkaufskorb oder einen Einkaufswagen benutzen darf. Wir wollen so viele Waren wie möglich und noch ein wenig mehr auf dem Arm tragen … ja, da steht sie nun also in der Schlange direkt hinter mir, hochschwanger, die Arme voller Milch, Brot, Fischstäbchen, Frikadellen, Waschpulver, Kartoffeln, Äpfel, Haferflocken, Glühbirnen und so weiter und wird immer röter im Gesicht, sie ist kurz davor zusammenzubrechen, denke ich – und in dem Moment fange ich an, mit der Kassiererin zu streiten, inwieweit ein Blumenkohl tatsächlich ein Blumenkohl ist.«

Ich frage Martin: »Ein Blumenkohl ist in Ihren Augen kein Blumenkohl?«
»Ich behaupte des Streits wegen, dass ein Blumenkohl ein Brokkoli ist und ein Brokkoli ein Blumenkohl«, antwortet er. »Nur um die Leute hinter mir in der Schlange zu ärgern – die Verachtung anderer Menschen kann man so leicht wecken, ihre Aggression – und um zu sehen, wie lange Stella hinter mir durchhält.«
»Mit vollen Armen.«
»Mit vollen Armen, ja. Und dann stehe ich da und zeige auf den Kassenbon, auf dem steht, dass ich fünf Blumenkohlköpfe gekauft habe, und beharre darauf, dass ich fünf Brokkoliköpfe gekauft habe. Die Kassiererin seufzt und sagt, dass der Blumenkohl, der im Angebot ist, ohnehin das Gleiche kostet wie der Brokkoli – folglich ist es wohl Jacke wie Hose, wie man es nennt, woraufhin ich den Kopf schüttle und sage: Jacke wie Hose! Jacke wie Hose! Alles, was recht ist! Wenn ich Brokkoli kaufe, will ich, dass Brokkoli auf dem Kassenbon steht, und wenn ich Blumenkohl kaufe, will ich, dass Blumenkohl da steht. Die Schlange fängt an, sich zu rühren, ich höre Gemurmel hinter mir und das eine oder andere Stöhnen. Stella stößt mit ihrem dicken Bauch an mich, ich spüre ihre Nabelspitze an meinem Rücken, als wollte sie mir sagen, dass es jetzt reicht – und ein Mann weiter hinten ruft, dass ich zusehen sollte, mit dem Unsinn aufzuhören. Ich richte mich auf und sage noch einmal, alles was recht ist, ich will keinen Kassenbon haben, auf dem steht, dass ich etwas gekauft habe, was ich nicht gekauft habe. Da seufzt die Kassiererin erneut und holt ein Heft hervor, das sie unter der Kasse liegen hat, mit Bildern von allen Gemüsesorten der Welt, und triumphierend findet sie ein Bild von einem Blumenkohl, unter dem in Druckbuchstaben das Wort

Blumenkohl steht. Ich schaue mir das Bild an. Ich schaue mir die Buchstaben an. Um mich herum wird es still. Ich spüre Stellas Atem im Nacken, bitte, Martin, hör jetzt auf, das ist nicht länger witzig. Nein!, sage ich zum Schluss. Alles, was recht ist! Nein?, wiederholt die Kassiererin verblüfft. Nein!, sage ich bestimmt. Das ist ein Fehler. Das Buch irrt sich. Das Buch irrt sich, Sie irren sich, alle irren sich, das hier ist eine verrückte, irrige Welt. Ich hole einen Blumenkohl aus der Tüte, halte ihn wie einen Schädel vor mich hin und deklamiere: Das ist ein Brokkoli!«

»Und was passiert dann?«

»Dann passieren ganz viele Dinge gleichzeitig«, sagt Martin. »Zuerst ein heftiges Stöhnen, ein kollektives Stöhnen, ein unzweideutiger Wutausbruch. Ein junger Mann ganz hinten in der Schlange kommt nach vorne und stürzt sich auf mich, beide Hände zu Fäusten geballt. Die Kassiererin fängt an hysterisch zu lachen. Und Stella lässt ihren Stapel Waren auf den Boden fallen. Gleichzeitig läuft eine Frau auf sie zu und ruft *Aber meine Liebe, ... was ist denn mit Ihnen? ... Soll ich Ihnen helfen?* Jetzt werden alle still. Stella sitzt in einer Wasserlache auf dem Boden, die Beine von sich gestreckt, alle Lebensmittel um sie herum verstreut. Sogar der Mann, der auf mich losgehen wollte, wird still, bleibt stehen und schaut auf Stella, die Fäuste noch immer in der Luft. Stellas Blick begegnet meinem. Das ist Bi ..., flüstert sie. Bi ist unterwegs. Sie sieht sich um, begegnet den Blicken der anderen in der Schlange. Nein, was habe ich für eine Schweinerei verursacht ... Entschuldigung ... Wasser überall ... Kannst du das Auto holen, Martin?«

»Hörst du jetzt auf ... mit dem Spiel?«

»Ja natürlich. Ich setze mich neben sie auf den Boden,

umarme sie, und wir fangen beide an zu lachen. Die anderen in der Schlange sind verwirrt. Einige lachen, andere schütteln den Kopf, die freundliche Dame, die helfen wollte, liest die Waren vom Boden auf und legt sie in einen Einkaufskorb. Ich stehe auf und bedanke mich bei ihr. Ein kleiner Mann, sicher über siebzig, ohne Haare auf dem Kopf und im Gesicht und mit kleinen knotigen Händen, beugt sich vorsichtig zu Stella hinunter, die immer noch auf dem Boden sitzt, und fragt, ob sie mich wirklich kennt oder ob sie aufgrund der Umstände nur verwirrt ist. Er zeigt auf die Wasserlache. Sie antwortet, dass sie mich kennt. Dann haben Sie direkt hinter ihm in der Schlange gestanden, ohne ein Wort zu sagen, als er darauf beharrt hat, dass sein Blumenkohl ein Brokkoli ist?, fragt er. Ja, so war es, antwortet sie. Und nun geht der Mann neben ihr in die Hocke und faucht ihr ins Ohr: Ich hoffe für Sie, dass Sie wissen, was Sie heute zur Welt bringen! Der Mann zeigt mit dem rechten Zeigefinger auf Stellas Bauch. *Das arme Kleine*, sagt er, *das arme Würmchen*. Und dann steht er auf und geht weg.«

Martin nimmt eine Zigarette aus der Schachtel, zündet sie aber nicht an. Er bleibt vielmehr sitzen und fuchtelt damit herum.

»Und dann schreit Stella«, sagt er schließlich.

»Stella schreit?«, frage ich.

»Ja, sie schreit. Schreit dem alten Mann hinterher, dass er ein böser alter Mann sei, dass er nicht das Recht habe, so mit ihr zu sprechen, dass er auf der Stelle zurückkommen und ihr ungeborenes Kind um Verzeihung bitten solle, dass sie einen Engel in sich trage, was wisse er denn schon. Aber der Mann, der im Begriff ist, den Laden zu verlassen, schüttelt nur den Kopf und verschwindet mit seiner Einkaufstüte aus der Tür. Ich versuche, sie zu beruhigen, alles ist jetzt verwirrt. Sie weint und schreit. Schreit mich an, dass ich den Mann zwingen müsste zurückzukommen, schreit, dass er Bi um Verzeihung bitten müsse. Die Geburt hat angefangen. Ich kann mich jetzt nicht mehr um ihn kümmern. Wir müssen jetzt schnellstens ins Krankenhaus.«

Amanda

Als Bi geboren wurde, fand ich sie zuerst ganz merkwürdig, weil sie nie schrie und weil sie so große Augen hatte wie eine Katze. Aber Bi ist nicht merkwürdig.

Einmal hat mir der Alte einen Zaubertrick gezeigt: Er ließ vor meinen Augen eine kleine, rot gekleidete Puppe verschwinden. Es war eine dieser altmodischen Puppen mit großen blauen Augen und langen Wimpern und rotem Mund, der sich öffnet und *Ma-ma* sagt. Ich fragte ihn, ob er das Gleiche mit Menschen machen könnte. Sie auf diese Weise verschwinden lassen. Er glaubte, ich würde dabei an Bi denken. Er glaubte, ich wollte, dass Bi verschwindet. Er sagte, es sei normal, dass man auf kleine Geschwisterchen eifersüchtig sei. Er selbst hätte seine kleine Schwester am liebsten umgebracht, als er ein Kind war, vor langer Zeit. Aber das hatte ich nicht gemeint. Ich hatte mich gefragt, ob er *mich* verschwinden lassen könnte, denn ich wäre gerne dort, wo die Verschwundenen sind, würde gerne sehen, wie es dort aussieht, würde diese Welt gerne umrunden.

Corinne

»Kurz nach Bis Geburt hatte ich einen Traum«, sagt Martin.

»Ein blutiges Bündel auf dem Operationstisch, ein unförmiges lebendes Etwas, erschöpft und zart, ein sterbendes Etwas, das noch atmet, und Stella weint und sagt, wir können sie doch retten, Martin, wir können sie retten, und als sich das Bündel aufrichtet, als das Bündel aufhört, ein Bündel zu sein, ruft Stella, dass ich sie in die Arme nehmen muss, damit sie nicht fällt und sich wehtut.«
Martin zündet sich eine Zigarette an.
»Vor Bis Geburt habe ich nie geträumt. Stella sagt, natürlich träumst du nachts, Martin, es ist nur so, dass du dich nicht mehr daran erinnerst. Alle träumen, sagt Stella. Aber ich beharre darauf, dass ich früher nie geträumt habe, ich habe jede Nacht geschlafen, und wenn sich auf der Netzhaut Szenen abspielten, war ich mir dessen jedenfalls nicht bewusst. Meine Nächte waren ruhig und blau.«
»Aber dann kommt Bi auf die Welt, und schon in der ersten Nacht nach der Geburt träumen Sie von ihr, nicht wahr?«

»Ein widerlicher Traum. Ein blutiges, halb lebendes, halb totes Bündel, das im Begriff ist, sich aufzurichten.«

Aber das ist noch nicht alles. In der nächsten Nacht träumt er wieder. Dieses Mal träumt er von Bis Augen. Bi hat zu große Augen. Er hat einen Säugling mit viel zu großen Augen auf die Welt gebracht, mit viel zu runden Augen, den Augen eines Raubtiers. Und so geht es weiter. Jede Nacht träumt er von dem Kind, und jede Nacht schlimmer als in der Nacht davor. Bi kommt im Schlaf zu ihm in ständig neuer Gestalt. In ganz abscheulicher Gestalt, ist Dinge, die er ausgespuckt oder ausgeschieden hat, ist zerschunden, misshandelt, voller Wunden und Ausschläge.

Hin und wieder schläft er im Traum mit ihr, legt sich in dem Kinderbett auf sie … Sie ist zwei viel zu große Augen.

Sie ist zwei viel zu große Augen und trotzdem Bi.

»Sie ist Bi, von einer Frau geboren, einen knappen Monat alt und dennoch«, sagt Martin, »dennoch.«

Er zeigt mir Fotos von Bi aus der ersten Zeit. Martin gehört nicht zu denen, die bei jeder sich bietenden Gelegenheit Familienfotos hervorholen, ich bin diejenige, die danach fragt.

»Haben Sie Fotos?«, frage ich.

»Ich nicht, aber Stella«, sagt er.

Ich beuge mich über Bilder von Bi. Im Gitterbettchen, auf dem Boden, als sie zum ersten Mal den Kopf hebt, auf dem Wickeltisch in ein rotes Handtuch gehüllt. Ungewöhnlich große Augen, das lässt sich nicht leugnen, aber ansonsten, soweit ich sehen kann, ein normales rosa Baby.

»Und ich werde morgens mit diesen Bildern im Kopf wach«, sagt Martin. »Nicht mit den Fotos, die Sie hier sehen, sondern mit den nächtlichen Bildern, gegen die ich mich nicht wehren kann. Stella steht auf, um Bi zu holen, sie liegt in ihrem Gitterbettchen bei uns im Schlafzimmer. Sie weint nicht viel. Die Leute sagen, wir hätten Glück, weil wir ein Kind haben, das nicht weint. Und Stella steht auf und holt Bi und legt sie an die Brust. Sieh sie dir nur an, sagt Stella. Sieh, wie sie isst. Aber die Bilder sind immer noch da. Sie liegt ja da, das kann ich sehen, das kann ich verstehen, ein kleines hilfloses Würmchen, das an der Brust seiner Mutter saugt, und draußen ist es hell, und ich kann hören, dass es schon Morgen ist, dass jemand eine Autotür zuschlägt oder nach dem Hund ruft. Kann ich da nicht mit einer Hand über den weichen, faltigen Säuglingsnacken streichen oder eins der winzigen Händchen in meine große nehmen? Nein. Denn dieses Kind sucht mich nachts heim, denke ich. Dieses fremde Kind. Dieses fremde Kind. Dieses sehr Fremde, verstehen Sie?«

Ich nicke, unterbreche ihn nicht.

»Stella merkt natürlich, dass ich unser Baby nicht anfasse. Dass ich mich jedes Mal wegdrehe, wenn sie mit ihm auf dem Arm zu mir kommt. Zuerst ist sie wütend. Was ist los?, schreit sie. Was ist das für ein Benehmen? Gib mir Zeit, sage ich dann. Ich erzähle ihr, dass ich eifersüchtig bin. Das Kind nimmt ihre ganze Aufmerksamkeit in Anspruch, und ich bekomme keine. Da schüttelt sie den Kopf und marschiert aus dem Zimmer. Aber nach und nach zieht sie sich in sich selbst zurück. Ich höre sie in allen Zimmern weinen. Ich gehe zu ihr, nehme sie in den Arm. Was ist los mit dir?, fragt sie. Liebst du sie nicht? Natürlich liebe ich sie, sage ich. Natürlich, Stella. Ich werde wütend. Natürlich! Bist du die Einzige, die weiß, wie man ein Kind liebt?, schreie ich, aber ich weiß, dass es hohl klingt, und sie schreit, dass ein Mann, der sein Kind nicht anfasst, nicht gerade überzeugend ist in seiner Liebe. Und dann fängt sie an, mich herauszufordern. Sie wird gemein ... das ist das einzige Wort, das mir einfällt. Stella kann auf einen Schlag ganz unzweideutig gemein werden. Ich sehe es an ihrem Gesicht, ein kleines Lächeln um den Mund, eine Hand, die sich rasch durch die Haare fährt, anklagende, nein, höhnische Augen. Wir sitzen am Esstisch, Amanda, Stella und ich, an diesem Tisch.« Martin klopft auf den Tisch. Ich zucke zusammen.

»Stella sitzt dort, wo Sie jetzt sitzen. Ich sitze hier. Amanda sitzt da. Bi liegt im Gitterbettchen im Schlafzimmer. Plötzlich hören wir sie grunzen. Sie weint eigentlich nie. Aber ein paar Laute gibt sie schon von sich. Stella isst weiter. Bi grunzt lauter. Grunzen ist im Übrigen der falsche Ausdruck. Sie wimmert. Ja, das tut sie. Sie wimmert. Und Stella isst weiter.

Amanda sagt: Mama, Bi weint.

Stella sagt: Ja, tatsächlich.

Amanda sagt: Soll ich Bi holen?

Stella sagt: Martin soll Bi holen.

Und dann fügt sie mit sanfter Stimme hinzu: Danke Amanda, du bist eine gute große Schwester, aber Martin soll Bi holen.

Und dann stehe ich auf, gehe ins Schlafzimmer und hole Bi. Nehme sie aus dem Gitterbett, gehe zurück ins Wohnzimmer und gebe sie Stella.

Und die Träume gehen weiter. Manchmal denke ich, dass das Kind böse ist. Dass mich das Kind im Grunde absichtlich heimsucht. Dass Stella etwas Böses zur Welt gebracht hat. Und dieser Gedanke wächst in mir heran.

Es wird schwieriger, sich gegen Stellas Vorwürfe zu wehren. Stumme jetzt. Wir hatten uns darauf gefreut, sie und ich, auf Bi, die kleine Bi, nach der Urgroßmutter mit dem Straußenhut benannt.
Um es wieder gutzumachen, habe ich versucht, mich mehr um meine Stieftochter zu kümmern. Ich habe versucht, Amanda näher zu kommen. Ich nahm sie mit ins Kino, holte sie von der Schule ab, ging zu Elternabenden. An Amandas siebtem Geburtstag fuhren wir zusammen nach Kopenhagen, gingen ins Tivoli und aßen Popcorn und Zuckerwatte. Ich hatte Stella davon abgeraten, mitzukommen, hatte sie dazu überredet, es sich zu Hause gemütlich zu machen, zusammen mit Bi.
Wir brauchen alle etwas Zeit, sage ich und ziehe Amanda an den Haaren, Zeit miteinander und Zeit ohne einander. Amanda und ich kommen gut ein paar Tage ohne euch zwei zurecht. Die Worte waren auf eine zugleich scherzhafte und fürsorgliche Art gesagt. Stella, froh darüber, dass ich endlich Interesse für Amanda zeige, aber dennoch enttäuscht, dass sich die Sache mit Bi nicht klärt, nickt nur und lächelt. Amanda faucht mich an, dass ich sie nicht an den Haaren ziehen soll.
Später, als Stella es nicht hört, stellt sich Amanda vor mich hin und sagt: Wir sind keine Freunde, du und ich, vergiss das nicht!
Sind wir das nicht?, sage ich gespielt verwundert, obwohl ich ihr im Innersten Recht gebe. Und dann sage ich: Weshalb willst du dann an deinem Geburtstag mit mir nach Kopenhagen fahren?
Weil ich ins Tivoli will, sagt Amanda. Ich will Riesenrad fahren.
Und so war es dann auch. Wir fahren. Wir feiern ihren Geburtstag nach allen Regeln der Kunst. Wir gehen ins

Tivoli. Wir fahren Riesenrad. Und das Beste von allem. In der ersten Nacht im Hotelzimmer, in dem schmalen Bett neben Amandas schmalem Bett, schlafe ich ein. Und ich schlafe. Ich schlafe, ohne zu träumen. Ich schlafe ohne Bilder. Und auch die Nacht danach. Und die Nacht danach ebenfalls. Drei Nächte im Hotel in Kopenhagen ohne irgendwelche Träume, die Bilder auf der Netzhaut verblassen, und ich denke, jetzt kehre ich zu Stella und Bi zurück und umarme sie beide und sage ihnen, dass ich sie liebe.«

***

Als Martin und Amanda von Kopenhagen zurückkommen, geht Martin sofort ins Schlafzimmer, in dem Stella mit Bi im Bett liegt und schläft. Er umarmt sie beide. Später badet er Bi, legt sie in das lauwarme Badewasser, füllt die Hand mit Wasser und gießt es ihr vorsichtig über den Kopf. Das wiederholt er mehrmals, füllt die Hand mit Wasser und gießt es ihr über den Kopf, bis sie tatsächlich anfängt zu lächeln. Sie lächelt mir zu, sagt er zu sich, du lächelst mir zu. Er nimmt sie aus der Wanne und legt sie auf den Wickeltisch, hüllt sie in ein großes rotes Frotteehandtuch. Zwei große Augen starren ihn verwundert an, und Martin starrt genauso verwundert zurück.

In der gleichen Nacht kommen die Träume zurück, und er schreckt aus dem Schlaf.

Er streckt die Arme nach Stella aus, aber Bi liegt zwischen ihnen im Bett. Bi ist wach. Sie starrt ihn an. Er starrt zurück. Es ist nicht normal, dass Babys so starren, denkt er. Babys schreien und sabbern, lachen und saugen, aber sie starren nicht! Martin hebt die Decke ein wenig hoch, als rechne er damit, anstelle des Babykörpers eine zusam-

mengeringelte Schlange zu erblicken. Bi ist nackt, abgesehen von der Windel, die voll ist. Er hebt sie hoch und legt sie in das Gitterbett. Sie wimmert. Er legt ihr den Finger auf den Mund, sagt psst. Sie wimmert noch mehr. Er presst ihr den Finger auf den Mund. Psst!, sagt er. Schlaf jetzt! Zum Schluss dreht er sich um, nimmt sich ein Kissen und legt sich im Wohnzimmer auf das Sofa.
Er hört, dass Stella wach wird und nach ihm ruft. Hört, wie sie zum Gitterbettchen tapst, Bi hochnimmt, zu ihr spricht.
Sanfte, gute Worte, nehme ich an, Worte, die man nachts zu einem Kind sagt.

Videoaufnahme
Stella & Martin
Haus in Damefallene
27.08.00, 04.30 Uhr

Martin: Alles Wertvolle. Was verstehst du darunter, Stella?

Stella: In der sechsten oder siebten Klasse hatte ich einmal eine Vertretungslehrerin. Eigentlich war sie Schneiderin, aber die Kleider, die sie nähte, brachten ihr nicht einmal die Miete ein, weshalb sie als Vertretungslehrerin arbeitete. Sie fragte mich oft, ob ich nach der Stunde mit ihr spazieren gehen wollte. Sie war nicht besonders hübsch, eher klein und rundlich, hatte aber gute Augen, die mich ansahen. Sie sagte: Stella, du bist groß, du kannst gut Flöte spielen, du hast fünf Finger an jeder Hand, du kannst werden, was du willst. Du wirst nie fertig sein. Du bist ein Fass ohne Boden. Sie hieß Frederikke Moll.

Daran erinnere ich mich, denn ich sagte mir ihren Namen im Geiste häufig vor. Frederikke Moll.

Martin: Warum erzählst du das jetzt?

Stella: Weil du angefangen hast, über »alles Wertvolle« zu reden, und dies ist eine Erinnerung, die mir sehr wertvoll ist.

Martin: Aber jetzt geht es um Gegenstände, nicht um

Erinnerungen, Stella. Die Erinnerungen heben wir uns für ein anderes Mal auf ... Alles Wertvolle, sagte unser allergütigster Versicherungsvertreter Gunnar R. Owesen und ging. Alles Wertvolle. Der Wert aller Dinge. Das Sofa. Der Glastisch. Die Kerzenständer. Die Blumenvasen. Die Bücherregale und die Bücher. Nichts Wertvolles eigentlich. Die Fotos an den Wänden. Was noch? Das Silberbesteck, sagst du? Ach ja. Wir gehen jetzt vom Wohnzimmer ins Esszimmer. Acht rote Stühle, ein großer dunkler Esstisch, ein Bild an der Wand, eine rote Sonne, die in einem schwarzen Meer versinkt, noch ein Bild, eine Schlammpfütze auf dem Asphalt, willkommen bei uns, und wir gehen weiter. Sehen Sie hier! Dieses hübsche blau gestrichene Zimmer ist die Küche. Glaubst du, der Versicherungsvertreter Gunnar R. Owesen und seine Kollegen sehen sich diese Videos an, Stella? Diese Dokumentation von Zimmern und Gegenständen? Sollen wir die Schränke aufmachen? Sollen wir die Schubladen aufziehen? Sehen Sie hier, ja! Hier liegt ja alles kreuz und quer! Ein Kartoffelschäler, ein Flaschenöffner, ein Bleistiftspitzer, ein Osterküken, eine Quittung, ein nicht abgeschickter Brief von Stella an Axel Grutt, drei ungeöffnete Rechnungen, ein zerbrochenes Messer, eine alte Zeichnung von Amanda, die, nicht sehr überraschend, ein rotes Haus darstellt, das gleichzeitig eine Art fauchendes Ungeheuer ist – oder was meinst du, Stella? Und was würden die Kinderpsychologen sagen, wenn sie die Zeichnungen deiner Tochter sehen könnten? Eine Packung Halspastillen – die es nicht länger zu kaufen gibt – drei Topflappen, ein Schlüsselbund, eine Steuererklärung von ... lass mich sehen ... vor drei Jahren, 1997, eine Gedichtsammlung von e.e. cummings. Nein! Alles zurück in die Schublade. Nichts Wertvolles dabei.

Stella: Probier mal die dritte Schublade von rechts!
Martin: Dritte Schublade von rechts, zu Befehl!
Stella: Siehst du was?
Martin: Und ob! Es glitzert und glänzt.
Stella: Nein, ganz bestimmt nicht, Martin! Ich glaube nicht, dass es glitzert oder gar glänzt. Es glitzert und glänzt nicht mehr, seit wir es vor zwei Jahren geputzt haben. Ich glaube, das erste und letzte Mal, dass wir Silberbesteck aufgedeckt haben, war an Bis siebtem Geburtstag.
Martin: Liebste kleine Bi.
Stella: Was willst du damit sagen?
Martin: Ich will sagen, dass ich sie vor mir sehe, wie sie am Tisch sitzt und mit ihren schorfig-trockenen, zitternden Händchen isst oder wie sie schlafend im Bett liegt und atmet, als sei sie auf der Flucht, sogar im Schlaf, ich weiß nicht, was ich sonst sagen soll, Stella, als *liebste kleine Bi.*
Stella: Du sagst das in so einem, so einem fast höhnischen Ton … liebste kleine Bi, also … Und da frage ich mich, ob du es auch so meinst.
Martin: Ob ich was meine?
Stella: Das Wort liebste. Dass sie, dass deine Tochter, dir … ja … lieb ist?
Martin: Dein Körper, Stella, ist mir lieb und alles, was aus deinem Körper herauskommt, alle Seufzer, alles Stöhnen, alle Tränen, alles Lachen, alle Ausscheidungen, alles Blut, alle Spucke, aller Ausfluss, alle Kinder, sowohl das eine, das nicht von mir ist, als auch das andere, das von mir ist, das alles liebe ich.
Stella: Ich habe versucht, mit dir zu reden, Martin. Ernsthaft. Du kennst nur Phrasen, sogar wenn wir über unser Kind sprechen. Leg die Kamera weg! Ich will dir was erzählen!

MARTIN: Ich kenne nur Phrasen. Stella behauptet, ich würde nur Phrasen kennen. Aber ich lege die Kamera nicht weg. Wir haben hier etwas zu erledigen. Wir sollen über Dinge reden, nicht über Kinder. Gunnar R. Owesen interessiert sich nicht für unsere Kinder, hat sicher selbst einen ganzen Stall voller Kinder. Kostbare Gegenstände dagegen! Gold und Silber! So etwas will er hören.
Schauen wir mal hier. Neun große Gabeln. Neun kleine Gabeln. Neun große Messer. Neun kleine Messer. Zehn Esslöffel.
STELLA: Suppenlöffel heißt das.
MARTIN: Entschuldigung, Suppenlöffel! Zehn Suppenlöffel. Zehn Kaffeelöffel. Wir müssten dem Versicherungsvertreter vielleicht erklären, wieso wir von manchen neun und von anderen zehn und von nichts komplette zwölf haben. Halte die Kamera einen Augenblick, Stella, dann werde ich es erklären. Siehst du mich?
STELLA: In Naheinstellung, Martin!
MARTIN: Was siehst du?
STELLA: Dein Gesicht, deine Augen.
MARTIN: Ich will das mit den Silbergabeln, den Silbermessern und den Silberlöffeln erklären. Stellas Mutter, meine Schwiegermutter, hat sie uns geschenkt, die Frau, deren Bauch erst rumort hat, als sie im Sterben lag. Das stimmt doch, Stella, oder nicht?
STELLA: Ja. Aber ich möchte dich bitten, die Toten zu respektieren.
MARTIN: Weshalb die Toten mehr als die Lebenden?
STELLA: Weil sie sich nicht wehren können.
MARTIN: Und du glaubst, die Lebenden könnten es?
STELLA: Nein, das meine ich nicht, nicht zwangsläufig.
MARTIN: Es ist nämlich so, dass Stellas Mutter … siehst du mich, Stella?

STELLA: Immer noch in Naheinstellung.
MARTIN: Gut.

MARTIN: Es ist nämlich so, dass Stellas Mutter, deren Bauch erst rumort hat, als sie im Sterben lag, der Meinung war, dass wir in unserer Schublade Silberbesteck haben müssten. Sie war eine feine Frau, Stellas Mutter.
STELLA: Sie war nicht fein, sie war ein Baum.
MARTIN: Was sagst du, Stella?
STELLA: Mama wäre am liebsten ein Baum gewesen. Als Kind habe ich sie einmal gefragt: Warum bist du immer so still, Mama? Und sie hat geantwortet: Weil ich genauso still sein möchte wie ein Baum. Und ich sagte: Was für ein Baum? Und Mama sagte: Das ist mir gleich.
MARTIN: Es müsste dennoch ein schöner Baum sein. Keine Tanne jedenfalls.
STELLA: Vielleicht eine sibirische Hängebirke.
MARTIN: Nein, das nicht. Du bist eine sibirische Hängebirke, Stella. Nicht deine Mutter. Sie war ein Kirschbaum.
STELLA: Der uns Silberbesteck schenkte.
MARTIN: Genau. Und jedes Jahr an Weihnachten bekamen wir noch mehr Silber. Sie hatte auch ein System. Dafür habe ich was übrig. Ein richtiges System. Das sollte man haben. Ihr System war folgendes: An Stellas Geburtstag bekamen wir Messer. An meinem Geburtstag bekamen wir Gabeln. Und an Weihnachten bekamen wir Löffel. Was denkt Stellas Mutter eigentlich? Sie denkt: Stella ist ein Messer, deshalb gebe ich ihr Messer. Und das passt ja auch gut, da Stella tatsächlich mit einem Messer unter dem Kopfkissen schläft, für den Fall, dass ein Ungeheuer kommt, um sie zu holen. Und ich bin eine Gabel. Martin ist eine Gabel, denkt Stellas Mutter. Sehen Sie sich diese Silbergabel an, hol die Silbergabel richtig ins Bild,

Stella, eine Nahaufnahme, damit der Versicherungsvertreter Gunnar R. Owesen sie in ihrer ganzen Pracht bewundern kann, diese Gabel hat etwas mit mir gemein. Jetzt richte die Kamera auf mich, Stella. Aber ich weiß nicht, was es ist. Ich weiß nicht, was ich mit einer Gabel gemein habe. Warum schenkt mir Stellas Mutter jedes Jahr Gabeln zum Geburtstag?
STELLA: Vielleicht weil sie gezackt ist.
MARTIN: Oder fünffingrig.
STELLA: Vierfingrig, Martin.
MARTIN: Ich finde die Gabel stromlinienförmig.
STELLA: Aber im Gegensatz zum Messer teilt sie sich an der Spitze.
MARTIN: Das führt uns zu den Löffeln. Jedes Jahr an Heiligabend bekommen Stella und ich ein gemeinsames Geschenk von Stellas Mutter. Einen Kaffeelöffel und einen Suppenlöffel. Sehen Sie sich diesen Suppenlöffel an. Eine Nahaufnahme von dem Löffel, Stella! Ich habe den Suppenlöffel gewählt, ich ziehe den Suppenlöffel dem Kaffeelöffel vor. Der Kaffeelöffel ist mickrig. Der Kaffeelöffel ist ein Pudel, ein Taschenspiegel, eine zugeknöpfte dünne Frau. Der Suppenlöffel hingegen ist nur rund und weich und gut und im Gegensatz zu Messern und Gabeln nicht gefährlich, wenn man ihn in den Mund steckt. Der Suppenlöffel erinnert mich an dich neben mir und mich neben dir in der Nacht.
Das jedenfalls war die Geschichte von den neun Messern, den neun Gabeln und den zehn Löffeln. Unglücklicherweise starb Stellas Mutter um die Weihnachtszeit vor einem Jahr. Sie konnte uns gerade noch den zehnten Kaffeelöffel und den zehnten Suppenlöffel schenken, bevor sie ihren letzten Atemzug machte und gen Himmel fuhr.

STELLA: Martin, ich will, dass du jetzt die Kamera übernimmst.
MARTIN: Nun gut.
STELLA: Ich will, dass du hierher kommst.
MARTIN: Wohin?
STELLA: In die Diele. Ich will, dass du sie hier filmst. Denn sie ist im Grunde ganz objektiv wertvoll.
MARTIN: Ich finde sie schrecklich, Stella.
STELLA: Das ist sie nicht. Sie ist schön.
MARTIN: Ein ausgestopfter Frauentorso mit einem alten altrosa Spitzenkleid. Schrecklich!
STELLA: Schneiderbüste, heißt das, Martin. Ich will, dass du sie filmst. Du filmst und ich rede dazu.
MARTIN: Ich filme und du redest dazu.
STELLA: Ich will etwas zu dem Spitzenkleid sagen. Kannst du jetzt einen Augenblick still sein?
MARTIN: Ja, natürlich. Ich filme, du redest dazu, oder? Bitte, Stella!
STELLA: Danke, Martin ... Dieses altrosa Spitzenkleid, das hier hängt, habe ich von meiner Mutter geerbt ...
MARTIN: ... die meine geliebte Stella ohne Schmerzen gebar. Keinerlei Schmerz hat sie verspürt, Stellas Mutter, meine Schwiegermutter, deren Bauch erst rumort hat, als sie im Sterben lag.
STELLA: Du unterbrichst mich schon wieder!
MARTIN: Tut mir Leid, Stella. Aber ich finde, dass der Versicherungsvertreter diese Geschichte hören sollte. Sehen Sie sie vor sich, Herr Gunnar R. Owesen: Die langhaarige Edith Lind, Stellas Mutter, meine Schwiegermutter, deren Bauch erst rumort hat, als sie im Sterben lag, wie sie im Kreißsaal auf dem Fensterbrett sitzt und ein Buch liest. Die Wehen kommen im zweiminütigen Abstand, später dann jede Minute. Es besteht kein Zweifel

daran, dass die Geburt in vollem Gange ist. Dennoch lässt sich in Ediths Bewegungen, in ihrem Gesicht, in ihrer Stimme nichts erkennen, was an Schmerz gemahnt. Zwischendurch muss die Hebamme sie bitten, das Buch beiseite zu legen, damit sie ihren Bauch abhorchen kann. Die Herztöne des Kindes sind normal und stark, aber die Hebamme hört noch andere Geräusche. Was ist mit dem Kind?, überlegt sie. Was für Geräusche macht es im Mutterleib? Sie dachten vielleicht, die Hebamme könnte nur das Herz des Kindes hören, wenn sie am Bauch der Mutter lauschte, Herr Gunnar R. Owesen? Dem ist nicht so. Die Hebamme kann alle möglichen Geräusche hören. Ab und zu hört sie ein Seufzen, Gurgeln, Flüstern, Lachen, Pfeifen, andere Male etwas, das wie das Schreien eines Kindes klingt, das vielleicht nicht zur Welt kommen will. Und jetzt hört sie Geräusche, die an ein Weinen erinnern, an einen Schrei, nicht wahr, Stella?
STELLA: Ja.
MARTIN: Nachdem die Hebamme den Bauch abgehorcht hat, liest die langhaarige Edith Lind, meine Schwiegermutter, deren Bauch erst rumort hat, als sie im Sterben lag, ein Gedicht laut vor. Und noch heute erinnert sich die Hebamme an dieses Gedicht, denn Edith liest es mehrmals, mit einer tiefen, melodischen und sehr schönen Stimme. Die Hebamme, die gute alte Frau, überlegt, dass jede Frau ihre Art hat, ein neues Kind willkommen zu heißen, und dass dies Ediths Art ist. Lesen oder Singen, denn es wirkt, als würde sie singen, wenn sie liest, ein Gedicht über die Liebe. Aber so ist es nicht, Stella, oder? Die Hebamme irrt sich. Edith Lind denkt nicht an dich, während sie singt? Sie denkt nicht an dich. Sie hat nicht einmal Schmerzen, sie hat nicht mehr Schmerzen als dieser ausgestopfte Torso hier, ihr Gesicht wechselt nicht die

Farbe, wenn die Wehen durch ihren Körper fahren, sie wird weder rot noch weiß, sie ist ebenso blass und gefasst wie das Spitzenkleid. Spürt sie überhaupt etwas? Tja ... vielleicht ein vages, ungeduldiges Unbehagen, hier zu sein. Sie wäre so gerne anderswo – und deshalb singt sie.

STELLA: *Ich greife ihr in die goldenen Locken –*
MARTIN: *Bist du es, Unmögliche?*
STELLA: *Bist du es?*
MARTIN: *Zweifelnd blicke ich ihr ins Angesicht ...*
STELLA: *Spielen so die Götter mit uns?*

MARTIN: Schließlich muss die Hebamme Edith bitten, sich auf den Gebärstuhl zu setzen, aber sehen Sie, sie will nicht. Sie will stehen. Und Edith steht aufrecht auf dem Boden und klammert sich an die junge Krankenschwester, die gekommen ist, um zu helfen, und deren junges Leben in Kürze durch deine Ankunft zerstört werden wird, Stella. Die Hebamme geht vor Edith in die Hocke, bereit, das Kind in Empfang zu nehmen. Und sie sieht jetzt in Edith hinein, in ihr hinauf, weit in sie hinein, und es ist rot und groß und feucht, und das bist du, Stella, und du schreist schon, bevor du auf die Welt kommst. Du fällst durch Ediths Leib, fällst zur Erde, fällst in die guten alten Hände der guten alten Hebamme, mit aufgerissenen Augen, schmächtig und lang gestreckt, wie man sich einen Abhang hinunterstürzt – aber mit einem derart herzzerreißenden Schrei, dass zur Verzweiflung aller das Trommelfell der jungen Krankenschwester platzt, so dass sie bis zum heutigen Tag, fünfunddreißig Jahre später, auf dem linken Ohr taub ist.
STELLA: Sie ist auch auf dem rechten Ohr taub geworden.
MARTIN: Meine Güte. Woher weißt du das?

STELLA: Ich habe sie beruflich kennen gelernt. Auf einer Konferenz. Sie heißt Alma Blom. Sie ist jetzt über sechzig. Als ich mich vorstellte, fragte sie, ob ich die Tochter von Edith Lind sei, und als ich Ja sagte, wurde ihr klar, wer ich bin, und wir unterhielten uns eine Weile. Ich wusste ja, dass Mutter in den Jahren nach der Geburt Kontakt zu ihr gehalten hatte, dass sie ihr geschrieben und sogar ab und an Geld geschickt hat als Entschädigung für das Ohr. Alma bestätigte das. Sie bestätigte, dass Mutter während der Geburt keine Schmerzen zu empfinden schien, dass sie während der Wehen ein Lied über die Liebe sang und dass sie das Krankenhaus wenige Stunden nach der Geburt mit mir in einer rosa Decke verließ. Ja … und natürlich … dass ich ihr Trommelfell zum Platzen brachte in dem Augenblick, als ich zur Welt kam.
MARTIN: Was hast du daraufhin gesagt?
STELLA: Ich sagte Entschuldigung.
MARTIN: Und sie?
STELLA: Sie sagte, dass man Menschen eine Handlung nicht vorwerfen kann, die sie begangen haben, als sie noch nicht einmal eine Minute alt waren. Außerdem ist sie auch auf dem rechten Ohr taub geworden.
MARTIN: Noch ein Baby?
STELLA: Nein. Nach dem Vorfall mit mir hörte sie als Entbindungsschwester auf und fing stattdessen an, mit Krebspatienten zu arbeiten – wir sind mit anderen Worten Kolleginnen. Ich weiß nicht, warum sie auf dem rechten Ohr taub geworden ist. Aber sie liest einem vom Mund ab und spricht sehr deutlich, deshalb war es nicht schwierig, mit ihr ein Gespräch zu führen.
MARTIN: Sehen Sie sich die Schneiderbüste genau an, sehen Sie sich das Spitzenkleid genau an. Das Kleid ist alt. Eine Antiquität. Was glaubst du, wie viel es wert ist, Stella?

STELLA: Ich weiß nicht.

MARTIN: Sie weiß es nicht. Wir wollen herausfinden, wie viel es wert ist. Garantiert viele tausend Kronen. Stella hat es von ihrer Mutter geerbt, und Stellas Mutter hatte es von einer Frau namens Ella bekommen. Sie verstehen doch, Herr Gunnar R. Owesen, dass Ella, auch wenn Stella und ich sie nie kennen gelernt haben, ein Teil unseres Lebens und unserer Gespräche ist. Denn Ella ist allem Anschein nach der einzige Mensch auf der Erde, der die langhaarige Edith Lind, Stellas Mutter, meine Schwiegermutter, deren Bauch erst rumort hat, als sie im Sterben lag, heulen gehört hat. Überhaupt Laute von sich geben. Sie wissen, von was für Lauten ich spreche, nicht wahr, Herr Owesen? *Lachen*, Herr Owesen! *Lustiges Stöhnen!* Haben Sie schon einmal eine nackte Frau vor Freude rülpsen hören? Edith Lind verließ ihren Mann und ihre kleine Tochter so oft wie möglich, um mit Ella zusammen zu sein, und wenn sie nach Hause zurückkehrte, waren die einzigen Indizien dafür, dass sie ihren Mann betrogen hatte, wahrscheinlich nach allen Regeln der Kunst, rote Wangen und eine Spur zu viel Pfeffer im Essen. Stella hat ein Foto von der Geliebten ihrer Mutter, sie hat es nach dem Tod ihres Vaters in seiner Nachttischschublade gefunden. Eine fesche, blonde und sehr dicke Frau war sie, fünfundvierzig oder sechsundvierzig auf dem Bild, auch wenn sie zu dem Zeitpunkt schon seit vielen Jahren Geliebte waren. Wie viele Jahre schon, Stella?

STELLA: Zwanzig Jahre.

MARTIN: Zwanzig Jahre. Deine ganze Kindheit lang liebten sie sich. Ella ist jetzt tot. Sie alle sind jetzt tot. Stellas Mutter, Ella und Stellas Vater. Nur Stella ist noch übrig. Und ihre Kinder.

Stella: Ich finde nicht, dass du das auf diese Weise sagen solltest.
Martin: Auf welche Weise?
Stella: Wie du es gerade gesagt hast. Nur Stella ist noch übrig. Und ihre Kinder.
Martin: Aber so ist es doch.
Stella: Weißt du, was ich glaube, Martin? Ich glaube, der Unterschied zwischen dir und mir, der dich ab und zu so verflucht unsympathisch und kalt macht, ist, dass du als Kind geliebt wurdest. Dadurch wurdest du verwöhnt und rücksichtslos.
Martin: Meine Güte. Woher kommt diese Wut?
Stella: Gute Nacht, Martin.
Martin: Wir sind noch nicht fertig.
Stella: Wir sind fertig.

Corinne

»Mir graut vor den Nächten«, sagt Martin und stützt den Kopf in die Hände.

Draußen ist es dunkel, novemberdunkel, auch wenn wir in Wirklichkeit September haben und die Wärme der letzten Tage nicht an Herbst denken lässt. Hier drinnen ist es ruhig. Wenn Martin lauter reden und seine Geschichte nicht fast flüsternd vorbringen würde, würden wir beide in diesem Zimmer mit seiner merkwürdigen Akustik ein schwaches Echo seiner Stimme hören.

»Warum sagen Sie das?«, frage ich.
»Weil die Nächte mit Stella nicht … schön sind«, sagt er.
»Inwiefern sind sie nicht schön«, sage ich.
»Wir schlafen nicht mehr.«
»Schlafen nicht mehr. Überhaupt nicht mehr?«
»Überhaupt nicht mehr. Ich will nicht mehr. Bi verfolgt mich … das kleine Kind … sie macht es absichtlich, davon bin ich überzeugt, belagert meine Träume, und ich fange an sie zu hassen. Die Träume werden immer heftiger, immer … wie soll ich sagen … abstoßender. Ich ziehe mich aus und bespringe sie wie ein Tier, dringe in sie ein, vögle sie … ein Baby … ein missgebildetes, misshandel-

tes, mageres, krätziges Baby ... wir sind beide missgebildet ... einbeinig, dreizehnfingrig, kurz vorm Sterben ... weiß am Ende nicht, wer sie ist und wer ich bin ... das ist krank ... und so bin ich nicht, verstehen Sie? So bin ich nicht. Nur in den Träumen. Und Gott weiß, wie sehr ich sie hasse. Nicht nur nachts, sondern auch tagsüber. Dieses hilflose, stille, kleine Würmchen, das mich stets mit Blicken verfolgt und sich nicht wie andere Babys benimmt. Und nichts davon kann ich Stella, der Mutter des Kindes, erzählen. Ich sage, dass ich unangenehme Albträume habe, aber nicht wovon, und dass ich nachts nicht mehr schlafen will. Ich will tagsüber schlafen, im Licht, dann sind die Bilder weniger aufdringlich. Ich wechsle die Stelle, höre eine Zeit lang auf als Möbelhändler zu arbeiten, werde Nachtarbeiter, staple Kisten in einem Lager, komme um vier Uhr morgens nach Hause, wecke Stella.«

Ich frage: »Was machen Sie dann die restliche Nacht, nachdem Sie Stella geweckt haben?«
»Wir denken uns Spiele aus, um die Zeit zu vertreiben. Wir haben ja immer gespielt, einander herausgefordert, einander Märchen erzählt, gescherzt und herumgealbert ...
Tagsüber geht Stella arbeiten, kümmert sich um die Kinder, kocht, geht zu Elterntreffen, besucht Freundinnen und Axel Grutt ... alles, während ich schlafe. Ich nehme nicht länger am Alltag unseres gemeinsamen Lebens teil. Es ist nicht so, dass ich den ganzen Tag im Bett liege und schlafe, das meine ich nicht, wir essen zusammen, kümmern uns um praktische Dinge, die das Haus betreffen, benehmen uns wie Eltern, es kommt sogar vor, dass ich die Mädchen mit in die Stadt oder ins Kino nehme oder

ihnen bei den Hausaufgaben helfe. Die Jahre vergehen, und Bi wird älter. Aber sie ist immer noch abstoßend. Wenn wir zusammen unterwegs sind, die Kinder und ich, achte ich darauf, dass ich Amanda an die Hand nehme und nicht Bi, und als Amanda so groß ist, dass sie nicht länger an der Hand gehen will, sage ich zu ihr, dass sie wenigstens ihre Schwester an die Hand nehmen soll, damit sie nicht verloren geht, aber eigentlich phantasiere ich darüber, dass sie für immer verloren geht und nie wieder zurückkommt, dass sie ein Pfefferkuchenhaus im Wald findet. Aber ich schaffe es, das alles zu verbergen, Stella freut sich, dass ich mich um die Kinder kümmere, mir lustige Sachen für sie einfallen lasse, mich für ihr Wohlergehen interessiere, Bi im Beisein von Zeugen küsse. Amanda zu küssen kostet mich nichts, aber Amanda hat sich mir immer entzogen.

Ich schlafe, wie gesagt, nicht den ganzen Tag, auch wenn ich nachts arbeite, sondern bewege mich wie im Schlaf, reagiere auf die Ereignisse des Tages, wie ich glaube, dass andere auf einen absurden Traum reagieren, auf eine Reihe abstrakter, häufig unzusammenhängender Bilder, die mit mir zu tun haben und gleichzeitig nicht mit mir zu tun haben.

Abends werde ich munter und gehe zur Arbeit, während Stella früh zu Bett geht.

Es läuft allmählich darauf hinaus, dass wir nachts, zwischen drei und sechs leben – uns unterhalten, ficken, spielen …«

Martin unterbricht sich, steht auf und verlässt den Raum.

»Ich will etwas holen«, ruft er, und ich höre seine Schritte auf der Treppe ins obere Stockwerk mit den drei Schlafzimmern, Stellas und Martins Zimmer, Amandas Zimmer und Bis Zimmer. Kurze Zeit später kommt er wieder

herunter. Er hält eine große schwarze Decke oder einen Schal in den Händen.
»Dieser Schal hängt an unserem Schlafzimmerfenster, um das Morgenlicht abzuhalten«, sagt er. »Mit diesem Schal haben sie angefangen ... die nächtlichen Spiele. Ich kann nicht mehr sagen, vor wie vielen Jahren, es muss im Frühjahr oder im Sommer gewesen sein, Bi ist vielleicht drei oder vier, draußen ist es jedenfalls quälend heiß und hell, tagsüber wie nachts, und Stella holt den Schal vom Dachboden und hängt ihn vor das Fenster. Ich komme wie gewöhnlich gegen drei oder vier nach Hause und lege mich neben sie ins Bett ... ja und dann liegen wir Hand in Hand, ganz still, und sehen zu, wie das Morgenlicht allmählich durch den dunklen Stoff sickert, der an manchen Stellen dünner ist als an anderen, und Stella sagt: Sieh dir die Frau auf dem Schal an. Welche Frau?, frage ich. Die Frau, die sich bückt, um im Gras ein Kind aufzuheben, sagt sie. Und da sehe ich es, die Umrisse eines beweglichen Lichtbildes: eine Frau, die sich bückt, um im Gras ein Kind aufzuheben. Aber dann verwandelt sich die Frau in ein Auto und fährt mit Vollgas über eine verlassene, nächtliche Autobahn, und ich erzähle Stella, dass sich die Frau in ein Auto verwandelt hat, das mit Vollgas über eine verlassene, nächtliche Autobahn fährt, und sie sagt, dass die Autobahn eigentlich ein Wolkenkratzer sei oder ein Turm, und auf der Spitze dieses Wolkenkratzers oder Turms stehe ein Seiltänzer auf einem Bein und singe. Ja, und so geht es immer weiter. Wir weihen unser eigenes nächtliches Filmtheater ein ... und eines Nachts sagt Stella, oder vielleicht bin ich es auch, dass uns die Bilder vielleicht etwas sagen wollen.«
Martin streicht mit einer Hand über den Schal, bevor er ihn mir reicht.

Nachts im Bett zu liegen und den schwarzen Schal vorm Fenster zu sehen ist so ähnlich, wie im Sommer im Gras zu liegen und die Wolken zu beobachten. Daraus entstehen Bilder.
Gesichter.
Gute und böse, je nachdem.

[III] FALL

Stella

Manchmal, wenn ich bei dir bin, betrachte ich mich in dem vergoldeten Spiegel im Flur. Dann stelle ich mir vor, dass du dich hinter mich stellst und dass es dein Gesicht ist, das ich sehe. Du bist alt und hässlich, und ich liebe dich. Aber ich mag es nicht, dass du mich berührst. Das finde ich widerlich. Du hast kalte Hände. Du lässt mich nicht los, wenn ich gehen will.

Es ist Nacht. Martin liegt zusammengerollt auf dem großen Doppelbett, nackt, mager. Die Hände zu Fäusten geballt, die Augen fest zusammengepresst, einen Arm vorm Gesicht, als wolle er sich vor Schlägen schützen. Oder er sitzt im Wohnzimmer auf dem Sofa, die Kamera auf die Tür gerichtet, und wartet darauf, dass ich wieder nach unten komme und weitermache.

Ich betrachte mein Gesicht im Spiegel.

Tagsüber kann man das Angespannte, Ängstliche oder Zornige in Martins Gesicht kaum sehen, das so deutlich zutage tritt, wenn er schläft. Ich sehe es natürlich. Nach all den Jahren, die wir schon zusammenleben, sehe ich es natürlich. Wenn ich nur ganz dicht an ihn herangehe, seinen Atem in meinem Gesicht spüre, sehe ich es. Wenn ich ihm, anstatt ihn zu küssen, mit dem Finger über den Mund streiche, wo alles streng und hart und verschlossen ist, spüre ich es. Wenn ich anfange, die kleinen, fast unsichtbaren Falten um seinen Mund zu zählen, die er nicht länger leugnen kann ...

Ich erinnere mich in Bildern, und Martin ist auf ganz vielen davon zu sehen, und auf jedem Bild hat er eine neue strenge Falte um den Mund. Einmal sagte er, was unser Zusammenleben so schwer machte, wäre, dass wir uns die ganze Zeit in Naheinstellung sähen.

Und sogar heute, nach allem, was gesagt und getan wurde, kommen wir nicht zur Ruhe. Ich bin sicher, er würde, wenn er jetzt die Augen aufschlüge, sehen, dass ich hier stehe und ihn betrachte, dass ich immer noch in seiner Nähe bin.

Schon als Kind hatte ich Schwierigkeiten einzuschlafen. Immer wenn ich merkte, dass ich kurz davor war einzuschlafen, dachte ich, endlich schlafe ich ein – und dann tat ich es natürlich nicht. Einmal erzählte ich Mama, der Grund dafür, dass ich nachts nicht schliefe, bestünde darin, dass ich jedes Mal, wenn ich dachte, jetzt schläfst du endlich ein, zurückgerissen wurde und sofort wieder hellwach war. Dann darfst du das einfach nicht mehr denken, sagt Mama, dann darfst du einfach nicht mehr denken, dass du jetzt einschläfst. Aber nachts im Bett zu liegen und daran zu denken, dass du etwas nicht denken darfst, ist das Gleiche, wie wenn du daran denkst – und ich fand weiterhin keinen Schlaf.

Dann denk doch an was anderes, sagte Mama, die auch nachts nicht schlafen konnte. Die Schlaflosigkeit habe ich mit anderen Worten von ihr. Ich bin froh, dass ich *irgendetwas* von ihr habe, auch wenn ich mir wünschen würde, ich hätte etwas anderes geerbt als ihre Schlaflosigkeit – ihre schönen Haare zum Beispiel oder ihre Hände. Aber ich bin froh, dass es etwas gibt, was beweist, dass ich ihre Tochter bin, etwas, das uns verbindet.

Ich habe mich nie getraut wieder aufzustehen, wenn ich nicht schlafen konnte. So kam es, dass ich mir schon als Kind vorstellte, ich liefe von Zimmer zu Zimmer und betrachtete die Menschen, mit denen ich zusammen wohnte. Papa bot keinen besonderen Anblick, nicht einmal in meiner Phantasie. Er lag ausgestreckt im Bett, ein schmächtiger, grauer Mann, den Kopf auf dem Kopfkissen, und schnarchte. Mit Mama verhielt es sich anders. Ich traute mich nicht nach ihr zu rufen, auch wenn ich wusste, dass sie wach war. Mama wurde wütend – eine stille Wut war es –, als würde ich sie stören, wie sie Nacht für Nacht mit untergeschlagenen Beinen auf dem Sofa saß und aus dem großen Fenster im Wohnzimmer sah.

Woran denkst du eigentlich, Mama?
Keine Anwort.
Woran denkst du?

Mama ist wie Bi: Ich betrachte ihr Gesicht, fremd, unzugänglich, ungastlich, eine viel zu kalte oder viel zu warme Landschaft, und kann nicht begreifen, dass wir einmal einen Körper miteinander geteilt haben. Ich habe in Mama gelegen, und Bi hat in mir gelegen, aber wenn ich versuche, mir uns drei als einen Gegenstand vorzustellen, muss es ein Kleiderständer sein mit Haken in alle Richtungen.

Wenn ich an Mama denke, denke ich vor allem daran, wie still sie war. Als ich klein war, saß ich jeden Nachmittag am Küchentisch, Mama kocht vielleicht, und ich male oder mache Hausaufgaben. Wir wohnen mit Papa in einem neuen Haus mit großen viereckigen Fenstern. Es ist Winter, alle Bilder aus meiner frühen Kindheit sind Winterbilder. Plötzlich höre ich auf mit dem, was ich gerade mache, lege die Zeichenstifte oder die Bücher beiseite, halte den Atem an, gebe keinen einzigen Laut von mir und beobachte Mama, die am Küchenfenster steht und hinausschaut, mit einer Zigarette zwischen den Fingern. Ich höre nichts als ihren Atem. Sie gibt keine anderen

Geräusche von sich, kein Seufzen, kein Gähnen, kein Gemurmel, kein Schlucken oder Schmatzen oder Summen oder Magenknurren, kein Kleiderrascheln oder Armbandklirren. Und diese Stille, Mamas Stille, herrscht nicht nur, wenn sie am Küchenfenster steht und hinausschaut. Sie herrscht immer. Und nicht nur sie selbst ist leise, sondern auch alles, was sie tut oder berührt. Ich sitze am Küchentisch, halte den Atem an und denke, dass ich, Stella, neun Jahre alt, eine ganz und gar lautlose Mutter habe. Wenn sie sich eine Zigarette anzündet, höre ich beim Anbrechen einer neuen Schachtel keine Cellophanhülle knistern, kein Ratsch, wenn sie mit dem Streichholz über die Streichholzschachtel streicht, um Feuer zu bekommen, kein Sauggeräusch aus ihrem Mund, wenn sie den ersten Zug nimmt. Wenn sie kocht, höre ich nicht das übliche Geklapper von Töpfen, Gläsern und Besteck. Und wenn wir einkaufen gehen, höre ich nur meine eigenen schweren Schritte im feuchten Schnee, nicht ihre.

Mir war nicht richtig klar, wie leise Mama ist, bevor mir nicht die Geräusche anderer Frauen auffielen. Ich erinnere mich an eine Frau – eine Dame – die unsere Schule besucht, ich gehe in die erste oder zweite Klasse, und sie soll den Kindern den richtigen Gebrauch der Zahnbürste erklären. Sie sieht nicht aus wie eine Zahnärztin. Sie riecht nicht nach Fluor. Sie trägt nicht einmal einen weißen Kittel wie der griesgrämige alte Mann im Keller – der Schulzahnarzt –, der unter dem Namen der Schrecken läuft.
Nein, die fremde Dame trägt ein rotes eng anliegendes Kleid. Sie hat große Brüste, die mich an Luftballons denken lassen, sie riecht nach schwerem Parfum. Aber sie macht vor allem sehr viele Geräusche. Jedes Mal, wenn sie

die riesige rote Zahnbürste an den riesigen hautfarbenen Plastikmund mit den 28 klappernden Zähnen führt – um auf diese Weise zu demonstrieren, wie man die Zähne richtig putzt –, klirren und klimpern ihre vier Armbänder, die sie um das rechte Handgelenk trägt. Die hohen Absätze ihrer Stiefeletten machen ihre eigene Klick-Klack-Musik, wenn sie über den Linoleumboden läuft, und das eng anliegende Kleid, das aus einem glänzenden synthetischen Stoff besteht, knistert schon, wenn sie nur einatmet. Sie klirrt und klimpert und klappert und knistert – und jedes Mal, wenn der schwere Goldring an ihrem linken Ringfinger auf das Pult trifft, macht es donk donk donk.

Stille wird nach und nach zum Oberbegriff für Mamas sämtliche Eigenschaften: dünn, flachbusig, reinlich und wortkarg. Ihre Reinlichkeit kennt keine Grenzen. Immer wieder dreht sie den Wasserhahn auf und wäscht sich gründlich mit unparfümierter Seife die langen hübschen Hände. Und immer wieder flüstert sie mir zu, dass ich nicht vergessen soll, abends zu baden und morgens zu duschen. Sie zeigt sich niemals nackt vor mir, und ich habe niemals – bevor sie todkrank war und auf meine Station kam – an Mama als an einen wirklich lebenden, laufenden, duftenden, rumorenden Körper denken können. Sie ist ein Engel. Kein strahlender Engel mit Flügeln und langem goldenen Haar, aber doch ein Engel mit Engelskörper und Engelsfüßen, die stets über dem Boden schweben.

Als Dreizehnjährige versuche ich, mir Mamas engelhafte Erscheinung anzueignen, ohne Erfolg. Mein Körper schweigt nicht still, wie ihr Körper es tut. Mein Körper beult sich in alle Richtungen, er schwitzt und blutet und scheidet aus. Ich kann ihn nicht steuern. Er gehorcht mir nicht. Ich schäme mich für ihn. Mein Körper macht sich überall bemerkbar, er ist um so vieles größer als ich, so sichtbar, er hinterlässt immerzu Spuren. Dort kommt Stella mit ihrem Körper, rumbumbum! Er lässt sich unmöglich verbergen: der Gestank, der Dreck, das Rumoren, die Ausschläge an den Händen.

In meinem Zimmer steht ein Schrank, in dem ich meine fleckigen Laken, Strumpfhosen und Unterhosen verstecke. Ich weiß, dass Mama mich eklig findet, aber ich will nicht, dass sie erfährt, *wie* eklig ich bin. Allmählich ist der Schrank so voll, dass ich die Tür nicht mehr richtig schließen kann, und wenn ich nachts im Bett liege, sehe ich, dass sich der dunkle Haufen hinter der Tür, die ich nicht schließen kann, über den Fußboden zu ergießen droht.

Ich erinnere mich in Bildern, Fotografien. Das Bild von Mama in der Nacht, die Beine untergeschlagen auf dem Sofa. Das Bild von Mama, wie sie am Küchenfenster steht und hinausschaut, eine Zigarette zwischen den Fingern. Auf beiden Bildern ist ihr Gesicht abgewandt. Ich habe noch mehr Bilder, aber auf allen wendet sie ihr Gesicht ab. Deshalb kann ich mich kaum an ihre Gesichtszüge erinnern, ihre Augen, ihren Mund. An die Haare erinnere ich mich, lang, dunkel und glänzend. An die Hände erinnere ich mich auch. Weil sie schön sind und weil sie mir damit gelegentlich über den Bauch streicht, wenn ich Schmerzen habe. Andere Liebkosungen zwischen uns gibt es nicht. Einmal schlinge ich mitten im Wohnzimmer und ohne Vorwarnung die Arme um ihre Taille und sage: »Mama!«

Das mag sie nicht, glaube ich, auch wenn sie meine Haare rasch mit den Fingerspitzen berührt und flüstert: »Stella ... aber Stella.«

Von Papa habe ich nicht so viele Bilder. Jedenfalls nicht in wachem Zustand. Oft schläft er. Nachts, nachmittags und ganz bestimmt, so stelle ich es mir zumindest vor, tagsüber, wenn er bei der Arbeit ist. Papa hat in Oslo einen Laden mit Nippsachen. Hinter der Theke steht eine alte Frau, die Andersen heißt, und im Hinterzimmer befindet sich Papa und kümmert sich um die Buchführung. Ich stelle mir immer vor, dass Papa auf dem Boden liegt, von Büchern umringt, unter einem Stapel Bücher begraben, und den ganzen Tag schläft, bis es an der Zeit ist, mit dem Zug nach Hause zu fahren und dort weiter zu schlafen.

Ich habe noch ein weiteres Bild von Papa. Es ist fast das einzige, das ich von ihm in wachem und aufrechtem Zustand habe. Wir sind allein zu Hause. Mama ist nicht da. Manchmal ist sie das: nicht da. Ich weiß nie, wo sie ist. Sie verschwindet für einen ganzen Tag und auch eine halbe Nacht. Manchmal höre ich ganz leise, dass sie nach Hause zurückkehrt. Das heißt, ich höre es nicht wirklich, ich spüre es vielmehr. Dass sie sich innerhalb der vier Wände befindet. Dass sie sich im Wohnzimmer aufs Sofa setzt und die Beine unterschlägt. Wie jede Nacht. Aber jetzt, aber heute, ist Mama nicht da und Papa und ich wissen, dass sie in den nächsten Stunden nicht nach Hause kommen wird, vielleicht nicht in den nächsten Tagen.
Papa kommt in mein Zimmer. Er kommt in mein Zimmer mit einer Waschwanne unter dem Arm. Er geht direkt auf den überquellenden Schrank mit den dreckigen Laken

und der schmutzigen Unterwäsche zu, faltet die Sachen zusammen und legt sie in die Wanne. Er geht aus dem Zimmer. Kurze Zeit später streckt er den Kopf wieder herein und sieht mich an. Er hat hellblaue Augen.

»Komm schon«, sagt er. »Wir waschen alles, bevor sie nach Hause kommt. Sie braucht es nicht zu erfahren. So mache ich es immer … warte, bis sie weg ist, meine ich … dann ist es leichter.«

Du stehst vor meinem Hotel in Kopenhagen und wartest auf mich. Ich erschrecke, als ich dich sehe. Ich glaube nicht, dass es Zufall ist. Ich glaube ganz einfach, dass du mir nach Kopenhagen gefolgt bist. Und dann stehst du da, auf der Straße vor meinem Hotel, höflich, falsch, steinalt und hingerissen, und behauptest, du hättest geschäftlich in Dänemark zu tun. Willst du, dass ich laut lache? Willst du, dass ich schreie? Was willst du eigentlich? Was willst du von mir?

Zwei Tage lang habe ich mich durch Vorlesungen zur Pflege Schwerkranker gequält. Schmerzlinderung, Trost, Gespräche, Fürsorge. Und nun steht der ewig sterbende Axel Grutt vor meinem Hotel und wartet auf mich. Und er will mehr, als mit mir Kaffee trinken. Er will mit mir Riesenrad fahren.

Eine berühmte Schauspielerin hält eine Rede zum Tod ihres Sohnes. Eine rührende Geschichte von weiß gekleideten Krankenschwestern, kühlen Händen, dünnen Verbänden, linderndem Morphium, wehenden Gardinen. Sie wiederholt die Worte *würdiger Tod, schöner Tod, würdiger Tod, schöner Tod*, während ihr gleichzeitig angemessene Tränen über das Gesicht laufen. Als sie fertig ist, mache ich eine Wortmeldung. Ich stehe auf, gehe auf die Bühne, stecke mir zwei Finger in den Hals und übergebe mich. Der Schauspielerin stockt der Atem.

Ohh Gott! Ich wische mir den Mund ab und bitte um ein Glas Wasser.

»Ich habe Höhenangst«, sage ich zu Axel. »Außerdem habe ich nicht viel Zeit.«
»Angst runterzufallen oder Angst runterzuspringen?«
»Angst nicht wieder unten anzukommen.«
»Ich werde deine Hand halten.«

Dann erzählst du mir, dass du mit dem Erfinder des Riesenrads verwandt bist, einem amerikanischen Ingenieur, der größer ist als Gustave Eiffel. Versuchst du mich zu beeindrucken, Axel?
Das Schlimmste am Riesenrad ist nicht, dass es zu schnell geht, denn das tut es nicht, es geht schrecklich langsam, das Schlimmste ist, dass es anhält, wenn man ganz oben ist, und man nicht weiß, wann es sich wieder weiterdreht.

Dies ist das erste Bild von Martin. Stell dir ein großes, helles, unmöbliertes Zimmer vor. Mit hoher Decke, der Holzfußboden ist abgenutzt und müsste wohl geschliffen werden, aber mir gefällt er so. Ich habe ein großes Fenster, dünne, fast durchsichtige hellblaue Gardinen und mitten im Zimmer: ein neues Sofa. Es ist grün. Auf dem Sofa sitzt Martin. Er hat sich an der Außenseite des Gebäudes hochhieven lassen, ist durch das Fenster zu mir eingestiegen, und jetzt will er nicht wieder gehen. Er hat das Sofa aufgestellt und sich darauf gesetzt. Er lacht. Er streckt die Hand nach mir aus. Er sagt etwas, aber es ist, als wäre der Ton verschwunden. Ich höre nichts, doch seine Lippen bewegen sich. In der Türöffnung, in der ich jetzt stehe, zwischen Schlafzimmer und Wohnzimmer, befindet sich eine hohe Schwelle, über die ich immer stolpere, wenn ich abends zu Bett gehe.

Ich sage zu Martin, von dem ich nicht einmal weiß, dass er Martin heißt, dass ich Amanda im Kindergarten abholen muss. Ich will, dass er geht, sage ich. Er hat das Sofa geliefert, das Geld bekommen, jetzt soll er gehen.

»Sind Sie sicher, dass ich gehen soll?«, fragt er.

»Ja«, sage ich.

»Etwa auf dem gleichen Weg, den ich gekommen bin«, sagt er und zeigt auf das Fenster.

Die Hebebühne oder der Außenaufzug oder wie es nun einmal heißt, dieses Ding, das Martin zu mir gebracht hat,

ist verschwunden. Ich schaue auf die Straße. Der Mann, der die Hebebühne bedient hat, ist verschwunden.
»Von mir aus gerne«, sage ich.
Martin steht auf, klettert auf die Fensterbank, öffnet die Fensterhaken und macht das Fenster weit auf.
»Sind Sie sicher?«, fragt er.
»Ja«, sage ich.
Er streckt ein Bein in die Luft und balanciert auf dem anderen.
»Sicher?«
»Ja!«, sage ich.
Da nimmt er Schwung, geht in die Knie, krümmt den Rücken, streckt die Arme zur Seite weg, als wären sie Flügel, und einen Moment lang glaube ich, jetzt springt er, jetzt springt er aus meinem Fenster, ein fremder Mann springt aus meinem Fenster und zerschellt, und wie soll ich das Amanda, den Nachbarn, der Polizei, der Familie des Fremden erklären, und ich schreie Nein!

»Nein!«, schreie ich. »Um Himmels willen. Tun Sie es nicht!«

Und ich halte ihn fest, und er lacht und springt auf den Boden und sagt eins-null für mich, und ich sage, er soll sich zum Teufel scheren, und er sagt, aber Sie haben mich doch darum gebeten, und ich sage, gehen Sie jetzt, verrückter Fremder, zur Tür hinaus, die Treppe hinunter, das ist völlig in Ordnung, und er küsst mich auf die Wange und streicht mir über die Haare und sagt, ich gehe jetzt nicht, das weißt du, und ich sage, Sie werden jetzt gehen, aber wir wissen beide, dass er nicht gehen wird.

Ich habe eine Patientin, eine krebskranke Frau in den Dreißigern, die bald sterben wird. Sie erzählt mir, dass sie angefangen hat, in der dritten Person von sich zu denken. Sie ist mehr als ein Ich, sagt sie. Sie ist mehr als ein Hier und Jetzt und als dieser Körper, der kaputtgegangen ist, mehr als diese eine Brust, die nur eine Erinnerung an die andere Brust ist, und die Stimme, die sagt, ich habe Angst, ich kann nicht mehr.

Und dann sagt sie: »Ich hole Atem und es tut weh. Ich hole Atem und es tut weh. Ich hole Atem und es tut weh.«

Ich befeuchte ihre Zunge.

»Aber manchmal«, sagt sie, »ist es so, als würde ich zum Fenster gehen, mich umdrehen und die Frau anschauen, die dort im Bett liegt. Ich höre sie einatmen, und es tut nicht weh, ich höre sie ausatmen, und es tut nicht weh. Sie atmet ein, atmet aus. Es geht ihr nicht schlecht. Sie ist jetzt an einem anderen Ort.«

Seine Finger, die sich in meinen Slip vergraben, seine Hände, die meine Beine auseinander drücken, sein Penis, der in mich eindringt, ich kann nicht warten, eine Brustwarze zwischen seinen Zähnen. Meine Möse blutet, meine Brust blutet. Ich flehe ihn an. Lass mich nicht länger warten. Wenn Martin und ich vögeln, verliere ich manchmal die Beherrschung. Ich verschwinde, ich gehe kaputt, es gibt mich nicht mehr. Eine Zersplitterung. Ich bin sein Atem, seine Flüssigkeiten, sein Geschlechtsorgan, sein Blut.

Einmal, vielleicht einen Monat oder zwei bevor Martin mit dem Sofa auf dem Rücken durch mein Fenster einsteigt und dieses und sich selbst in meiner Wohnung installiert, kommt ein Klempner zu Besuch.

Irgendwann gibt es plötzlich Probleme mit den Rohren im Bad, so dass an einem Tag nur kaltes Wasser und am anderen Tag nur heißes Wasser aus dem Wasserhahn kommt. Das Bad ist alt, in schlechtem Zustand und etwas vernachlässigt, hat aber eine geräumige Wanne. Ich wende mich an die Hausbesitzerin, eine geizige kleine Frau in den Sechzigern, griesgrämig und stur, die mir natürlich nicht helfen will.

»Solche Probleme sind ganz normal«, sagt sie, »solange die Miete so günstig ist und Sie das Glück haben, hier wohnen zu dürfen, wo andere die Wohnung dringender benötigen.«

So kommt es, dass ich in den gelben Seiten unter dem Stichwort »Klempner« nachschlage und eine Firma anrufe, die keine große Anzeige gewählt hat – ich denke, dass Firmen mit kleiner Anzeige wohl die billigeren sind. Ich schildere der Frau, die den Hörer abnimmt und die ich für die Sekretärin halte, mein Problem und erzähle, dass an einem Tag nur kaltes Wasser und am anderen Tag nur heißes Wasser aus dem Hahn kommt. Sie sagt, dass sie am nächsten Tag um zehn einen Klempner vorbeischickt. Am nächsten Tag um zwölf klingelt es an der Tür, und draußen steht ein großer Mann von Ende zwanzig und sagt, dass er Klempner ist und gebeten wurde, einen Blick auf meine Mischbatterie zu werfen. Ich führe ihn ins Badezimmer und erkläre ihm, dass an einem Tag nur kaltes Wasser und am anderen Tag nur heißes Wasser aus dem Hahn kommt. Der Klempner legt sich auf den Badezimmerfußboden und fängt an, laut unter der Wanne zu hantieren, während er gleichzeitig ein seltsames Hüsteln von sich gibt. Ich lasse ihn allein und setze mich im Wohnzimmer auf den Boden, ich habe keine Möbel, nur eine Matratze im Schlafzimmer und einen Schreibtisch im Gästezimmer. Ich sitze auf dem Boden und lausche den Geräuschen, die der Klempner in meinem Badezimmer von sich gibt. Hüsteln. Das Geräusch fließenden Wassers. Weiteres Hüsteln. Ich bleibe lange auf dem Boden sitzen. Manchmal sehe ich mich um und denke, dass es keine schlechte Idee wäre, sich ein Sofa anzuschaffen, das ist der Moment, in dem mir die Idee mit dem grünen Sofa fürs Wohnzimmer kommt, und es soll grün sein wie eine Avocado. Ich bleibe noch länger auf dem Boden sitzen. Schließlich fällt mir auf, dass es in den Zimmern ganz still ist, das ist ein Geräusch, das ich kenne, und ich stehe auf und gehe ins Bad. Der Klempner lehnt an der Wand und raucht eine Zigarette.

»Haben Sie das Problem gelöst?«, frage ich.

»Nein«, sagt er.

Er zieht an der Zigarette. »Ich muss morgen noch mal kommen.«

Am nächsten Tag kommt er ganz früh, um acht. Das haben wir vereinbart. Ich muss um neun zur Arbeit.

»Ziehen Sie einfach die Tür hinter sich zu, wenn Sie gehen«, sage ich.

»Ja, okay«, sagt er.
Und dann fragt er, wann ich nach Hause komme.
Ich drehe mich um und sehe ihn an, zögere einen Augenblick und sage, dass ich bis um vier Uhr Dienst habe. »Ah so«, sagt er, »aha, völlig in Ordnung, gut so.« Und dann legt er sich auf den Boden und fängt an zu arbeiten.
Ich komme kurz vor fünf nach Hause, und er ist immer noch da. Er lehnt an der Wand und raucht eine Zigarette.
»Sind Sie immer noch da?«, frage ich.
»Ja«, sagt der Klempner, »aber ich gehe jetzt und komme morgen wieder.«
»Ist das wirklich nötig? Ich meine, ich kann nicht glauben, dass das Problem so groß ist, und es kostet ja einen Haufen Geld, wenn Sie jeden Tag kommen.«
»Ja«, sagt der Klempner.
Er sieht mich an. Er ist sehr groß, so dass er jedes Mal, wenn er mich anschaut, auch auf mich herabschaut. Da auch ich als sehr groß gelte, ist das für mich ziemlich ungewohnt.
»Ich habe den Fehler im Grunde behoben«, sagt er. »Anstelle von kaltem Wasser, wie Sie es normalerweise heute Abend hätten, haben Sie heißes Wasser, und anstelle von heißem Wasser, wie Sie es morgen hätten, haben Sie kaltes Wasser.«
Er zieht an der Zigarette.
»Aber damit ist Ihr Problem ja nicht gelöst.«
»Nein«, sage ich, »keineswegs.«
»Deshalb komme ich morgen wieder. Aber ich kann nicht vor zehn kommen. Und wenn Sie zur Arbeit müssen, könnten Sie mir einen Schlüssel geben, damit ich hereinkomme.«
»Nein, also wirklich«, sage ich und lache.
Er sieht mich an, fragend.

»Nein«, wiederhole ich. »Ich kann Ihnen doch nicht einfach einen Schlüssel zu meiner Wohnung geben.«
Er zuckt mit den Schultern und fängt an, seine Klempnersachen zusammenzupacken.
»Natürlich«, sage ich langsam, »natürlich, wenn Sie meinen, dass Sie noch einen Tag brauchen und dass das alles zu reparieren ist …« Ich mache eine Armbewegung Richtung Badewanne und Dusche.
Er zuckt noch einmal mit den Schultern. Er sagt nichts. Ich krame in meinen Taschen, finde meinen Schlüsselbund und mache zwei Schlüssel ab, einen für die Haustür unten und einen für die Wohnungstür oben, und gebe sie ihm. Er nimmt die Schlüssel, macht sie an seinen eigenen Schlüsselbund und packt weiter zusammen. Er sagt immer noch nichts.
»Dann kommen Sie also morgen um zehn«, sage ich, ein wenig verängstigt, dass ich ihn beleidigt haben könnte.
»Ja, ja«, murmelt er, wirft sich die Tasche über die Schulter, geht durch das Wohnzimmer und zur Tür hinaus.
Am nächsten Tag komme ich spät aus dem Krankenhaus, es ist vielleicht acht Uhr abends, im Wohnzimmer läuft der Fernseher, und im Bad liegt der Klempner in der Wanne. Überall ist Wasser und Schaum. Ich stehe eine Weile in der Tür und sehe ihm zu. Es dauert, bis er mich bemerkt.
»Da sind Sie ja«, sagt er, schüttet sich Wasser ins Gesicht und wischt es mit dem Handrücken ab.
»Und da sind Sie«, antworte ich und zeige auf ihn.
Er nickt.
»Das Problem ist gelöst!«, sagt er.
»Ich sehe es«, sage ich.
»Sehen Sie hier!«, sagt er und dreht zuerst den einen und dann den anderen Wasserhahn auf. Das Wasser braust in

die bereits randvolle Wanne. Er hat Schaum in den Haaren. Er planscht im Wasser:
»Heißes Wasser, yes! Kaltes Wasser, yes!«
»Schön, dass das Problem behoben ist«, sage ich. »Wird es teuer?«
»Tja, behoben oder nicht behoben«, sagt er. »Sie haben noch viele andere Probleme. Die Rohre unter dem Spülbecken in der Küche sind verrostet und können jederzeit kaputtgehen, und das bedeutet undichte Stellen und umfassende Wasserschäden sowohl in Ihrer Wohnung wie in der Wohnung der Nachbarn unter Ihnen … und die Toilette ist …«
»Das ist nicht mein Problem«, unterbreche ich ihn. »Ich wohne hier nur zur Miete.«
»Das hatte ich mir schon gedacht«, sagt der Klempner und steht auf, das Wasser schwappt über. Jetzt, wo er aufrecht steht, fällt mir einmal mehr auf, wie groß er ist. Ich versuche, nicht auf seinen Körper zu schauen, nicht auf die Augen, die Brust, die Arme, den Bauch, den Penis, die Beine. Ich betrachte seine Zehen, betrachte trotzig seinen großen rechten Zeh, der braun gebrannt und ein wenig behaart ist, mit frisch geschnittenem Fußnagel.
»Und deshalb habe ich mit Ihrer Vermieterin gesprochen«, fährt er fort, »eine seltsame Frau im Übrigen, und sie hat gesagt, dass das hier alles Ihre Verantwortung sei, weil Sie so eine niedrige Miete zahlen, aber dass sie sich ebenfalls beteiligen würde, wenn es denn wirklich so schlimm aussieht, und da habe ich gesagt (der Klempner zeigt auf sich selbst), genau so schlimm sieht es aus.«
Er schnappt sich ein Handtuch und wickelt es um den Bauch. Dann geht er in mein Schlafzimmer, hinterlässt auf dem Holzfußboden große nasse Spuren, holt seine

Jeans und sein T-Shirt. Das T-Shirt ist neonrot, darauf steht mit großer Schrift über der Brust »Gönnen Sie sich einen Klempner«.

Eines Nachts, ein paar Monate später, liegen Martin und ich im Bett und unterhalten uns. Der Klempner liegt im Zimmer nebenan. Er ist hier eingezogen, ohne dass ich genau erklären könnte, wie es vonstatten gegangen ist.

»Kannst du es ihm denn nicht sagen«, flüstere ich und drehe mich zu Martin um. »Ihm sagen, dass er hier ausziehen soll ... sofort ausziehen soll ... sich etwas anderes suchen soll. Ich traue mich nicht, es ihm zu sagen. Und jetzt wohnst du auch noch hier. Wir brauchen das Wenige, was er zur Miete beisteuert, nicht.«

Ich zähle es an den Fingern ab.

»Seine Klempnerrechnungen sind im Grunde höher als die Miete, die er bezahlt«, sage ich.

Martin sieht mich an, unsere Augen haben sich an die Dunkelheit im Zimmer gewöhnt. Er drückt meine Hand und sagt, dass er gerne mit dem Klempner sprechen könne, dem stünde nichts im Wege, aber dass er nicht der Meinung sei, es sei so eilig, er begreife nicht, warum wir ihn auf der Stelle hinauswerfen sollten.

»Doch, morgen, auf der Stelle«, flüstere ich. »Morgen früh! Oder jetzt!«

»Stella, nein.«

Martin flüstert jetzt ebenfalls: »Ich will mich nicht mit ihm anlegen. Ich mag ihn. Mir ist er nicht im Weg. Du bist diejenige, die hier bestimmt.« Martin lässt mich los. Ich würde am liebsten losheulen, aber ich weine selten, wenn Martin dabei ist.

Einmal streiten wir uns, ich erinnere mich nicht mehr, worüber, ich weiß nur noch, dass es das erste Mal ist, und ich fange an zu weinen. Da sieht er mich lange an, und plötzlich ruft er eins-null für mich und geht aus der Tür.

Als ich klein war, bevor wir in das Haus mit den großen viereckigen Fenstern gezogen sind, habe ich eine Weile auf dem Sankthanshaugen in Oslo gewohnt. Dort hatte ich eine Freundin, die Victoria Larsen hieß. Ihr Vater war im Krieg in Dachau gewesen – hat Juden über die Grenze geholfen, glaube ich. In Dachau hat er Leichen von den Gaskammern in die Öfen gekarrt. Wenn ich Victoria besuchte, lag er oft im Schlafzimmer und schrie.
»Kümmere dich nicht darum«, flüsterte Victoria, »er träumt nur.«
Einmal schlichen wir uns zu ihm ans Bett, stellten uns am Kopfende auf und starrten erwartungsvoll und mit einem Wassereis in der Hand auf sein Gesicht, um den nächsten Traum mitzuerleben.
Doch an diesem Nachmittag kam kein Traum mehr, und wir mussten uns wieder hinausschleichen, als das Eis anfing zu schmelzen.

Ich erinnere mich noch, wie ich überlegte, ob meine Haare anfangen könnten zu brennen oder so, wenn ich so dicht neben ihm stand, wenn er schrie.

Ich habe seit Jahr und Tag nicht mehr an Victoria Larsens Vater gedacht, er ist bestimmt vor langer Zeit gestorben. Ich weiß es nicht. Und das sind auch nicht die Geschichten, die du hören willst, oder? Du willst nichts

hören von Kriegshelden, die nachts im Bett liegen und schreien?
Denn du bist wohl nicht gerade ein Held, Axel?

Ich kann mir vorstellen, dass du dich durch die Kriegsjahre geschlichen hast: ein Schattenmann, feige, schreckhaft und verräterisch, aber stets mit einem billigen Zaubertrick bei der Hand.

Martin fragt, ob ich mit ihm nach Høylandet fahren will, um den fünfundsiebzigsten Geburtstag seiner Großmutter zu feiern. Ich habe Angst zu fliegen, aber er sagt, es wird schon alles gut gehen. Harriet heißt sie, seine Großmutter. Es sind viele eingeladen, Verwandte, Nachbarn, Freunde und ein putziger alter Mann, den sie Thorleif nennen, ihr Liebhaber, glaube ich. Harriet thront alt und munter im Trachtenkleid am Tischende, und auf dem Speiseplan stehen Strauß und Turmkuchen. Als Martin mich vorstellt, werde ich von Kopf bis Fuß gemustert, mit einem Blick, von dem ich nicht weiß, ob er mir gefällt. Harriet sagt, sie sei halbblind, sie könne mich mit dem einen Auge ziemlich gut sehen, mit dem anderen aber überhaupt nicht. Sie behauptet, es sei ein Vorteil, Leute so sehen zu können. Das eine Auge kann dem anderen Auge Dinge erzählen, die ein normales Augenpaar nie bemerken würde. Sie hat schöne graue Haare, die sie zu einem langen Zopf zusammengebunden hat. Ihr Mund ist dünn und streng, ein hässlicher Mund. Ich ertappe mich dabei, wie ich den Mund beim Essen genau studiere, um herauszufinden, wer von den Menschen, die ich kenne, auch einen derart dünnen und strengen Mund hat. Zu meinem Entsetzen fällt mir plötzlich auf, dass er mich an Martins Mund erinnert. Ich schaue weg.

Am Tisch sitzen viele Kinder, Kinder in allen Altersstufen, einige von ihnen hängen an Harriets Hals. Mir fällt vor allem ein Junge von vielleicht sechs Jahren auf, dünn wie ein Strich in der Landschaft, mit schwarzen Haaren, die ihm ständig in die Augen fallen. An der Feier nehmen so viele fremde Menschen teil, dass ich nicht durchschaue, wer mit wem verwandt ist und wie alle heißen. Martins Familie wird mir auch in Zukunft fremd bleiben. Wir verbringen Zeit mit ihnen, stets bei großen Feierlichkeiten wie dieser, aber sie sind sich selbst genug und interessieren sich nicht für mich. Als ich im Laufe der Zeit Amanda und sogar Bi, Martins eigene Tochter, mitnehme, fühle ich mich auf ihren Feiern wie ein Eindringling. Oder vielleicht nicht wirklich als Eindringling. Eher, als gäbe es mich nicht. Auf mich wirken sie wie Schatten an der Wand, vielleicht bin auch ich ein Schatten für sie. Sie haben ihre Rituale, organisieren ihre Feiern, erzählen ihre Geschichten und Witze, und ihnen ist es gleich, ob ich dabei bin oder nicht. Martin behauptet, ich würde mir das einbilden, sie hätten mich mit offenen Armen empfangen, seien mir gastfreundlich und warmherzig begegnet, mit mir würde etwas nicht stimmen.

Der dünne Junge mit dem schwarzen Schopf folgt Harriet auf dem Fuß, sobald sie vom Tisch aufsteht, hängt an ihrem Zopf und an ihrem Trachtenkleid. Sie verjagt ihn wie eine Fliege, aber er kommt zurück. Ich helfe beim Abräumen und bin mit schmutzigen Tellern auf dem Weg in die Küche. In der Tür bleibe ich stehen. Harriet steht in der Küche und dekoriert eine Sülze (wann sollen wir die noch essen, denke ich, noch satt von Straußenfleisch und Kuchen). Der Junge steht hinter ihr und flüstert: »Hallo hallo hallo.« Er zieht an ihrem Rock.
»Harriet«, sagt er, »Harriet!«
Lange ignoriert sie ihn, dekoriert weiter, aber plötzlich

fährt sie herum und verpasst dem Jungen eine Ohrfeige, dass er umfällt. Du meine Güte! Ich laufe zu dem Jungen. Die Frau mit einem blinden und einem sehenden Auge wendet sich wieder der Platte zu.
»Sie haben ihn geschlagen«, flüstere ich. »Sie haben dieses Kind geschlagen!«
Der Junge steht auf und streicht sich die Haare aus dem Gesicht.
»Nein«, sagt er und sieht mich an. »Nein«, wiederholt er und läuft, schmal wie ein Filmstreifen, aus der Küche. Ich bleibe stehen und sehe Harriet an. Der Ton um mich herum verschwindet. Ich will ihr sagen, Sie können doch nicht einfach einen Jungen schlagen ... ist mir egal, ob Sie Geburtstag haben und eine alte Frau sind ... ob Sie Martins Großmutter sind. Aber ich sage nichts dergleichen. Ich sage nichts. Ich stehe ganz still da und sehe sie nur an. Sehe sie an, sehe auf den Linoleumboden, auf dem der Junge noch vor wenigen Augenblicken gelegen hat, und plötzlich weiß ich nicht mehr sicher, was ich gesehen habe und was nicht.
»Und wer sind Sie?«, fragt sie plötzlich.
Ich zucke zusammen.
»Ich bin Stella«, sage ich.
Sie dreht sich wieder der Platte zu.
»Stimmt, ja«, sagt sie zu sich selbst, »Martins Zukünftige« – und dann singt sie meinen Namen gewissermaßen Buchstabe für Buchstabe. S-T-E-L-L-A. Sie reicht mir die Platte.
»Vielleicht könnten Sie die mit ins Wohnzimmer nehmen und auf den Tisch stellen.«
Sie starrt mich mit dem gesunden Auge an. Das blinde Auge starrt in die Luft – als würde es irgendjemandem zuhören.

Ich weiß, dass von ihr behauptet wird, sie sei Høylandets Schönste, aber ich habe nie begriffen, warum.

Später auf dem Rückweg von der Feier sehen wir eine Herde heulender Strauße über das Eis galoppieren. Sie sind ausgebrochen, und wir müssen Hilfe rufen.

Martin hält mich im Arm und sagt, wenn ich heute Nacht schwanger werde und wenn das Kind ein Mädchen wird, werden wir sie Bi nennen, nach seiner schwedischen Großmutter Bianka. Ich erzähle nichts von dem Jungen mit dem schwarzen Schopf, der eine Ohrfeige erhalten hat, dass er umfiel, das erzähle ich erst viele Jahre später.

»Harriet?«, fragt er da. Wie vom Donner gerührt. »Harriet schlägt ein Kind? Du bist verrückt! Du siehst Gespenster, Stella!«

WENN ICH TOT bin, soll Martin mein Herz herausschneiden und es auf eine Waagschale legen. In die andere Waagschale legt er eine Straußenfeder. Ist mein Herz leichter als die Feder, werde ich ewig leben. Ist mein Herz schwerer, wird es vom Ungeheuer Ammut verzehrt werden, einer Kreuzung aus Krokodil, Löwe und Nilpferd.

Mein Zuhause ist bei Martin. Ich glaube, du willst, dass ich bei dir bin. Vielleicht bist du sogar ein bisschen in mich verliebt. Aber über so etwas reden wir nicht. Du wärst unglücklich, wenn ich derlei Andeutungen machen würde. Bei Gott, du bist ein ewig Sterbender, und manchmal widerst du mich an. Ich bin jung, Axel! Ich werde nicht sterben. Du wirst sterben, nicht ich. Ich erzähle dir, dass ich noch mehr Kinder haben will. Das verletzt dich. Schäbiger alter Mann. Feiner alter Mann. Mach dir um mich keine Gedanken. Du weißt, dass ich dich liebe.

Es gibt Vieles, was ich dir nicht erzähle. Zum Beispiel erzähle ich dir nicht, dass Martin überwacht, wo ich die Pille aufbewahre, und darauf achtet, dass ich jeden Abend eine nehme. Er weiß, wann ich meine Tage habe und wann ich einen neuen Streifen anbrechen muss. Er ist derjenige, der zur Apotheke geht und ein neues Rezept einlöst, wenn die Schachtel leer ist.

Er wollte Bi nicht anfassen, als sie geboren wurde. Er entschuldigte sich damit, dass es ihm nicht gut ginge, es habe nichts mit Bi zu tun, sagte er. Außerdem hatte er nachts Alpträume und schlief schlecht.
»Was für Alpträume?«, fragte ich.
»Vom grausamen Ungeheuer Ammut«, antwortete er dann.

Aber es ist nicht gesagt, dass es bei einem neuen Kind genauso sein wird. Martin verändert sich im Laufe der Jahre. Er ist auf seine Weise immer gut zu mir gewesen, und es sieht so aus, als hätte er jetzt auch die Mädchen angenommen.
Ich denke, dass ich die Pille nicht mehr nehmen werde, wenn die Zeit reif ist.

Wir mieten uns in Värmland ein Ferienhaus. Ein rotes Holzhaus mitten im Wald, mit einem See zwischen den Bäumen, in dem Martin und ich nachts nackt baden.
Bi ist vier, Amanda zehn Jahre alt. Sie verstehen sich gut, streiten sich nicht wie andere Geschwister. Amanda nimmt Bi morgens mit in den Wald, sie bauen Baumhütten, spielen mit Tannenzapfen und Insekten, erzählen sich Märchen. Amanda hat Brüste bekommen, winzige Kugeln, die unter dem T-Shirt hervorstechen, ihre dunklen Haare gehen bis zum Po. Sie ist im Begriff zu entstehen.

Wenn meine Mädchen zurückkommen, haben Martin und ich den Tisch im Garten gedeckt, Bi hat Geschenke aus dem Wald mitgebracht, die sie mir in den Schoß legt: einen Käfer, ein Moosbüschel, einen Zweig mit grünen Blättern.

Amanda will Nintendo spielen, aber auf dem Land haben wir keinen Fernseher. Sie vermisst ihre beste Freundin Marianne. Sie vermisst die Stadt. Abends erzählen wir uns reihum Geistergeschichten oder andere unheimliche Sachen. Zuerst ich, dann Amanda und dann Bi, aber Bi schüttelt nur den Kopf, will kein Märchen erzählen, sagt sie, fragt nur, ob ich mich über den Käfer, das Moosbüschel und den Zweig mit den grünen Blättern gefreut habe.

»Ja, doch, Bi«, sage ich ungeduldig. »Natürlich habe ich mich gefreut.«

***

Eines Abends ist Martin dran mit Geschichtenerzählen.

»Es war einmal ein Ungeheuer, das Ammut hieß«, sagt er, »das lebte hier in dieser Gegend, tief in den Wäldern Värmlands. Das Ungeheuer hatte großen Appetit und musste pro Woche mindestens ein Kinderherz fressen. Und es sollte ein Kinderherz sein, das nicht zu schnell schlug (schnell schlagende Herzen führten bei dem Ungeheuer zu Magendrücken, Schluckauf und anderen Verdauungsbeschwerden), aber auch nicht zu langsam. Sein Diener, der böse Zauberer Poppel, war es, der die Kinderherzen beschaffte und zubereitete. Er ging so vor, dass er ein Kind durch Zauberei unsichtbar machte. Der Zauberer wusste nämlich, dass mit jedem Tag, an dem ein Kind unsichtbar war, sein Herz langsamer schlug und dass es nach drei Wochen genauso schlagen würde, wie es das Ungeheuer am liebsten mochte. Gerade richtig und nicht zu schnell.
Die Eltern der Kinder wussten nichts von dem Ungeheuer im Wald, nichts von dem bösen Zauberer Poppel. Und eins nach dem anderen verschwanden die Kinder. Die Eltern riefen und riefen nach ihnen, aber es nützte nichts. Schließlich glaubten die Eltern, ihre Kinder seien tot, und da weinten sie sieben Tage lang oder noch mehr.
Die Kinder, die keineswegs tot, sondern nur unsichtbar waren, kletterten auf den Schoß der Eltern, nahmen die Hand der Eltern in ihre, tätschelten ihre Wange, schlichen sich in die nächtlichen Träume ihrer Eltern.

Wir sind nicht tot, riefen sie, *wir leben!*
Aber auch wenn die Eltern die Rufe hörten, glaubten sie doch, dass ihre Kinder tot seien. Sie glaubten, die Rufe seien auf die Trauer zurückzuführen, die ihnen einen Streich spielte.
Und allmählich ließen die Rufe der Kinder und die Trauer der Eltern nach.«
»Ließ die Trauer der Eltern nach?«, fragt Amanda.
»Ja, allmählich«, antwortet Martin.
»Die unsichtbaren Kinder berieten sich und kamen zu dem Schluss, dass es keine andere Möglichkeit gäbe, die Liebe der Eltern zurückzuerobern, als wieder sichtbar zu werden, und die einzige Möglichkeit, wieder sichtbar zu werden, bestünde darin, in den Wald zu gehen und den bösen Zauberer zu suchen. Gesagt, getan. Und eins nach dem anderen liefen die Kinder zwischen den hohen Bäumen durch den Wald, und eins nach dem anderen wurden sie von dem Zauberer, der tief in seiner dunklen Seele wusste, dass die Kinder schließlich kommen würden, da sich kein Mensch wünscht, lange Zeit unsichtbar zu sein, in einem Sack gefangen und eins nach dem anderen lebend in einem Kessel gekocht …«
»Und dann?«, unterbricht Bi.
»Und dann musste der Zauberer Poppel nur das Kinderherz herausschneiden, das jetzt weder zu schnell noch zu langsam schlug, sondern gerade richtig, und es dem Ungeheuer servieren«, antwortet Martin. »Und ene, mene, mu …«
Amanda sieht Martin an. Es ist kein freundlicher Blick.
»Die Kinderherzen schlugen ja wohl überhaupt nicht mehr, wenn die Kinder lebend in einem Kessel gekocht wurden.«

»Das stimmt«, flüstert Bi und klettert auf Amandas Schoß.
»Poppel ist ein Zauberer«, antwortet Martin schroff. »Ein Zauberer kann machen, was er will.«

Am nächsten Tag, und das ist es, was ich eigentlich erzählen will, nimmt Martin Bi mit in den Wald. Das Märchen hat sie erschreckt. Ich sage: »Nimm sie mit in den Wald und zeig ihr, dass es keine Zauberer und Ungeheuer gibt.«
Ich stehe am Fenster und sehe sie auf dem Pfad, der in den Wald führt. Sie ist so schmächtig unter den langen schwarzen Haaren, und er ist so kräftig. Sie gehen nebeneinander. Ich denke: Kann er sie nicht wenigstens an die Hand nehmen? *Nimm sie schon an die Hand, Martin! Nimm sie doch wenigstens an die Hand!*
Ich sage nichts.
Amanda steht neben mir. Sie sieht aus dem Fenster.
»Er wird sie da draußen allein lassen, nicht wahr?«
»Nein, Amanda«, sage ich. »Er wird sie nicht allein lassen.«
Wir bleiben noch einen Moment am Fenster stehen.
»Sieh nur«, sage ich und zeige nach draußen, ein wenig zu eifrig, ein wenig zu froh. »Jetzt nimmt er sie an die Hand! Jetzt nimmt er sie an die Hand, Amanda.«
Und dann verschwinden sie zwischen den Bäumen.

Amanda, Mein-Allein. Manchmal nenne ich sie so. Sie hat keinen nennenswerten Vater. Ich weiß, dass ihr viel zusammen seid, und das ist gut so, auch wenn ich mir wünschte, dass sie sich mehr mit Gleichaltrigen abgäbe. Der Alte, nennt sie dich. Ihre beste Freundin Marianne ruft nicht mehr so oft an, und sie hat keine anderen Freunde in ihrem Alter, soweit ich weiß. Wenn sie zu Hause ist, liegt sie vor dem Fernseher und spielt Nintendo, sie spielt ein Spiel von einer Prinzessin, die eine Welt nach der anderen umrunden muss, die von einer Welt in die andere fallen und die schrecklichsten Schlachten schlagen muss, bevor sie am Ende den Schlüssel zum Schloss des Königs findet.

Manchmal sitze ich die ganze Nacht auf ihrer Bettkante. Sie schläft auf dem Bauch, wie sie es schon als kleines Kind getan hat. Jetzt ist sie groß und – fast hätte ich gesagt – hübsch, aber hübsch ist nicht das richtige Wort – auch wenn die Männer ihr hinterherschauen, wenn sie durch die Straßen läuft. Sie ist rund, hat Formen, die ich niemals hatte. Ich kann es ihr nicht ansehen, kann es ihrem Gesicht nicht ansehen, ihr Schlaf ist so tief und anscheinend friedlich, aber ich weiß, dass sie schreckliche Sachen träumt, von Misshandlungen, Gespenstern und Morden. Ich würde mir wünschen, ich könnte sie in die Arme schließen und die Alpträume aus ihr herausdrücken.

Hörst du, Amanda? Ich würde mir wünschen, ich könnte bei dir sein, wenn du Alpträume hast.

Als Bi kleiner war, hatte sie einen Schnuller. Sie klammerte sich an den Schnuller, als wäre dieser ihre einzige Verbindung zur Welt, ohne ihn nichts: keine Nacht, kein Tag, keine Mutter, kein Vater, keine Bi, nichts von alledem. Amanda hat nie einen Schnuller genommen, nie am Daumen gelutscht, nie einen Teddy oder eine Puppe oder einen Stofffetzen gehabt. Aber schon als Baby hatte sie die Angewohnheit, sich mit dem rechten Zeigefinger sanft über die Nase zu streichen, als würde sie im Schlaf ihre schrecklichen Träume aufzeichnen, Szene für Szene, in ihrem eigenen Gesicht.
Morgens am Frühstückstisch erzählt sie, was sie geträumt hat, aber dann haben sogar die schlimmsten Träume etwas Komisches an sich – und Bi glaubt, Amanda erzähle Märchen, und bittet sie, mehr zu erzählen.

Amanda hat einen Vater. Ich weiß nur, dass er lebt. Das tut er wohl, es geht ihm bestens, aber eine Hilfe ist er uns nicht, seit er nach Australien gegangen ist. Einmal hat er uns eine Karte geschickt: Liebe Stella. Liebe Amanda. Mir geht es gut. Vermisse euch. Stella – sage Amanda, dass ich sie liebe! Küsse und Grüße und so weiter.

Wir lieben uns nicht mehr so häufig. Wir schlafen auch nicht. Nachdem Bi geboren wurde, lagen wir Nacht für Nacht auf verschwitzten Laken und lauschten Bis Atem im Gitterbettchen. Sie weinte nie und hielt uns dennoch wach.

Manchmal, wenn wir gerade nicht den schwarzen Schal vorm Fenster betrachten, gebe ich Martin die Hand und drücke sie fest. Einst war es ein Zeichen. Er weiß, was es bedeutet. Aber ich bin nicht einmal feucht, wenn er sich auf mich legt und in mich eindringt. Sein Orgasmus kommt plötzlich und leise. Anschließend geht er in die Küche, kocht Kaffee, setzt sich aufs Sofa und schaut in die nächtliche Dunkelheit, wartet, bis sie sich auflöst. Ich bin allein im Zimmer – abgesehen von Bi, die im Gitterbettchen liegt und atmet. Ich streiche mir selbst über die Brust, denke daran, wie ich früher vor Freude geblutet habe, befeuchte meine Hände mit seinem Sperma, führe die Finger in mir hinauf, vor und zurück, langsam, denke an Martin, nicht dort unten im Wohnzimmer, sondern hier bei mir.

Hier bei mir, bis ich die Tränen nicht länger zurückhalten kann.

Bi ist fünf, als sie zum ersten Mal in den Kindergarten geht. Sie redet nicht viel, sondern betrachtet uns alle – das Kindergartenpersonal, die Kinder, Martin und mich – mit einem Blick, den ich nicht verstehe. Sie hat große Augen mit Platz für viele Anklagen.
»Wir hatten ja kaum die Zeit, etwas falsch zu machen«, flüstert Martin, »und doch sieht sie mich an, als hätte ich ihr die Freude geraubt.«

Bis Haare sind lang, dunkel und schön, genau wie Amandas Haare. Die anderen Mädchen im Kindergarten wollen sie gerne kämmen, bürsten, flechten. Bi lässt sie gewähren. Bi sitzt auf einer blauen Kiste im Kindergarten und lässt zu, dass ihr die anderen Mädchen rote Schleifen ins Haar binden. Sie ist geduldig wie ein Hund. Aber wenn ich sie frage, wer ihr die Schleifen ins Haar gebunden hat, kann sie es nicht mit Sicherheit sagen.
Einmal morgens höre ich einen Schrei aus Bis Schlafzimmer. Es ist Martin, der schreit. Ich bin in der Küche und mache Frühstück. Martin ist heute dran, die Kinder zu wecken. Ich höre einen Schrei aus dem Schlafzimmer und stürze die Treppe hinauf. Bi schläft noch, der Schrei hat sie nicht geweckt, die dunklen Haare liegen auf dem weißen Kissen verteilt.
»Heb ihren Kopf hoch«, zischt Martin.
»Was sagst du?«
»Pfui Teufel«, sagt Martin.

Ich setze mich auf die Bettkante, lege meine Wange an Bis, lausche ihrem Atem. Leise, fast matt. Dies ist mein Kind, denke ich, lieber Gott, hilf uns. Ich fahre ihr durch die Haare, flüstere ihr zu, dass sie jetzt aufwachen muss. Ein schwarzes Tierchen krabbelt über meine Finger. Ich fahre ihr noch einmal durch die Haare.
»Bi hat Läuse«, murmle ich. »Das ist ganz normal«, füge ich hinzu, als ich den Ekel in Martins Gesicht sehe.
Bi wacht auf, ohne etwas zu sagen, schlingt die Arme um meinen Hals, drückt den Kopf an meine Brust. Auf dem Kissen und auf dem Laken sind Läuse, und als ich ihre Haare bürste, fallen Läuse auf den Fußboden.
»Das hört überhaupt nicht mehr auf«, sagt Martin. »Das hört überhaupt nicht mehr auf.«

Ich halte Bi aus dem Kindergarten und Amanda aus der Schule fern. Amanda erzählt Märchen von der Prinzessin, die so hübsch ist, dass ihr jedes Mal, wenn sie sich kämmt, Goldstücke aus den Haaren purzeln. Abends flicht sie ihre und Bis Haare zusammen. Sie schlafen im gleichen Bett. So finde ich sie: zusammengezwirbelt, zwei Mädchen und ein Zopf. Meine Töchter.

Ich erbe etwas Geld von Papa, genug, dass Martin und ich einen Kredit aufnehmen und eine Doppelhaushälfte mit Garten im Hamborgveien im Stadtteil Damefallene kaufen können. Wenn wir umziehen, wird alles anders, denke ich. Wir werden mehr wie eine gewöhnliche Familie sein. Ich sehe es vor mir, Martin, Amanda und Bi in der Küche, im Garten, vielleicht sogar mit einem Hund. Mehr Leben, denke ich. Ja, genau. Mehr Leben.
Und ich habe endlich eine Veranlassung, den Klempner vor die Tür zu setzen. Er darf nicht mit umziehen. Ich will den Klempner nicht in unserem neuen Haus haben.
»Hörst du, Martin, ich will den Klempner nicht mitnehmen!«
Martin sieht mich an.
»Aber ich habe ihm schon gesagt, dass er die Dachkammer mieten kann. Ich dachte, das sei in Ordnung. Wir brauchen die Mieteinnahmen. Und du solltest die Bedeutung eines Klempners im Haus nicht unterschätzen.«
»Welche Bedeutung?«, frage ich.
»Ein Klempner im Haus, Stella! Ein Klempner im Haus! Muss man denn alles erklären?«
Und wenige Wochen nach Bis sechstem Geburtstag ziehen wir in unser neues Heim im Hamborgveien. Martin, Amanda, Bi, ich – und der Klempner in die Dachkammer.

Ich hätte nicht gedacht, dass Papa Geld hat, ich hätte eher gedacht, er habe Schulden – folglich kam das Erbe überraschend. Der Nippesladen im Stadtteil Majorstuen musste schließen, als die Verkäuferin Andersen starb und die Kunden ausblieben. Das ist jetzt viele Jahre her. Seine letzten Lebensjahre verbrachte Papa in einem kleinen dunklen Einmann-Büro im Zentrum von Oslo. Ich habe mich im Grunde nie dafür interessiert, was er dort machte. Wenn ich je daran dachte, dann dachte ich, dass er überhaupt nichts tat. Die Worte »überhaupt nichts« drängten sich förmlich auf, wenn ich Papa beschreiben sollte. Ich erinnere mich an dieses Lied von einem toten Mann in der Kneipe. Als ich es zum ersten Mal hörte, dachte ich an Papa. Ich dachte, es sei Papa, der in der Kneipe saß und tot war.

Eines Tages reiße ich mich zusammen und gehe in sein Einmann-Büro, um es auszuräumen. Mama will nicht mitkommen, sagt sie, es sei genug Arbeit gewesen, seine Kleider in Pappkartons zu packen (zwei Kartons) und sie bei der Heilsarmee abzugeben. Jetzt kann ich den Rest machen.

Ich weiß nicht, ob sie trauert. Das ist schwer zu sagen. Es war ein ganz gewöhnlicher Mittwoch. Sie saßen sich am Küchentisch gegenüber, Mama und Papa, jeder auf seiner Seite des Küchentischs, unter der blauen Deckenlampe, und aßen zu Abend. Und dann starb Papa. Er fiel nicht um, sondern blieb sitzen, blieb gewissermaßen höflich auf seinem Stuhl sitzen, die gleiche aufrechte Haltung, die gleichen hellblauen Augen. Nichts deutete darauf hin, dass eine Veränderung eingetreten war, wenn man es denn so nennen kann, er hörte einfach auf zu essen. Vielleicht wurde sein Gesicht eine Spur grauer, als es geschah – ich weiß es nicht. Mama merkte jedenfalls nichts, bis sie anfing, den Tisch abzuräumen, und er sich immer noch nicht rührte.

Sein Büro sieht genauso aus, wie ich es mir vorgestellt hatte. Ein brauner Schreibtisch, ein brauner Stuhl, ein braunes Bücherregal. Ein Computer. Ein schmutziges Fenster zu einem schmutzigen Hinterhof. Weiße Neonröhren an der Decke. Ich finde Rechnungen und Kataloge, die mir verraten, dass Papa seinen Nippesladen als Versandgeschäft weitergeführt hat, nachdem der Laden in Majorstuen geschlossen wurde. Versandnippes. Kristallschwäne, Messingkerzenständer, Sherrygläser, Porzellanhunde, Engel in unterschiedlicher Ausführung und Preisklasse. Ich finde heraus, dass er irgendwo in Asker ein kleines Lager angemietet hat. Und alles ist, soweit ich sehen kann, in bester Ordnung. Keine Schulden. Keine unzufriedenen Kunden. Keine heimliche Liebe. Keine unbekannten Söhne oder Töchter. Nichts.

Es dauert eine Weile, bis ich den Schlüssel für die oberste Schreibtischschublade finde. Die ist nämlich verschlossen. Der Schlüssel liegt in einer Keramikvase, die einst eine Pflanze beherbergt haben muss, es findet sich noch immer etwas Erde darin. Ich bürste den Schlüssel sauber und schließe die Schublade auf. Darin liegen ein Foto und ein angefangener Brief mit Datum von vor vielen Jahren. Das Foto zeigt eine blonde, ziemlich rundliche Frau von nahezu fünfzig Jahren. Sie hat dicke rote Lippen. Es lässt sich kaum mit Gewissheit sagen, aber ich kann mir vorstellen, dass die Frau sehr groß ist. Ich drehe das Foto um. »Ella« steht auf der Rückseite, in grüner Schrift. Mamas Schrift. Und dann eine Jahreszahl: 1979.

Ich nehme den Brief in die Hand, erkenne sofort Papas zierliche Buchstaben.

Liebe Ella
Ich schreibe dir noch einmal. Edith hat mir erzählt, dass du beschlossen hast, für immer wegzugehen, und dass sie die Absicht hat, dich zu begleiten. Ich bitte dich. Ich bitte euch beide: Tut es nicht. Stella ist zwar groß, aber noch nicht erwachsen. Gerade mal vierzehn. Ihr habt mir versprochen zu warten, bis sie erwachsen ist.

Sie sind jetzt alle tot.

Ich singe für Bi. Sie liegt im Bett und hört mir ruhig und mit ernster Miene zu, will nicht mit meinen Händen spielen, wie Amanda es in ihrem Alter gerne getan hat.

»Gute Nacht, Bi«, sage ich, erhalte aber keine Antwort.
»Kannst du mir nicht antworten, Bi«, sage ich.
Bi dreht sich zur Wand.
Ich bleibe auf der Bettkante sitzen, betrachte den dünnen, verschwitzten Nacken.

Ich schaue bei Amanda ins Zimmer.
»Hallo«, sage ich.
»Hallo«, sagt sie.
»Jetzt ist bald Schluss mit Nintendo-Spielen«, sage ich.
»Mama, im Wald ist ein Ungeheuer, das ich töten muss«, sagt sie, »und die Prinzessin fällt weiter in die nächste Welt.«

Ich lege mich aufs Sofa und lese. Es ist so unendlich still in unserem neuen Haus. Nur das mechanische Klimpern von Amandas Nintendo-Spiel.

Die Stille ist mir hierher gefolgt.

Ich liege auf dem Sofa und lese, und dann kommt Martin ins Wohnzimmer und sagt: »Ich verlasse dich jetzt, Stella. Ich habe meinen Koffer gepackt. Ich habe eine Einzimmerwohnung gemietet. Ich kann das nicht mehr ertragen ... das Haus, die Kinder, Bi ... alles zusammen.«

»Ich glaube dir nicht«, sage ich. Ich blicke nicht auf, starre auf die Buchseiten. Er hat das schon öfter gemacht.

Er setzt sich aufs Sofa, legt den Kopf an meine Schulter und weint.

»Ich halte es nicht länger aus«, flüstert er. »Ich löse mich auf, wenn ich bleibe.«

»Ich glaube nicht, dass du mich verlässt«, sage ich, »ich glaube nicht, dass du deinen Koffer gepackt hast, und ich glaube nicht, dass du eine Wohnung gemietet hast.«

Martin weint weiter. Ich streiche ihm über das Haar.

»Alles ist nur noch Asche«, sagt er.

»Aber ich glaube nicht, dass du mich verlässt«, sage ich.

Er hebt den Kopf und sieht mich an, ich kann nicht sagen, ob sein Blick gut oder böse ist. Aber ich weiß, dass er jetzt nicht geht, er bleibt noch eine Weile bei mir.

In dem Sommer, in dem Bi sieben wird, werde ich krank. Es ist der schönste Sommer seit langem. Die Sonne scheint jeden Tag und die Leute scheuen sich nicht einmal zu sagen, dass sie jetzt keine Lust mehr auf Sonne haben, dass jetzt bald ein bisschen Regen kommen könnte. Wenn sonst jemand behauptet, dass er die Sonne satt hat, sagt ein anderer sofort psst, nicht klagen, das schöne Wetter kann jederzeit vorbei sein.

So jemand ist Martin. Martin rügt mich immer.

»Beschwör es nicht herauf!«, sagt er. »Hüte deine Zunge! Hybris!«

Und einmal nachts sage ich, dass ich Bauchschmerzen habe – und vielleicht ernsthaft krank werde, füge ich hinzu.

»Holz berühren«, sagt Martin.

Wir sitzen im Garten vor unserem neuen Haus und trinken Wodka. Es ist mitten in der Nacht, drei oder halb vier vielleicht, fahles Morgenlicht.

»Ich bin nicht mehr krank gewesen, seit ich als Kind Röteln hatte«, sage ich lachend. »Ich mache nur Spaß, ich werde niemals krank. Niemals!«

»Dieser Sommer nimmt kein Ende, und du wirst niemals krank«, murmelt Martin.

»Ich habe ein wenig Bauchschmerzen, das ist alles. Vergiss es«, sage ich.

Aber am nächsten Morgen haben die Schmerzen zugenommen. Ich muss das Bett hüten.

Als ich die Bettdecke und den Boden vollspucke, glaube ich, es sei der Wodka von letzter Nacht.

Aber es ist nicht der Wodka von letzter Nacht, es ist etwas anderes, etwas, das in mir heranwächst und mir an den Kragen will, denke ich. Ja, so ist es, etwas will mir an den Kragen. Weshalb habe ich das nicht gleich begriffen? Und im Laufe des nächsten Tages bringt mich Martin ins Krankenhaus.

»Ich habe Wehen«, sage ich zu dem Arzt. Und jetzt weine ich. »Ich habe Wehen, aber ich bin nicht schwanger. Ich bin todkrank. Ich werde sterben, nicht wahr?«

Und der Ton verschwindet. Ich sehe, dass sich die Lippen des Arztes bewegen, aber ich kann nicht hören, was er sagt. Ich höre nur meinen eigenen Atem, ein, aus, ein, aus, und einen Augenblick sehe ich vor mir, wie ich mich immer noch jeden Abend über Bis Bett beuge, wenn sie schläft, um zu hören, ob sie atmet, ein, aus, ein, aus, ein, denn Bi ist jemand, die mir jederzeit wegsterben kann, Bi ist zu gut für diese Welt. Ich drehe mich zu Martin, um ihm genau das zu sagen, dass Bi zu gut ist für diese Welt und dass er es nie gemerkt hat, und ich auch nicht, aber ich bringe kein Wort heraus. Er will nicht hören. Er redet nur. Martin redet und der Arzt redet und beide sehen mich an und Martin spielt mit dem Autoschlüssel und ich weiß, dass er jeden Moment den Autoschlüssel fallen lässt, und ich versuche ihm zu sagen, dass er seinen Autoschlüssel verlieren wird, wenn er nicht aufhört, damit herumzuspielen, aber auch das will er nicht hören. Und dann verliert er den Autoschlüssel und es gibt einen Knall in meinen Ohren. Er merkt es nicht einmal. Ich bücke mich, um ihn aufzuheben, ihn zwischen den Fingern zu spüren, ein vertrauter, etwas kühler Gegenstand in meinen Fingern, etwas ganz Prosaisches, ein Schlüsselbund. Ich richte mich auf und will Martin und dem Arzt etwas sagen, aber keiner der beiden bewegt mehr die Lippen, sie sehen mich nur an, ich muss fast kichern, so ernst sehen sie aus, sie sollten schwarze Zylinder tragen, schwarze Schnurrbärte. Wollt ihr zu einer Beerdigung, versuche ich zu sagen, jetzt, wo so schönes Wetter ist und alles. Ich strecke die Hand aus, um ihnen zu zeigen, dass ich den Autoschlüssel aufgehoben habe, und lächle mein schönstes Lächeln, und dann gibt es noch einen Knall, und alles wird schwarz.

Einmal vor langer Zeit hast du mir erzählt, dass du jetzt so alt bist, dass du hin und wieder mit den Toten sprichst oder sie zumindest spürst, dass die Grenzen zwischen dir und ihnen im Begriff sind sich aufzulösen. Lieber Axel. Ich will noch nicht sterben. Bete für mich. Bitte sie, sich fernzuhalten. Ich habe zwei Kinder. Gib mir noch ein bisschen Zeit.

Schliesslich werde ich wieder gesund, auch wenn das Blut langsamer durch den Körper fließt und nichts mehr duftet, nicht einmal der Flieder im Garten. Manchmal denke ich, dass ich auf Überstunden lebe.
Ich betrachte Bilder von mir von vor ein paar Jahren. Erst jetzt kann ich sehen, dass ich fast schön war. Und heute … ich weiß es nicht.
Ich will, dass er mich vögelt, bis ich aufwache. Ich will, dass er mich zurückvögelt zu damals, als ich vor Freude blutete.

Ich lege die Pille hinter die Zunge und schlucke das Wasser hinunter. Als er sich umdreht, um das Glas auf den Nachttisch zu stellen, spucke ich alles wieder aus und zerdrücke die Pille zwischen den Fingern. Ich sinke tiefer unter die Decke und nehme seinen Penis in den Mund. Dieses Mal schiebt er mich nicht weg. Er ist steif geworden und dreht mich auf den Bauch, drückt mein Gesicht in das Kopfkissen. Ich atme nicht, denke ich, ich atme nicht. Er dringt von hinten in mich ein und kommt mit einem Schluchzer.

Bi wird acht. Sie wünscht sich einen Hund. Martin will keinen Hund. Ich will eigentlich auch keinen Hund. Aber Bi will einen Hund. Und Amanda will einen Hund.

»Wir wohnen jetzt in einem Haus«, sage ich, »es kann doch nicht so schwierig sein mit einem Hund.«

Martin zuckt mit den Schultern.

»Bi spielt nicht mit anderen Kindern«, sage ich, »nie kommt jemand nach der Schule mit ihr nach Hause, sie wird nirgendwo eingeladen. Sie ist einsam.«

»Das sind wir alle«, sagt Martin. »Mit oder ohne Hund.«

Wir finden den Hund in einer Zeitungsannonce. Eine Familie aus Nesodden möchte ihren ein Jahr alten Mischling weggeben. Wir verreisen sehr viel, sagen sie, wir haben keine Zeit, er ist lieb, reinlich, anhänglich. Der Hund ist grau mit weißen Pfoten und weißer Schwanzspitze, klein und mager, mit einer großen trockenen Schnauze. Er heißt Hoffa – nach dem amerikanischen Gewerkschaftsführer Jimmy Hoffa. Der Name ist nicht wirklich passend, finden Martin und ich, ein wenig hoch gegriffen für so ein kleines Tier, aber ein Name ist ein Name. Und Hoffa macht alles, was Bi zu ihm sagt. Bi sagt Sitz!, und Hoffa sitzt. Bi sagt Hinlegen!, und Hoffa legt sich hin. Bi sagt Komm!, und Hoffa kommt. Bi sagt Gib Pfötchen!, und Hoffa legt Bi eine Pfote in die Hand. Nachts liegt Hoffa unter Bis Decke, an ihren Bauch geschmiegt, und schläft, tagsüber sitzt er auf dem Fensterbrett oder im Garten und wartet auf sie.

Einmal kriecht Hoffa durch ein Loch im Zaun auf die Straße. Er setzt sich auf den Bürgersteig, schnuppert an zwei Mädchen, die vorbeikommen. Die Mädchen sind keine Fremden, sie wohnen in der Nachbarschaft, sie gehen in die gleiche Klasse wie Bi. Einmal war geplant gewesen, dass die Mädchen und Bi den Schulweg gemeinsam zurücklegen sollten, aber daraus wurde nichts, die Mädchen wollten schlicht und einfach nicht, und die Eltern der Mädchen bedauerten, dass es nicht, wie erwartet, funktionierte. Das ist lange her.

Und jetzt: Hoffa sitzt auf dem Bürgersteig vor unserem Haus. Er schnuppert an den Mädchen, die vorbeikommen, vielleicht drückt er sich an sie, wie er es gerne macht, um hinterm Ohr gekrault zu werden. Aber die Mädchen wollen ihn nicht hinterm Ohr kraulen. Die Mädchen holen stattdessen mit ihren Turnschuhfüßen aus und treten Hoffa in die Seite, dass er umfällt.

Ich sehe es nicht. Bi ist die einzige Zeugin. Sie ist ein Stück weiter oben in der Straße, als es geschieht.

»Nein!«, schreit sie und rennt auf die Mädchen zu. »Nicht treten!«, schreit sie. »Nicht treten! Bitte!«

Die Mädchen drehen sich um und sehen sie an. Sie grinsen.

»Drecksköter!«, schreien sie. »Drecksköter! Drecksköter!«

Hoffa winselt, liegt immer noch auf der Erde. Ausgestreckt, als wollte er den mageren Hundekörper im Bürgersteig verstecken, buchstäblich in der Erde versinken. Die Schnauze zwischen den Pfoten.

Die Mädchen treten Hoffa noch einmal, dieses Mal hart in den Bauch, und dann rennen sie davon.

Bi bleibt abrupt stehen, das Gesicht zum Himmel erhoben, und schreit. Würde man sie nicht hören, sondern nur sehen, wie ich sie plötzlich vom Wohnzimmerfenster aus sah, könnte man glauben, sie stünde singend auf dem Bürgersteig, das Gesicht zum Himmel erhoben. Aber dann höre ich sie. Und ich höre, dass sie schreit – und in dem Moment, erst in dem Moment, laufe ich hinaus, um mein untröstliches Kind zu fragen, was passiert ist.

Manchmal denke ich – nein, ich sage es nicht laut, aber ich denke es –, dass Bi nicht von mir ist, auch wenn sie unbestreitbar und unter großer Anstrengung sowohl für sie als auch für mich vor mehr als acht Jahren aus mir herausdrängte. Manchmal kommt es mir vor, als ob ich … manchmal kommen mir Gedanken, die ich nicht haben möchte, Bilder, um die ich nicht gebeten habe. *Kuckuckskind! Bi ist keine von uns! Bi ist ein Eindringling!* Ich sehe sie an, dieses etwas seltsame, ungeschickte, schweigsame Kind, dessen Hand stets ein wenig zittert, und spüre nur Ärger, fast Zorn darüber, dass es sie überhaupt gibt, in meinem Blickfeld. Darf ich so denken? Nein! Nein! So einfach ist es nicht. Denn im gleichen Augenblick, in dem der Gedanke auftaucht, will ich sie nur noch lieber mögen, sie an mich ziehen und ihr versichern, wie sehr ich sie liebe.
Vielleicht ist es auch eine Art von Liebe, jemanden so sehr lieben zu wollen, oder?

Die Eltern der Nachbarsmädchen bedauern den Vorfall mit Hoffa, weisen aber gleichzeitig darauf hin, dass der Hund frei auf der Straße herumgelaufen sei, dass die Mädchen Angst bekommen und zu ihrer Verteidigung gehandelt hätten.

Ich selbst sitze Nacht für Nacht an Bis Bett. Sie hat die Decke über sich gezogen wie ein kleines Tier in seinem Bau. Ich versuche die Decke zur Seite zu schieben, damit ich ihre Wange streicheln kann, aber sie schreit NEIN!, oder etwas in der Art, und zieht die Decke wieder über sich.

Ist es richtig, dass die Hundeschnauze warm und trocken ist?
Ist es richtig, dass Bi niemals weint?
Ist es richtig, dass der Flieder im Garten nicht duftet?
Ist es richtig, dass Amanda von einer Welt in die andere fällt?
Ist es richtig, dass dieses Haus so still ist?
Ist es richtig, einen Klempner auf dem Dachboden zu haben, der uns Klempnerrechnungen schickt, die wir nicht bezahlen können?
Ist es richtig, eine Mutter zu haben, die lieber ein Baum wäre?
Ist es richtig, dass ich dich aufsuche und im Flur vor deinem vergoldeten Spiegel stehe und dein Gesicht sehe statt meins?
Ist es richtig, dass Martin und ich nie schlafen?
Ist es richtig, dass ein Ungeheuer im Wald lebt, das Kinderherzen frisst?

Vor unser Schlafzimmerfenster haben wir einen schwarzen Schal gehängt, der das Licht abhalten soll. An manchen Stellen ist der Schal dünn, an anderen dick. Die Unebenheiten des Stoffes haben zur Folge, dass das Licht nicht ganz abgehalten wird, das Licht bildet auf der schwarzen Fläche Muster und Bilder, die wir vom Bett aus betrachten können.
Manchmal sieht es so aus, als zeige sich auf dem Schal ein

Gesicht. Martin sieht ein Frauengesicht. Ich sehe das Gesicht eines Mannes.

Wir nennen das Gesicht Herr Poppel.

Einmal vor langer Zeit, als ich mit Bi schwanger war, nannten wir Bi Herr Poppel. Davor hatten wir den Klempner Herr Poppel genannt. In meinem Innersten habe ich dich, Axel, Herr Poppel genannt. Ich glaube, Herr Poppel kann nahezu jeder sein. Gut oder böse, klein oder groß, tot oder lebendig.

Kurz bevor sie stirbt, kommt Mama zu mir. Sie liegt auf meiner Station, sie will nicht, dass ich sie pflege, sie schämt sich für ihre Krankheit, ihren Körper. Aber ich bestehe darauf, sie dennoch zu pflegen, weiß nicht recht, weshalb, welches meine Motive sind. Wir reden nicht viel miteinander, ich pflege sie, wasche sie, füttere sie, klopfe ihr Kissen aus, alles mit professionellen Händen. Und Mama sagt, ich habe eine Tochter und meine Tochter hat Hände, und ich sage, du hast eine Tochter und sie ist Krankenschwester und sie pflegt dich, wie sie alle anderen pflegt – das ist nicht weiter seltsam. Doch einmal morgens stehe ich an ihrem Bett und betrachte sie im Schlaf. Die Krankheit hat sie hässlich gemacht, aber im Moment ist ihr Gesicht so hübsch, wie es früher war. Das kann das Morphium sein. Oder vielleicht der Tod, der einen Punkt setzt, der Tod, der sagt: Dies ist das Gesicht deiner Mutter, als es am schönsten war. Vergib ihr oder schlage sie. Aber lass es dabei bewenden.
Ich setze mich auf die Bettkante, schaue sie weiterhin an, und jetzt merkt sie, dass ich in der Nähe bin, dass ich etwas von ihr will, sogar mit dem Körper voller Morphium merkt sie das, und da, in dem Moment, als sie die Augen aufschlägt, beuge ich mich über sie und zische: »Erzähl mir von Ella!«
»Nein«, sagt sie.
»Doch«, sage ich.
Ich krame in meinen Taschen und hole ein zerfleddertes

Foto von einer dicken Frau mit kräftigen roten Lippen heraus.

»Das Bild habe ich in Vaters Schreibtischschublade gefunden«, sage ich. »Wie viele Jahre hat er dies Bild wohl schon? Fünfzehn Jahre? Zwanzig Jahre? Wie oft hat er es am Tag aus der Schublade genommen und angeschaut?«

Mama hebt die Hände, alte, magere Hände, Hände, die am Gesicht Verrat üben, Hände, die erzählen, dass das Gesicht auf dem Kissen nur eine Luftspiegelung ist. Sie schnappt mir das Bild weg und hält es zwischen Mittelfinger und Zeigefinger fest, es wäre ein Leichtes für mich, es ihr wieder wegzunehmen, aber ich tue es nicht. Ich lasse ihr das Bild. Sie sieht es nicht an, braucht es nicht anzuschauen oder will nicht.

»Wir waren schmerzlich miteinander verbunden. Das ist alles, Stella. Ich wäre mit ihr bis ans Ende der Welt gegangen, wenn sie mich darum gebeten hätte.«

Mama atmet aus, atmet ein, atmet aus, atmet ein.

»Tut es weh?«, frage ich.
»Nein«, sagt sie.
»Doch, es tut weh«, sage ich.
»Nein«, sagt sie.

Ihr Bauch rumort. Ich sitze auf der Bettkante und halte ihre Hand. Sie will sie mir entziehen, aber ich halte sie fest. Wir zucken beide zusammen. Ich habe Mamas Bauch noch nie rumoren hören. Ich glaube, kein Mensch hat je Mamas Bauch rumoren hören. Sie krümmt sich zusammen, sieht aus, als wollte sie sich unter der Decke verstecken. Mit den Augen fleht sie mich an: Lass mich in

Ruhe, geh weg. Aber ich bleibe sitzen. »Du sollst nicht alleine sein, wenn du stirbst«, sage ich.
»Aber das ist genau das, was ich will«, flüstert sie.
»Lass gut sein«, sage ich und drücke ihre Hand.

Und dann furzt sie. Mama stößt einen stinkenden, röchelnden, gurgelnden Furz aus, der in ihrem Körper gelegen haben muss, seit sie ein kleines Mädchen war, das beschlossen hat, so still zu sein wie ein Baum. Mama furzt, reißt die Augen weit auf und sagt, geh weg, geh weg, und dann schließt sie die Augen, atmet ein, atmet aus und stirbt. Ich beuge mich über sie, gehe mit dem Mund dicht an ihr Ohr.
»Jetzt bist du ein Baum«, flüstere ich.

Anschließend ziehe ich die Schuhe aus. Ich lege mich neben sie auf das Bett. Hier werde ich eine Weile liegen bleiben. Dannwerde ich die weiße Bluse bügeln, den alten Körper waschen und die langen schönen Haare kämmen, mit denen ich so gerne gespielt habe, als ich klein war, auch wenn sie nicht mochte, dass ich sie berühre.

Es ist Nacht. Überall im Bad sind Spiegel und ich sehe, dass mein Gesicht blass und fleckig ist. Ich packe den Schwangerschaftstest aus, halte ihn zwischen die Beine und pinkele auf den Streifen und auf meine Hand. Ich bleibe auf der Toilette sitzen und warte auf das Ergebnis. Der blaue Streifen kommt langsam zum Vorschein. Ein blauer Himmel, denke ich. Ein blaues Kleid. Ein blaues Laken. Ich stehe auf, stelle mich vor den Spiegel, atme aus, so dass mein Bauch sich wölbt. Es wird noch Monate dauern, bis man es richtig sieht. Eine blaue Ader über dem Hüftknochen. Wenn ich einatme, kann ich meine Rippen sehen. Einmal hat Mama gesagt, ich sei so dünn, dass ich wie eine Gefangene aus Bergen-Belsen aussähe. Ich wusste nicht, was Bergen-Belsen ist, fand es aber toll, dass Mama überhaupt etwas zu meinem Körper sagte. In mir wächst ein Säugling heran. Ich sehe Fotos von Lennart Nilsson vor mir. Einen blauen Säugling. Blaues Wasser. Blaue Hände. Ich werde langsam zum Leben erwachen. Ich werde langsam zum Leben erwachen und Martin soll wieder schlafen können, ohne Träume.

Bald gehe ich hinunter zu Martin, dann werde ich sagen: Hör mir zu! Leg die Videokamera weg. Ich habe die Pillen nicht mehr geschluckt, die du mir gegeben hast. Schon lange nicht mehr. Ich will Kinder in diesem Haus weinen hören. Ich will diese Stille nicht.

Ich denke an dich, Axel. Du bist so alt. Es ist nicht dein Gesicht, das ich jetzt sehe. Es ist nicht dein Gesicht, das ich im Spiegel sehe. Es ist meins. Ich bin Stella. Ich bin fünfunddreißig. Ich wohne hier in diesem Haus. Es ist der 27. August 2000. Bald wird es hell. Nächstes Frühjahr werde ich ein Kind zur Welt bringen, bis dahin bist du ganz sicher tot. Und so soll es auch sein.

[IV] FALL

Ella Dalby
Zeugin

Ich stand da mit meiner Schere und schnitt drauflos, als ich es sah.

Ein paar Mädchen waren mit einem langen Seil, das sie hinter einem Baum im Park gefunden hatten, auf mich zugerannt. Sie hatten gefragt, ob ich eine Schere hätte und ob ich das Seil in der Mitte durchschneiden könnte, damit es nicht mehr so lang wäre. Sie wollten damit seilspringen, sagten sie.
Natürlich habe ich eine Schere, sagte ich und machte die Handtasche auf. Ich habe immer eine Schere in der Handtasche.
Die Mädchen achteten im Grunde nicht auf mich, sie standen in einem Grüppchen zusammen, teilten sich eine Tüte Süßigkeiten, unterhielten sich und warteten darauf, dass ich tat, worum sie mich gebeten hatten. Sie können unmöglich gesehen haben, was ich gesehen habe.
Und was habe ich gesehen?
Ich sah einen Mann und eine Frau weit weg, weit oben auf dem Dach. Und beide gefährlich nahe an der Kante. Sie balancierten vor und zurück, vor und zurück, und ich hätte ihnen am liebsten zugerufen, dass sie damit auf-

hören sollten, dass sie herunterkommen sollten, sie setzten ihr Leben aufs Spiel. Aber ich war viel zu weit weg. Ich war im Park, sie waren auf dem Dach. Uns trennte nicht nur eine Straße, uns trennten auch Autos, Menschen und Bäume. Und dann trippelte sie auf ihn zu. Die Frau trippelte auf den Mann zu und er schloss sie in die Arme und sie blieben stehen und hielten sich Ewigkeiten im Arm. Ich atmete erleichtert auf, drehte mich zu den Mädchen, schnitt das Seil durch – und sah sie fallen.
Ich sah sie fallen. Eine Unruhe, eine Bewegung im Augenwinkel. Mein restlicher Blick weilte auf den Mädchen, dem Park, den Bäumen – dem ganzen Grün. Ich sah sie fallen. Ein schwarzer Fleck am Rande eines ansonsten grünen Bildes.

Aber wenn Sie mich fragen, ob sie strauchelte, gestoßen wurde oder sprang, kann ich ihnen keine Antwort geben. Das ist auch nicht mein Anliegen.

Axel

Zu Stellas Beerdigung gibt es nicht viel zu sagen, sie ist zu Asche geworden.

Der Spaziergang im Sonnenschein von Majorstuen zum Krematorium war kein Vergnügen, teils, weil ich im Nacken und an den Ohrläppchen von der Sonne verbrannt wurde, es tut immer noch sehr weh, und es nützt nichts, Salbe auf die betroffenen Stellen aufzutragen; teils, weil es mir aufgrund der Blase am rechten Fuß fast unmöglich war, den ganzen Weg in meinen neuen Schuhen zu gehen, was zur Folge hatte, dass ich humpelnd und fast heulend in der Kapelle ankam. Normalerweise, wenn ich spazieren gehe, trage ich ein Paar strahlend weiße Turnschuhe, aber das war heute nicht möglich. Schwarzer Anzug und strahlend weiße Turnschuhe sind keine besonders geglückte Kombination, es sei denn, man ist ein Popstar oder so was in der Art. Ich hatte natürlich auch erwogen, in den Turnschuhen zur Kirche zu gehen, um dann vor der Beerdigung die guten Schuhe anzuziehen, aber ich habe die Neigung der Norweger nie gemocht, ihre guten Schuhe in einer Plastiktüte bei sich zu tragen, wie sie es gerne tun, wenn es zum Beispiel schneit. Auch sah ich vor mir, welche unüberwindlichen Schwierigkeiten diese

Alternative hinsichtlich des eigentlichen Schuhtauschs mit sich führen würde. Zunächst müsste ich mir eine Bank in der Nähe der Kapelle suchen, die ein wenig versteckt liegt, um keine Aufmerksamkeit zu erregen, müsste dann die Schnürsenkel aufmachen, die Turnschuhe ausziehen und die guten Schuhe anziehen. Dann wäre ich gezwungen, die Turnschuhe in eine Plastiktüte zu stecken und wäre damit summa summarum zu einem dieser Männer geworden, die ich selbst verachte: die ihre Schuhe in einer Plastiktüte bei sich tragen. Dies ist der Hintergrund dafür, dass ich mich nicht für diese Alternative entschieden habe, und zugleich die Erklärung, weshalb ich humpelnd, hinkend und heulend in die Kapelle kam. Es ist im Übrigen bemerkenswert, wie eine unbedeutende Blase jegliche Aufmerksamkeit von Größen wie dem Tod oder Gott ablenken kann. Mich interessierte, als der Trauergottesdienst begann, mitnichten, was der Pfarrer zu sagen hatte. Ich war nur mit dieser einen Frage beschäftigt: Ob es denn möglich wäre, meinen rechten Schuh aufzumachen und abzustreifen – beispielsweise während des ersten Liedes –, ohne dass die anderen Trauergäste es bemerkten, um meinem rechten Fuß auf diese Weise Kühlung zu verschaffen. Es war möglich, und als der Schuh nicht länger auf die Blase drückte, hörte auch der Schmerz auf. Ein erlösendes Gefühl. Es war nicht meine Absicht, aber ich konnte mich einfach nicht dagegen wehren, im Augenblick der Erlösung ein lautes *Ahhh!* auszustoßen.
Eine ältere Dame mit Augen groß wie Zinnteller drehte sich daraufhin um, sah mich an und hielt meinen Blick fest. Alle sangen, aber jene Dame hatte mich gehört, denn sie warf mir einen strengen Blick zu, was mich derart bedrückte, dass ich ein weiteres *Ahhhh!* ausstieß, dieses Mal jedoch mit so viel Trauer in der Stimme, wie es mir

möglich war, damit sie begriff, dass es das Weinen eines alten Mannes war, das sie hörte, das Weinen eines alten Mannes über den Tod einer jungen Frau, nicht die Freude eines alten Mannes darüber, dass sein Fuß Abkühlung erfuhr, und der Blick der fremden Dame wurde unversehens milder, sie lächelte sogar, ein verständnisvolles Lächeln, und dann nickte sie und ich nickte zurück, vertraulich, voller Trauer, viel sagend, wie es zwischen Menschen in der Stunde der Trauer üblich ist.

Ich saß ganz hinten in der Kapelle. Ich unterhielt mich mit niemandem, außer Amanda, der kleinen dunkelhaarigen Amanda, mit ihren wütenden blauen Augen, den Arm beschützend um ihre Schwester gelegt, die kleine Schweigsame. Es waren nicht viele gekommen. Martin natürlich, und drei alte Frauen, eine hässlicher als die andere, wobei die am wenigsten hässliche jene war, mit der ich viel sagende Blicke getauscht hatte. Es waren noch andere da, aber wie gesagt, nicht viele. Die Kapelle war leer und still, ich fand es verwunderlich, dass nicht mehr Leute gekommen waren. Aber vielleicht fand noch anderswo eine Zeremonie statt. Vielleicht waren Stellas Freunde und Kollegen schlicht an einem anderen Ort, in einer Kirche vielleicht, nicht hier bei uns … ich betrachtete die Anwesenden: blasse, unzugängliche Fremde … nicht hier bei uns Sterbenden, durchfuhr es mich. Ich sah quicklebendige Menschen vor mir, eine geschmückte, vollbesetzte Kirche, Grabreden, tröstende Hände.

Ich habe all die Jahre versucht, mir Stellas Alltagsleben vorzustellen. Hat sie mit Freundinnen gelacht und geweint, war sie zu Essenseinladungen gegangen, hatte sie bei politischen Wahlen gestimmt, telefoniert, Zeitung gelesen, bis spät in die Nacht getanzt, Briefe geschrieben, auf Skiern gestanden (nein, auf Skiern hat sie nie gestanden. Das weiß ich sogar), Cafés besucht, an Demonstrationen teilgenommen, gekämpft für – ja wofür eigentlich? –, Bücher gelesen, Filme gesehen, Musik gehört? Ach, liebe, kleine Stella. Meine liebe Stella.

Nachdem der Sarg feierlich in die Erde versenkt worden war, schlüpfte ich mit dem rechten Fuß in meinen Schuh, knotete die Schnürsenkel zusammen und ging einigermaßen aufrecht hinaus in das Spätsommerlicht. Ich kondolierte Martin, dem eitlen Gockel, der sie nicht verdient hatte. Er bedankte sich und sah weg. Schließlich humpelte ich im Sonnenschein zur Autowerkstatt, um meinen alten blauen VW abzuholen.

Da geschah es. Als ich mich nach vielem Hin und Her ins Auto setzte, um loszufahren, riss Amanda auf der anderen Seite plötzlich die Tür auf, setzte sich auf den Beifahrersitz und sagte: »Fahr los! Weg von hier!« Ihre neckischen blauen Augen waren voller Tränen, die Haare zerzaust, die Wangen fleckig. Sie trug eine lange unförmige schwarze Strickjacke über dem pflaumenfarbenen Kleid.
»Aber meine liebe Amanda«, flüsterte ich, »warum bist du nicht bei deiner Familie?«
»Fahr los, Axel!«, schrie sie.
Ich ließ den Motor an und bog auf die Straße. Es geht nicht besonders schnell, wenn ich am Steuer sitze. Amanda stöhnte leise, wünschte sich ganz offensichtlich, dass ich schneller fuhr. Die Kleine war mir vom Krematorium zur Autowerkstatt gefolgt, ins Auto gesprungen und hatte sich etwas vorgestellt, aber was? Dass wir über den Abgrund fuhren und uns in den Sonnenuntergang stürzten, wie amerikanische *outlaws*? Ich hätte ihr gerne gesagt, dass man seine Mitspieler sorgfältig auswählen muss,

wenn man sein Leben inszenieren will. Ein alter Mann mit einem alten VW ist nicht das, was sie jetzt braucht. Wäre ich vielleicht siebzig Jahre jünger und hätte einen alten Ford ... Ich verkniff es mir. Sie tat mir so unendlich Leid, aber ich konnte nicht anders, als sie zu dem Haus im Hamborgveien zu fahren, wo sie wohnte. Ich war müde, ich wollte nach Hause, ich wollte allein sein.

»Ich habe keine Familie«, sagte Amanda.

»Was sagst du?«

»Du hast mich gefragt, warum ich nicht bei meiner Familie bin, und ich habe gesagt, dass ich keine Familie habe.«

»Du hast eine Schwester, die dich braucht«, sagte ich. »Du musst jetzt tapfer sein, Bis wegen.«

Es war schon ziemlich brutal von mir, dachte ich, einer Fünfzehnjährigen, die gerade ihre Mutter verloren hatte, zu erzählen, dass sie für einen anderen Menschen stark sein müsse. Auch wenn dieser andere jünger und schwächer war als sie. Es stimmte ja, was sie sagte: Amanda hatte keine Familie außer Bi. Amandas Vater war in Australien, soweit ich weiß, oder tot. Stella redete nicht über ihn.

»Bi ist zu gut für diese Welt«, murmelte Amanda, »das hat Mama gesagt. Und jetzt hat sie nur noch den Straußenkönig ...«

»Und dich, Amanda«, unterbrach ich sie.

»Weiß nicht«, murmelte Amanda. »Weiß nicht.«

Wir fuhren eine Weile schweigend. Am Ullevål-Krankenhaus bog ich in den Sognsveien.

»Fährst du mich jetzt nach Hause, Axel?«, fragte sie.

»Ja.«

»Kann ich denn nicht eine Weile bei dir bleiben? Bitte? Können wir nicht Karten spielen oder Kakao trinken oder zaubern oder uns einfach unterhalten ... über Mama oder so. Ich will nicht nach Hause!«

Ihre Stimme war kurz davor zu kippen. »Ich will nicht nach Hause!«
Ein kleines Mädchen, ein kleines dunkelhaariges Mädchen, sitzt in meinem Auto und weint und will nicht nach Hause, und es gibt nichts, was ich tun kann. Ich kann nicht, ich weiß nicht wie.
»Nicht jetzt, Amanda«, antwortete ich müde. »Jetzt fahre ich dich nach Hause.«
»Bitte. Ich ...«
»Nicht jetzt!«

Sie ist nicht mein, dachte ich.
Sie ist nicht mein.
Stella war mein ... war meine Freundin.
Amanda ist nicht mein.
Ich fuhr, und das Mädchen weinte, und ich wollte nur weg von allem.

»Ich glaube, dass er sie gestoßen hat«, sagte sie plötzlich. »Die Polizei war die ganze Nacht bei uns und hat mit ihm gesprochen. Martin ist ein Mörder, damit du es weißt.«
»Nein, das ist er nicht, Amanda«, antwortete ich resigniert. »Jetzt geht deine Phantasie mit dir durch. Die Polizei verhört in solchen Fällen immer alle Familienmitglieder. Das ist ... Routine.«
Sie drehte sich um und sah mich an. Auch wenn ich am Steuer saß, konnte ich ihren Blick erkennen, ihre Wut.
»Warum bist du nicht an ihrer Stelle gestorben«, rief sie plötzlich. »Du bist alt, du lebst schon fast hundert Jahre, du hast keine Kinder, die sich um dich kümmern, du bist erschöpft und feige und sehnst dich sicher danach zu sterben.«

»Du hast vollkommen Recht, Amanda«, antwortete ich leise und bog in den Hamborgveien ein, »und ich würde gerne Stellas Platz einnehmen, ginge es nach mir.«
Ich hielt vor dem Haus. Ein Garten mit vereinzelten halb verwelkten Blumen in einem Beet neben dem Zaun, ungemähtem Rasen und einer Flagge auf Halbmast. Kein Licht in den Fenstern. Nach der Beerdigung war kein Leichenschmaus vorgesehen. Martins Auto stand auf der Straße, ich ging also davon aus, dass er zu Hause war.
»Ist es in Ordnung, dass wir uns hier verabschieden, Amanda?«
Ich wollte sie nicht bis an die Tür bringen und mit dem Witwer Konversation machen.
Amanda machte keinerlei Anstalten auszusteigen.
Ich machte die Tür auf meiner Seite auf, quälte mich hinaus, schlug mir den Kopf an, mir tat alles weh – der Kopf, der Rücken, die Hüfte, der rechte Fuß, und ich dachte, jetzt soll dieses Mädchen aus meinem Auto verschwinden, ob sie nun will oder nicht. Ich humpelte auf die andere Seite, machte die Tür auf und sagte:
»Amanda! Jetzt wirst du aus meinem Auto aussteigen und dann werde ich mich wieder hineinsetzen, die Tür zumachen und nach Hause fahren. Ich bin ein alter Mann!«
Sie legte den Kopf in die Hände und weinte.
»Ich bin so allein, Axel. Ich bin so fürchterlich allein.«

Ich sah mich um. Konnte denn niemand kommen und mich aus dieser Situation retten, so dass es mir erspart bliebe, an der Tür zu klingeln und ihm im Haus das Ganze zu erklären? Kein Mensch kam. Aber Amanda hörte mit einem Mal auf zu weinen, zog die Strickjacke um sich und stieg aus dem Auto. Sie sagte kein Wort, schluchzte

nur ein wenig. Wischte sich mit dem Handrücken über das Gesicht. Sie ging zum Haus, drehte sich nicht um.
»Wiedersehen Amanda«, rief ich.
Sie antwortete nicht. Ich sah den dünnen Rücken, den Kinderrücken und ihre neuen spitzen Hüften, auf die die Männer nach und nach aufmerksam werden würden, wenn sie sie nicht schon bemerkt hatten.

»Das ist jetzt eine schwere Zeit«, rief ich. »Vielleicht kommst du mich in ein paar Tagen besuchen, dann bringe ich dir einen Zaubertrick bei ... oder wir unterhalten uns einfach nur, wie du willst.«
Sie drehte sich nicht um. Ich sah, wie sie vor der Haustür stehen blieb und in der Jackentasche kramte, sie fand den Schlüssel und schloss die Tür auf.

***

Nichts ist so gekommen, wie ich es für heute geplant hatte. Ich hatte beispielsweise nicht die Zeit, mein Hirschfilet zu kaufen oder meine Flasche Châteauneuf-du-Pape, und das Einzige, was ich zu essen dahabe, ist ein halbes Brot im Brotkasten, eine Banane und ein wenig löslicher Kaffee. In zwei Stunden kommen die Nachrichten. Money Sørensen ist längst gegangen. Sie hat geputzt und Staub gewischt, aber wie gewöhnlich war sie nachlässig. Auf dem vergoldeten Spiegel im Flur sind Fingerabdrücke. Das nächste Mal, wenn sie kommt, werde ich ihr sagen, was ich von ihr halte, nicht, dass sie ein Drachen ist, das werde ich ihr nicht sagen, ich werde mich sehr korrekt verhalten, aber ich werde klarstellen, dass ich es an der Zeit finde, dass sich unsere Wege trennen.
Ich hole einen Lappen und versuche, die Fingerabdrücke

abzuwischen. Einen Augenblick lang kommt es mir vor, als sähe ich ihr Gesicht im Spiegel.

»Ich vermisse dich«, schluchze ich. »Ich habe Schmerzen im ganzen Körper.«

Sie sieht mich fragend an.

Ich schließe die Augen. Sie ist immer noch da. Ihr Gesicht, ganz vorne auf der Netzhaut.

»Ich will bei dir sein«, flüstere ich, »komm, lass mich bei dir sein.«

***

Und dann? Der Rest dieses elenden Tages? Zuerst werde ich meine strahlend weißen Turnschuhe anziehen und zum Kiosk spazieren, in dem das Mädchen mit den Stieraugen arbeitet, und sagen: Sie kennen mich nicht, sie kennen mein Gesicht nicht, aber jeden Morgen kaufe ich bei Ihnen dieselben fünf Zeitungen, das habe ich auch heute getan, bevor ich mich für die Beerdigung meiner Freundin umgezogen habe. Jetzt will ich keine Zeitungen haben. Jetzt will ich Zigaretten. Geben Sie mir eine Schachtel. Egal was. Und zum Teufel mit allem.

Amanda

Ich habe mich mit Bi zusammen aufs Bett gelegt. Ihr rotes Kleid hat gekratzt, deshalb habe ich ihr die Beerdigungsklamotten ausgezogen und eine Jogginghose und ein T-Shirt für sie herausgesucht. Bis Zimmer ist nicht renoviert, es ist vor allem weiß, weiße Wände und ein weißer Holzfußboden, nicht hellweiß, sondern dunkelweiß. Die Decke ist blau, die Farbe ist an vielen Stellen abgeblättert, und unter dem Blau ist Rot, und unter dem Rot ist Gelb. Ich erzähle Bi, dass in dem alten Haus schon viele Menschen gewohnt haben, vor allem in diesem Zimmer. Zuerst hat hier eine Frau gewohnt und sie hat die Decke gelb gestrichen, was sie an die Sonne erinnern sollte.

»Wieso denn?«, flüstert Bi.

»Weil die Frau nie ins Freie gehen durfte, um sich die richtige Sonne anzuschauen«, sage ich, »sie wurde von einem Ungeheuer gefangen gehalten, das in sie verliebt war. Aber dann brachte die Frau einen kleinen Jungen zur Welt, und er wohnte zusammen mit seiner Mutter in diesem Zimmer und gemeinsam strichen sie die Decke rot, was sie an …«, ich musste überlegen, »… was sie an Bonbons erinnern sollte, denn Bonbons waren für den Jungen das Allergrößte.«

»Hat ihm das Ungeheuer denn erlaubt, Bonbons zu essen?«
»Nein, natürlich nicht«, sage ich, »das Ungeheuer hat dem Jungen nicht erlaubt, Bonbons zu essen, aber die Mutter durfte Bonbons essen, als sie ein kleines Mädchen war, und das erzählt sie dem Jungen, und der Junge bekommt Lust auf Bonbons, allein vom Zuhören.
Sie lagen vor dem Einschlafen immer nebeneinander auf dem Bett, genau wie wir jetzt, und sie erzählte ihm, wie es war, als sie ein kleines Mädchen war und Bonbons aß.«
»Und wer hat die Decke blau gestrichen?«, fragt Bi.
»Das war das Ungeheuer«, sage ich. »Eines Abends schlang die Mutter ihre Arme um den Sohn, verließ das Bett und sprang aus dem Fenster dort, und sie fielen und fielen, ohne je unten aufzutreffen, umrundeten eine Welt nach der anderen und mussten nie wieder hierher zurück, und da wurde das Ungeheuer so traurig, dass es die Decke blau strich.«

Wir liegen beide ausgestreckt auf dem Bett. Bi streicht mit den Händen über ihre Jogginghose. Sie atmet ganz leise und sanft, ihre Augen sind geöffnet, fragend. Vielleicht schläft sie bald ein. Ich spiele ein wenig mit ihrer Wange. Die Haut ist trocken. Mama cremte ihr Gesicht immer ein. Dann saß Bi ganz still auf dem Bett und sah Mama an. Und manchmal schlang sie die Arme um Mamas Hals, bevor Mama mit dem Eincremen fertig war. Dann wurde Mama ärgerlich. Das konnte ich ihr ansehen, aber sie rührte sich nicht, bis Bi wieder losließ. Bi umarmt einen gerne lange und fest. Man kommt dann praktisch nicht mehr los.
Niemand kennt Bi besser als ich, aber es gibt vieles, was ich nicht weiß. Es gibt vieles, was ich nicht weiß, wenn es

um die Verantwortung für ein Kind geht, meine ich, denn jetzt habe ich die Verantwortung und wir können nicht hier bei dem Straußenkönig bleiben. Das geht nicht. Es gibt viele Fünfzehnjährige, die ein Kind haben. In meine Parallelklasse geht ein Mädchen, das schwanger geworden ist. Sie hat abgetrieben. Ich habe auch von Zwölfjährigen gelesen, die Kinder bekommen haben. Das passiert ständig. Die Zwölfjährigen bringen ihre Kinder auf der Toilette zur Welt. Plopp macht es. Und da liegt es dann. Das Kind. Ich frage mich, wie es ist, in die Toilette zu starren und direkt in ein paar Augen. Ich glaube, ich würde die Spülung drücken, es schnell hinunterspülen, bevor einer von uns beiden zu schreien beginnt.
Früher, als ich jünger war, habe ich viel über solche Sachen nachgedacht. Vor allem in dem Sommer damals, als wir in Värmland waren – Mama, Martin, Bi und ich. Da hatten wir draußen ein Plumpsklo. Und wenn ich dort saß, vor allem, wenn es schon dunkel war, trat ich mit den Füßen gegen die Wand, um Ratten und anderes ekelhaftes Zeug zu erschrecken, das dort unten herumkrabbelte. Das Ungeheuer hat lange dünne Arme. Ich war sicher, ich würde eines Tages seine Hände an meinem Po spüren, es würde mich um die Taille fassen und mit hinunter in den Kot ziehen.

Mama ist jetzt begraben. Oder vielleicht nicht wirklich begraben. Der Sarg verschwand in einem Loch in der Erde. Tiefer und tiefer, bis wir ihn nicht mehr sehen konnten. Ich hatte nicht gewusst, dass man es so machte. Eine heimliche Luke geht auf, und der Sarg verschwindet. Der Pfarrer hat nicht einmal die Augen bewegt. Es war fast so wie damals, als der Klempner und ich die letzte Welt umrundeten und uns schließlich dem Schloss näherten, in dem der König haust. Da öffnete sich eine Luke im Boden. Wir waren in einer Festung gefangen, aber dann öffnete sich noch eine Luke, und wir waren wieder frei. Und was ist mit dem Sarg? Befindet sich unter der Kapelle ein Boden und darunter noch einer? Mama gibt nicht auf. Sie fällt immer noch. Sie fällt und fällt, auch wenn sie unten aufgekommen ist. Hörst du Bi: Mama fällt immer noch. Sie fällt durch verschiedene Schichten aus Feuer und Erde und Sand und Wurzeln. Ich glaube nicht, dass es einen Boden gibt.

Der Klempner kam nicht in die Kapelle. Er hatte gesagt, er würde kommen, aber er hat stattdessen seine Sachen gepackt und ist verschwunden. Auch Papa kam nicht. Eigentlich bin ich froh. Ich glaube nicht, dass Papa und ich gut miteinander auskämen. Einmal habe ich Mama sagen hören, der Grund, weshalb Papa nach Australien ging, war der, dass er so weit wie möglich von ihr weg sein wollte – und Australien war das Weiteste, was ihm einfiel. Das war nicht für meine Ohren bestimmt gewesen. Mama hatte mit dem Alten gesprochen. Aber der Alte hört nicht, was man sagt, das ist das Problem mit ihm.

Mama hat vieles gesagt, was nicht für meine Ohren bestimmt war. Sie redete einfach drauflos. Zu Martin und dem Alten. Aber ich habe zwei große Ohren. Ich kriege das meiste mit. Und eines Tages werde ich Bi all das erzählen, was ich ihr jetzt noch nicht erzählen kann.

Axel

Als Dr. Isak Skald, mein einziger wahrer Freund, verlangte, dass ich mit dem Rauchen aufhöre, begründete er es damit, dass ich sterben würde, falls ich weiter rauchte. Ich habe dies nie für ein gutes Argument gehalten. Trotzdem habe ich aufgehört. Als ich in Verbindung mit Skalds Beerdigung wieder damit anfangen wollte, wurde ich von seiner Witwe, der seligen Else, mit Händen, die das Leben eines Mannes verändern konnten, daran gehindert. Außerdem: Die Freude war dahin. Ich rauchte eine Zigarette nach der anderen, aber ohne Freude, da konnte ich es ebenso gut auch sein lassen. Aber wenn ich weiter geraucht hätte und wenn Skalds medizinische Beobachtungen korrekt gewesen wären, woran ich keinerlei Zweifel hege, wäre ich heute wahrscheinlich schon tot. Ich koche mir eine Tasse löslichen Kaffee. Noch eine halbe Stunde bis zu den Nachrichten. Axel Grutt, überall bekannt als Studienrat Gruft, lebt noch. Warum nimmt meine Zeit auf Erden kein Ende? In mir ist nur noch totes Fleisch, aber das Herz schlägt noch. Ist es möglich, dass es einfach immer weitergeht?

Wer führet mich zu deiner kühlen Quelle
der Tod, der stille.

WENN DIESER TAG, Stellas Tag, vorbei ist, werde ich eine Kerze anzünden oder zwei oder drei.

Zunächst zünde ich eine Kerze für meine Frau Gerd an. *Jetzt hörst du mir mal gut zu, Axel, denn was jetzt kommt, wird wehtun.* Ich sehe sie vor mir. Den gelben Strickpullover. Den trotzigen Blick. Den herausfordernden Gesichtsausdruck, den ich viele Jahre später bei Stella wieder gefunden habe. Körperliche Qualen hatte ich, solange ich denken kann. Aber es waren nicht die körperlichen Qualen, die Gerd vor sich sah. Das war es nicht, wovon sie sprach.

»Wovon sprach sie damals eigentlich?«
»Du sollst nicht immer so viel fragen und bohren, Stella!«
»Nun, etwas muss ich ja tun.«

»Ist es die Scham, die dir Schmerzen bereitet?«, fragte Gerd, als ich sie anflehte zu bleiben. Sie war es leid. Sie hatte genug. Sie wollte weg. Sie wollte die kleine Alice mitnehmen und mit dem anderen in den Norden gehen. Ich hätte sie natürlich gehen lassen sollen. Stattdessen bat ich sie zu bleiben. Ich weiß nicht, warum.
Victor hieß er – ihr Liebhaber. Er war ein Kollege von mir. Blond und gut aussehend und bei den Schülern sehr beliebt. Gerd war in ihn verliebt, lange bevor wir geheiratet haben, und er in sie. Ja, doch. Sie wollten einander von

Anfang an haben. Ich war der große Fehlgriff. Die Tragödie ihres Lebens. Die Geschwulst in ihrem Bauch. Aber Gerd war es gewesen, die gewählt hatte, und sie hat mich gewählt. Denn ich konnte zaubern. Das konnte er nicht.

Vor langer Zeit einmal waren Victor und ich gute Freunde gewesen. Alles hatte in den Dreißigerjahren begonnen, damals studierten wir beide. Wir trafen uns gerne im Trocadero. Ich erinnere mich gut an ihn. Einmal unterhielt er einen ganzen Tisch mit von ihm verfassten Liebesgedichten, wahrscheinlich von der Schauspielerin Gerd Egede-Nissen inspiriert, die er natürlich noch nie getroffen hatte. Aber es gab noch eine andere Gerd in Victors Leben – und die Gedichte waren selbstverständlich für sie bestimmt. Und sie, Gerd Nummer zwei, saß an diesem Abend am gleichen Tisch wie wir und war mindestens ebenso hübsch wie Gerd Nummer eins.
Sie mochte uns beide. Victor deklamierte Gedichte. Ich zauberte. Zunächst konnte sie sich nicht entscheiden, wen von uns beiden sie haben wollte. Aber als ich eines Abends ihre Armbanduhr, ihre goldene Haarspange, ihren Schal und das Kruzifix um ihren Hals wegzauberte – und darüber hinaus noch damit drohte, ihre Bluse, ihre Strümpfe und ihren Rock wegzuzaubern, wenn sie mich nicht heiratete, sagte sie ja. Ich fand, dass ich fair and square gewonnen hatte, wie man in Amerika sagt, aber Victor wollte die Niederlage nicht akzeptieren.
»Mich will sie haben«, sagte er, »du machst euch beide damit kaputt.«
»Aber ich kann besser zaubern als du dichten«, sagte ich.
Er sah mich lange an.
»Und in der Hochzeitsnacht?«, fragte er. »Und in der

Nacht nach der Hochzeitsnacht und in der Nacht danach, was ist dann? Wirst du dann auch zaubern?«
Da forderte ich ihn auf, den Mund zu halten.

Gerd und ich heirateten 1936, sie hielt ein paar Monate durch, dann rannte sie zu ihm. Er hatte auf sie gewartet, nahm sie auf, und ich ließ sie gewähren. Ich weiß nicht, was am schlimmsten war. Die Untreue oder die Verachtung. Ich glaube, es war die Verachtung. Dass sie über mich lachten. Ein etwas mitleidiges, resigniertes Lachen. Das war das Schlimmste. Ich war kein schlechter Mann. Das war ich nicht. Ich war ein kleiner Mann. Ich war ein kläglicher Mann. Ich war ein Mann, auf den andere Männer spucken würden, wenn sie wüssten. Aber ich war kein schlechter Mann.
Wir hatten eine Absprache getroffen, Gerd, Victor und ich, wir hatten einen Pakt: Niemand durfte etwas wissen. Niemand. Dies war unser Geheimnis. Dies war unser schmutziges kleines Geheimnis. Dies war eine Sache zwischen uns. Und dann kam der Krieg. Victor spielte eine zentrale Rolle im Koordinationskomitee der nach und nach verbotenen Lehrervereinigung, der wir beide angehört hatten. Victor forderte schon früh zum organisierten Widerstand gegen den neu eingerichteten Verband der Nazis auf, dessen Mitgliedschaft für alle Lehrer verbindlich war. Und Victor war es auch, der an einem Abend im Jahre 1942 an meine Tür klopfte mit einer Erklärung, die ich seiner Ansicht nach unterzeichnen sollte. Es sei meine Pflicht, sagte er. Er drückte mir eine Streichholzschachtel in die Hand, und in der Schachtel lag ein Stück Papier. Ich sah auf das Papier und überflog es rasch … *Hiermit erkläre ich, dass ich den Unterricht der norwegischen Jugend nach den Richtlinien der Nationalen Vereinigung nicht*

ausführen kann ... Dies verstieße gegen meine Überzeugung ... wollte man mich zwingen, Handlungen auszuführen, die im Widerstreit zu meiner beruflichen Ehre liegen ... meiner beruflichen Ehre ... ich finde es richtig zu erklären, dass ich mich nicht als Mitglied dieser neuen Lehrervereinigung betrachte ...

Es sei meine Pflicht, sagte er und strich sich mit der einen Hand durch das volle blonde Haar. Die gleiche Hand, fuhr es mir durch den Kopf, ohne die meine Frau nicht leben konnte. Und hätte ich auch nur einen Hauch von Moral, fuhr er fort, und würde ich mir auch nur einmal wünschen, der Welt zu zeigen, was für ein Mann ... Ich unterbrach seinen Wortschwall und wies darauf hin, dass er nicht der Mann sei, mir etwas über Moral zu erzählen. Daraufhin sagte er, ich müsse meine persönliche ... er zögerte einen Augenblick ... meine persönliche Zukurzgekommenheit außen vor lassen, hier ginge es um etwas weitaus Größeres. Ich sagte, er habe sich nicht geändert, seit er im Trocadero schlechte Gedichte deklamiert habe. Dies waren nichts als neue schlechte Gedichte. Er nickte langsam mit dem Kopf.

»Verstehe ich dich richtig, Axel, dass du nicht unterschreiben willst?«

»Nein, warum um alles in der Welt sollte ich unterschreiben«, sagte ich. »Die eine Organisation ist ebenso gut wie die andere. Ich bin Lehrer, nicht Politiker.«

»Und Zauberkünstler«, sagte Victor spöttisch, »mit Finn Halvorsens Segen. Du wählst deine Freunde mit Bedacht.«

»Ich bin Zauberkünstler, ja. Und wie gesagt: Nicht Politiker. Das Ganze ist mir vollkommen gleichgültig. Alles, was du sagst, Victor, alles, was du tust, ist mir vollkommen gleichgültig.«

Ich weiß noch, dass ich in dem Augenblick überlegte, wo

Gerd wohl war. Manchmal übernachtete sie bei ihm. War sie jetzt dort? Wartete sie auf ihn? Würden sie bis weit in die Nacht hinein in seinem Wohnzimmer sitzen und über mich lachen? Ich besann mich.

»Dein Besuch nähert sich dem Ende«, sagte ich.

Ich ging ihm in die Diele voraus, machte die Tür auf. Er folgte mir nach, blieb aber auf der Schwelle stehen. Er legte mir eine Hand auf den Arm. Ich riss mich los.

»Sollen wir miteinander reden?«, fragte er.

»HA!«, sagte ich.

»Hast du denn Angst?«, fragte er.

»Angst? Angst wovor?«

»Angst zu unterschreiben, Angst vor dem, was passieren kann, wenn du unterschreibst, Angst um dich selbst, um Gerd oder auch die kleine Alice?«

»Raus mit dir, Victor!«

»Denn, wenn es so ist … wenn du im Grunde Angst davor hast zu unterschreiben, dann bin ich hier, um dir zu sagen, dass du viel mehr Angst davor haben müsstest, es nicht zu tun …«

»Ich hatte noch nie weniger Angst«, unterbrach ich ihn. »Lebwohl!«

Ich schob ihn über die Schwelle, er war schwerer, als ich gedacht hatte, und viel größer, ich musste mich anstrengen, aber schließlich gelang es mir, ihn hinauszuschieben. Und als ich die Tür endlich geschlossen hatte, brach ich völlig unerwartet in Tränen aus.

***

Als der Frieden losbrach, wusste ich, dass es nur eine Frage der Zeit war, bis Gerd mich verlassen würde. Als die Nachricht endlich kam, war ich dennoch unvorbereitet. *Jetzt hörst du mir mal gut zu, Axel, denn was jetzt kommt, wird wehtun.* Ich war gelähmt vor Schreck.

»Axel Grutt gelähmt vor Schreck?«
»Ja, gelähmt vor Schreck.«

Ich wollte nicht, dass sie ging. Ich wollte, dass sie bei mir blieb. Ich kämpfte. Es war das einzige Mal, dass ich wahrhaftig um etwas gekämpft habe. Und das Kämpfen machte mich zu einem bösen Menschen. Es machte mich zu einem bösen Menschen. Ich hörte, wie ich Gerd drohte, dass ich ihr Alice wegnehmen würde. Ich hätte das Recht auf meiner Seite, sagte ich. Denn hatte sie nicht schon, bevor Alice geboren wurde, ihr Heim vernachlässigt, indem sie zu ihm rannte?
Sie verteidigte sich. Sie sagte: »Victors wegen werden sie mir Alice nicht wegnehmen. Er ist ein Kriegsheld, Axel. Und was bist du?« Es fehlte nicht viel und sie hätte auf den Boden gespuckt.
»Ich werde das Recht auf meiner Seite haben, Gerd. Sie werden dir Alice wegnehmen«, wiederholte ich. »Sie werden nicht zögern.«
Sie trat ganz dicht an mich heran, kam mit ihrem Gesicht ganz nahe an meins. »Du weißt ja nicht einmal, ob sie von dir ist«, zischte sie.
Ich starrte sie an. Ich war wie gelähmt. Ich erhob die Hand zum Schlag. »Sie gehört mir«, schrie ich. »Alice ist mein Kind. Tu das nicht, Gerd! Tu's nicht!«
Und dann setzte ich mich aufs Sofa und heulte. Gerd ging ins Schlafzimmer, legte sich aufs Bett. Nach einer Weile ging ich zu ihr und legte mich neben sie. Ich strich ihr über das Gesicht, den Hals. »Vergib mir«, flüsterte ich. »Vergib mir.«

Sie weinte, umarmte mich, drückte sich an mich. Ich strich ihr immer wieder über das Gesicht. In meinen Armen wurde sie weich. Ihre Hände überall auf mir. *»Nicht so schnell, Gerd, nicht so schnell.«* Aber sie hörte nicht.

Sie war voller Küsse.

Ich hatte vorgehabt, um sieben die Nachrichten zu sehen, aber als ich den Fernseher einschaltete, waren die Nachrichten längst vorbei. Heute ist alles schief gelaufen. Es war alles zu viel. Ich ziehe den Anzug aus, knöpfe das Hemd auf und hänge die Sachen zurück in den Schrank. Ich stelle die Schuhe in den Flur, die guten Schuhe wie die Turnschuhe. Ich suche einen sauberen Schlafanzug, den blau gestreiften, und ziehe ihn an. Es ist kurz vor elf. Bald werde ich schlafen.

***

Bevor ich schlafen gehe, höre ich mir häufig Schuberts Klaviermusik an, aber heute Abend will ich Lieder hören. Ich lege *Die Winterreise* auf. Mein nahezu tauber Nachbar, der so genannte Musikliebhaber, ist zum Glück verreist. Ich habe seit Tagen keinen Laut aus seiner Wohnung vernommen, ganz still war es, es können auch Wochen sein. Vielleicht ist er tot? Manche Menschen wachen nach einer langen Nacht voller Schlaf nicht mehr auf. Denn, wohin sollte er verreisen? Er hatte keine Freunde. Er bekam nie Besuch, ging niemals aus. Ja. Vielleicht ist er *wirklich* tot. Gott hab ihn selig.

Fischer-Dieskau singt. Ich sehe mich in den dunklen Zimmern um. Als ich nach Gerds Tod hier eingezogen bin, habe ich nichts aus unserem Haus mit hierher ge-

nommen – außer dem vergoldeten Spiegel, der in der Diele hängt. Ich habe mich hier nie zu Hause gefühlt. Ich habe es schon gesagt, und ich sage es noch einmal. Ich fühle mich nicht wohl in meiner Umgebung, und meine Umgebung fühlt sich nicht wohl mit mir. So ist es.
Ich setze mich auf das Sofa. Doch dann kommt es mir vor, als würde ich aufstehen, durch das Zimmer gehen und mich ans Fenster stellen.
Ja, so stehe ich also da und betrachte mich selbst auf dem Sofa, einen eingefallenen, kleinen Mann auf dem Sofa, so unendlich allein auf dem Sofa. Was für ein armer Kerl, sage ich und drehe mich zum Fenster. Wie lange stehe ich schon so da? Wie lange? Es schneit. Es schneit schon seit Tagen. Wie lange stehe ich schon hier? Stehe und gehe und schlafe und schlafe nicht und stehe wieder. Ich lege die Hand auf die kalte Scheibe. Eine fast leere Straßenbahn fährt in der Winternacht vorbei. Kein besonders einladendes Wetter, wenn Sie mich fragen. Ich wende mich wieder dem armen Kerl zu. Wollen wir zusammen einen Kaffee trinken, du und ich?

Ich habe drei Kerzen angezündet. Eine für Gerd, eine für Stella und eine für Amanda. Ich glaube nicht, dass Amanda je wieder hierher kommt. Aber sollte sie plötzlich an der Tür klingeln, sollte sie dennoch hierher kommen, morgen zum Beispiel, kann ich ihr meinen Leierkasten zeigen. Den hat sie nie gesehen. Man stelle sich vor. So viele Male ist sie bei mir gewesen, und nie habe ich daran gedacht, ihr meinen Leierkasten zu zeigen. Er steht zwar im Keller, es würde schon einige Mühe kosten, ihn nach oben zu tragen. Aber man kann ja jemanden um Hilfe bitten. Meine Erfahrung zeigt, dass die Menschen sehr hilfsbereit sind, wenn man sie um etwas bittet. Das junge Paar, zum Beispiel, das nach dem Tod des Nachbarn in die Nachbarwohnung gezogen ist. Er ist ein eitler Gockel, das sieht man sofort, aber sie ist groß und nett, ein wenig wie meine Tochter Alice, als sie jung war. Alice, die mir den Atem rauben konnte, wenn sie draußen auf der Straße mit ausgestreckten Armen auf mich zurannte. Ich bin ganz sicher, würde ich das junge Paar fragen, ob sie Amanda und mir helfen könnten, den Leierkasten aus dem Keller nach oben zu bringen, würden sie es tun. Ich würde sie natürlich anschließend zum Kaffee einladen und vielleicht zu Torte aus der Konditorei an der Ecke – als Dank für die Mühe. Das wäre eine freundliche Geste von meiner Seite. Und anschließend, wenn sie wieder gegangen sind, wird sich Amanda hier aufs Sofa setzen und ich werde für sie spielen.

Amanda

Die Nacht kommt näher. Ich habe Bi ins Bett gebracht und die Decke über sie gebreitet. Ich habe mich ebenfalls ausgezogen, aber habe mich nicht ins Bett gelegt. Es ist warm, und ich habe das Fenster weit geöffnet. Bevor Bi eingeschlafen ist, habe ich etwas gesagt, was Mama einmal zu ihr gesagt hat, als ich dabei war. Ich habe gesagt: »Es hilft, wenn man weint.«

Aber Bi hat den Kopf geschüttelt.

Daraufhin habe ich gesagt: »Aber mir würde es helfen, wenn du weinst.«

Sie hat noch einmal den Kopf geschüttelt.

Dummes Kind! Unsere Mutter ist tot, und du liegst einfach nur da. Ich hätte sie am liebsten gekratzt. Stattdessen habe ich sie gestreichelt.

Ich sagte: »Tu, was du willst, Bi, aber wenn du heute Nacht wach wirst, kann es sein, dass ich weine.«

Sie nickte.

»Es kann auch sein, dass du heute Nacht wach wirst und ich draußen spazieren gehe. Dann legst du dich einfach wieder hin und schläfst weiter.«

Martin macht ein paarmal die Tür zu unserem Zimmer auf, bleibt auf der Schwelle stehen und sieht uns an. Bi unter der Decke und mich darauf.

»Zieh dir ein Nachthemd an, Amanda«, flüstert er. »Und mach das Fenster zu, es ist windig.«
»Geh weg«, sage ich.
Als er die Tür das nächste Mal aufmacht, sagt er das Gleiche noch mal.
»Zieh dir ein Nachthemd an, Amanda, und mach das Fenster zu. Es ist windig.«

Es gibt vieles, was ich Bi nicht erzähle.
Zum Beispiel: Vielleicht haue ich heute Nacht ab. Vielleicht wartet er in der Stadt auf mich. Vielleicht klettern wir auf ein Baugerüst, einen Glockenturm oder auf ein Dach, genau wie Mama und Martin, und dann sehen wir die ganze Stadt vor uns und dann ene, mene, mu, und er dringt von hinten in mich ein, und es kann passieren, dass ich dann einfach anfange zu brennen.
Aber vorher, bevor es so weit ist, singe ich fünf Lieder für Bi. Ich singe eins für die Alten, eins für die Jungen, eins für die Lebenden und eins für die Toten. Und dann singe ich ein Lied nur für dich. Hörst du, Bi? Ein Lied nur für dich. Ich möchte ganz sicher sein, dass du schläfst, bevor ich gehe.

Als Martin zum letzten Mal die Tür aufmachte, sagte er: »Sollen wir miteinander reden?«
Ich sah ihn an: »Wir sind keine Freunde, du und ich. Vergiss das nicht!«
»Dann eben nicht«, sagte er, »aber zieh dir ein Nachthemd an.«

Corinne

Es ist eine eiskalte Winternacht, abwechselnd Schnee und Regen und bibelschwarze, leere Straßen. Die Straßenbahn ist fast leer. Ich sitze ganz hinten, ein paar Reihen vor mir sitzt ein fremder Mann. Er kommt mir irgendwie bekannt vor, der Fremde, mein Mitreisender – sein Rücken vielleicht, oder die Haare, auch sie bibelschwarz. Die Straßenbahn hält, und der Mann steht auf und will aussteigen. Ich ergreife die Chance und rufe nach ihm. Martin Vold, rufe ich. Sind Sie es? Der Mann dreht sich um, schüttelt den Kopf und lächelt. Er ist es nicht. Er ist nicht Martin. Dieser Mann hat zwei kleine grüne Augen und eine Narbe am Kinn. Ich bedaure den Irrtum und wir wünschen einander gute Nacht.

Ich habe in letzter Zeit viel an Martin gedacht. Nach Stellas Beerdigung habe ich ihn aus den Augen verloren. Meine Ermittlungen waren abgeschlossen, es gab keinen Verdacht, jedenfalls konnte ihm nichts bewiesen werden. Er konnte tun, was er wollte, und er beschloss zu verschwinden, meine Kollegen und ich waren fertig mit ihm. Aber dann zeigt sich, dass ich doch noch nicht ganz fertig mit ihm bin. Wie eine verliebte Frau streife ich durch die Stadt und bilde mir ein, ihn an jeder Straßenecke zu sehen. Ich selbst bin nie verliebt gewesen, das fehlte noch! Aber ich habe in meinem Beruf genug verliebte Frauen kennen gelernt, um zu wissen, dass es ihnen in etwa so geht: Sie glauben überall das Gesicht ihres Auserwählten zu sehen, wohin sie auch gehen – sie sehen ihn in ein Auto einsteigen, an einer Wand lehnen, hinter dem Fenster eines Cafés, auf der anderen Straßenseite.

***

Auf dem schwarzen Schal vor Stellas und Martins Schlafzimmerfenster zeigt sich mitunter ein Gesicht. Martin behauptet, es sei ein Frauengesicht, Stella behauptet, es sei das Gesicht eines Mannes. Aber beide sind sich einig, dass es ein Gesicht ist und dass das Gesicht zu ihnen spricht. Sie geben dem Gesicht einen Namen – Herr Poppel.

»Auch wenn ich sicher bin, dass es ein Frauengesicht ist, lasse ich mich darauf ein, es Herr Poppel zu nennen«, sagt Martin.

Es ist der 2. September 2000, Stella wird in wenigen Stunden beerdigt. Martin und ich sitzen uns an dem großen Esszimmertisch gegenüber. Es wird schon fast hell.

»Und was ist Herr Poppel?«, frage ich. »Was ist seine oder ihre Funktion?«

»Sie reißt ihr großes Maul auf und singt«, sagt Martin.

»Singt?«

»Ja, singt«, sagt Martin, »von uns, von Stella und mir.«

»Und was singt sie am letzten Tag in Stellas Leben, am 27. August des Jahres 2000?«

»Herr Poppel singt selten am Tag.«

»Ach so. Was singt Herr Poppel in der letzten Nacht in Stellas Leben?«
»Sie singt ein Wiegenlied«, sagt Martin. »Das gleiche Wiegenlied, das Stella für Bi gesungen hat, als sie kleiner war. Auch dieses Mal ist es Stella, die singt, mit tiefer, gekünstelter Stimme, ihrer Herr-Poppel-Stimme. Sie liegt neben mir im Bett und singt, und zum Schluss fordere ich sie auf, den Mund zu halten. Ich fordere sie auf, den Mund zu halten, und sie sagt, es räche sich, so mit Herrn Poppel zu reden. Ich müsse ihn freundlich bitten, sagt sie. Ich sage freundlich: Herr Poppel, bitte singen Sie heute Abend nicht mehr. Oder jedenfalls nicht dieses Lied, das Sie gerade singen, das mich an seltsame kleine Babys erinnert, die niemals weinen, uns aber dennoch nachts wach halten. Stella dreht sich weg. Der Teufel soll dich holen, sagt sie. Der Teufel soll dich holen, Martin. Und dann schlafen wir ein paar Stunden lang Rücken an Rücken.«
»Wie spät, würden Sie sagen, ist es, als Sie einschlafen?«
»Nach fünf, glaube ich«, sagt Martin. »Wir haben die ganze Nacht gebraucht, um das Video aufzunehmen.«
»Das Video, ja«, sage ich. »Da war noch was, was ich Sie fragen wollte: In dem Video sagt Stella mehrmals, dass sie Ihnen etwas erzählen will.«
»Daran kann ich mich nicht erinnern.«
»Erzählt sie Ihnen etwas in dieser Nacht?«
»Ich weiß nicht.«
»Sie wissen nicht, ob sie Ihnen etwas erzählt?«
»Nein, ich weiß nicht … mir fällt nichts Besonderes ein, wenn Sie das meinen. Nein, ich glaube nicht. Stella hat immer tausend Sachen gleichzeitig im Kopf, die sie erzählen will. Aber es gab nichts Besonderes, daran würde ich mich erinnern.«
»Kann es sein, dass sie schwanger war?«

»Nein.«
»Nein, sie hat es Ihnen nicht erzählt, oder nein, sie hat Ihnen überhaupt nichts erzählt, oder nein, sie war nicht schwanger?«
»Nein, nein, nein.«
Ich sehe Martin an. Ich sage:
»Ein großer gelber Körper, eine Ausbuchtung in der Schleimhaut, eine schwammige kleine Beule, ein Fötus, nicht größer als ein Zentimeter.«

***

Wir sind beim letzten Tag angelangt.
Martin und Stella schlafen Rücken an Rücken ein, wachen ein paar Stunden später auf, und der letzte Tag hat schon angefangen. Martin hat diesen Tag schon viele Male beschrieben. Er hat mit meinen Kollegen gesprochen, und er hat mit mir gesprochen. Und was haben wir? Wir haben einen Mann und eine Frau auf einem Wohnblock am Frogner Platz, vor und zurück auf der Dachkante, wie Seiltänzer, Zirkusartisten, Akrobaten. Wir haben eine Umarmung und einen Fall. Die Frau reißt sich los aus den Armen des Mannes und fällt. Oder er stößt sie und sie fällt. Beide sind müde, zum Umfallen müde.
»Ein Unfall«, sagen meine Kollegen. »Selbstverschuldet, ja. Verantwortungslos, ja. Aber kein Verbrechen. Leute, die die beiden kennen, und davon gibt es nicht viele, sagen, dass die Ehe recht gut war. Recht gut!«
Eine recht gute Ehe ist besser als die meisten Ehen, sagen meine Kollegen. Und ich würde ihnen zustimmen, wäre ich nicht jedes Mal von diesem Kneifen in der Magengegend gequält worden, wenn ich ihm von Angesicht zu Angesicht gegenübersaß …

»Gehen wir alles noch einmal durch, Martin.«
Martin zündet sich eine Zigarette an, sieht mich an.
»Ist das nötig?«
»Was denn?«
»Alles noch einmal durchzugehen? Es hat mir besser gefallen, als wir Geschichten ausgetauscht haben.«
»Darf ich Sie daran erinnern, dass ich hier das Gesetz verkörpere und dass die Oper nicht zu Ende ist, bevor die dicke Frau nicht gesungen hat.«
»Was wollen Sie wissen?«
»Alles. Es war einmal und so weiter. Es war einmal vor sechs Tagen. Stella ist noch am Leben. Es ist der 27. August 2000.«

»Wir werden gegen acht Uhr wach«, sagt Martin. »Wir werden davon wach, dass der Hund, der niemals bellt, bellt.«
»Hoffa? Hieß er nicht so?«
»Ja.«
»Sonderbarer Name für einen Hund.«
»Er ist benannt nach dem amerikanischen Gewerkschaftsführer Jimmy Hoffa.«
Martin sieht sich um, als erwarte er, dass der Hund ins Wohnzimmer stürmt.
»Er ist nicht hier«, sagt er. »Der Hund, meine ich. Er ist nicht hier. Ich habe ... ihn weggegeben.«
Ich sehe in meine Notizen.
»Also. Der Hund bellt, und Sie wachen auf, nach, tja, wie vielen Stunden Schlaf. Drei Stunden?«
»Ja, aber das ist nichts Ungewöhnliches. Wir schlafen selten länger. Ich fürchte den Schlaf immer noch mehr als die Schlaflosigkeit.«
Martin schweigt, er zündet sich eine Zigarette an.

»Stella und ich werden plötzlich wach, laufen auf den Flur. Hoffa hat auf den ganzen Fußboden gemacht. Es ist ein erbärmlicher Hund. Habe ich das schon gesagt? Er ist einer dieser Hunde, die man am liebsten jedes Mal schlagen würde, wenn sie nur schon den Kopf heben und einen ansehen. Solche Augen hat er. Einen solchen Blick. Er erwartet, dass er geschlagen wird, und käme nie auf die Idee, sich zu wehren. Und an diesem Morgen hat er also ins Haus gemacht und steht bellend vor der Tür. Wir werden wach, und alles ist ... verquer. Nichts ist, wie es sein sollte. Wir taumeln beide wie Schlafwandler durch die Gegend. Ich versuche, mir den Schlaf aus den Augen zu reiben, schaffe es aber nicht. Stella wird übel, sie rennt plötzlich ins Bad und übergibt sich. Es ist klamm, warm, gleißend hell und schwül. Der Hund, der nie bellt, bellt. Auf dem ganzen Fußboden liegt Hundkacke. Die Kirchenglocken läuten. Es ist Sonntag, und die Kirchenglocken läuten. Amanda kommt im Laufschritt die Treppe herunter, zerzaust mit rot geflecktem Gesicht. Sie hat ein zerknülltes weißes T-Shirt übergezogen, ihre Beine sind lang, braun, ihre Brüste groß. Was ist los, flüstert sie Stella zu, was ist los? Mir ist übel, sagt Stella. Wir stehen alle im Flur, in Haufen von Hundekacke, Amanda, Stella und ich – und der Hund. Bi ist verschwunden. Deshalb bellt der Hund. Bi ist nach draußen gegangen, ohne den Hund mitzunehmen. Sie nimmt den Hund sonst morgens immer mit nach draußen. Es ist ihr Hund. Es ist ihre Verantwortung. Aber jetzt ist sie weg.

Es dauert nicht lange, bis wir sie gefunden haben. Sie steht in ihrem blauen Nachthemd vor dem Nachbarhaus und starrt in den Garten. Großäugiges Kind! Hinter dem Zaun hüpfen zwei Mädchen auf einem Trampolin. Auf und ab, auf und ab, auf und ab. Die beiden Mädchen sind

Schulfreundinnen von Bi. Obwohl das Wort Freundin vielleicht nicht ganz treffend ist. Vor ein paar Monaten haben die beiden Mädchen Hoffa einen Tritt in den Bauch verpasst. Seitdem ist er nicht mehr er selbst. Der Tritt der Mädchen ist Bi sehr nahe gegangen. Manchmal verschwindet sie, und dann finden wir sie so wie heute: Lauernd vor dem Gartentor des Nachbarn. Bi auf der einen Seite des Zauns, die Mädchen auf der anderen. Auf und ab, auf und ab, auf und ab auf dem Trampolin. Es ist ein merkwürdig sommerlicher Anblick, Kinder, die auf einem Trampolin auf und ab springen. Keiner von uns, weder Stella noch Amanda noch ich, kann sich von den zwei hüpfenden Mädchen losreißen.«

Martin zündet sich eine Zigarette an.

»Wir bieten schon einen komischen Anblick«, sagt er. »Eine vierköpfige Familie mit einem erbärmlichen Hund im Schlepptau vor dem Gartentor des Nachbarn. Alle vier im Nachthemd, alle vier mit zerzausten Haaren und alle vier« – Martin denkt nach – »alle vier völlig erledigt. Das ist das einzige Wort, das mir dazu einfällt. Wir sind erledigt. Wir sind k.o. Wir haben den Krieg verloren. Wir sind Flüchtlinge in einem fremden Land. Als uns die Mutter des einen Trampolinmädchens durch die offene Verandatür erblickt und mit einer dampfenden Teetasse in der Hand auf uns zukommt, rühren wir uns nicht. Wir stehen vor ihrem Gartentor, stehen dicht zusammen wie Musikanten. Sie kommt näher, legt den Kopf schief. Weshalb steht ihr hier? Was wollt ihr? Warum seid ihr nicht zu Hause? Warum seid ihr im Nachthemd?

Plötzlich ist es, als erwache Stella zum Leben. Sie räuspert sich. Sie zeigt auf die beiden Mädchen auf dem Trampolin.

Diese beiden haben den Hund meiner Tochter getreten,

sagt sie leise. Und dafür sollten sie sich entschuldigen, finde ich.
Die Mutter des Trampolinmädchens rollt mit den Augen.
Aber Stella, sagt sie mit Nachdruck, das haben wir doch schon vor Monaten geklärt. Der Hund lief frei herum, die Mädchen bekamen Angst ... keiner von uns weiß wohl genau, was passiert ist.
Die Mutter des Trampolinmädchens wirft einen besorgten Blick auf Bi, als wolle sie andeuten, dass wir uns auf sie ja wohl nicht verlassen können.
Ich weiß genau, was passiert ist, sagt Stella müde. Sie schläft fast schon wieder, schläft im Stehen, hier vor dem Gartentor des Nachbarn, resigniert seufzend. Seit der Krankheit ist sie so: Glüht in einem Moment, um im nächsten zu erlöschen.
Ist auch egal, sagt sie.
Sie dreht sich weg.
Kommt, sagt sie zu uns.
Sie nimmt Bi an die Hand und geht.
Amanda, der Hund und ich drehen uns ebenfalls um und folgen ihr ins Haus.

Der restliche Tag verläuft in einem traumartigen Nebel. Stella und ich schlafen viel, werden nicht richtig wach. Der schwarze Schal flattert leise vor dem Schlafzimmerfenster. Früher bestand Stella darauf, den Schal tagsüber abzunehmen, sie wollte das Licht hereinlassen. Aber jetzt nehmen wir ihn nicht mehr ab. Er hängt dort vor dem Fenster, mit vier Reißzwecken am Rahmen befestigt, einer blauen, zwei roten und einer gelben. Aus Amandas Zimmer hören wir das Nintendo-Spiel. Bi hat sich im Hundekorb zusammengerollt. Die beiden liegen häufig beieinander, der Hund mit der Pfote um Bi und Bi mit dem Arm um den Hund. Alles ist still, außer dem ewigen piep-piep-zumm-piep-piep-zumm aus Amandas Zimmer. Stella und ich liegen Hand in Hand auf dem Bett und sehen an die Decke.

Hörst du, wie still es ist, fragt sie.

Hmmm, sage ich und döse weiter.

Man sollte nicht meinen, dass eine Familie in diesem Haus wohnt, mit Kindern.

Ich gähne.

Das ist nicht natürlich.

Draußen geht ein schwacher Wind, der schwarze Schal vor dem Fenster bewegt sich.

Siehst du, dort ist Herr Poppel, sagt Stella und richtet sich halb auf.

Ja, sage ich. Da ist sie.

Und dann kommt der Regen.«

***

»Schließlich schlafen wir ein«, erzählt Martin. »Wir schlafen ein, als der Regen kommt. Es ist herrlich, bei Regen einzuschlafen. Die Kinder sind daran gewöhnt, dass wir tagsüber schlafen, wenn wir nicht zur Arbeit gehen, und sie stören uns nicht. Nach einer Weile kommt Bi trotzdem in unser Schlafzimmer.

Mama, sagt sie.

Lass mich schlafen, sagt Stella.

Aber ich will dir was erzählen, sagt Bi.

Später, mein Schatz, sagt Stella.

Und dann streckt Stella die Arme aus und zieht Bi zu sich ins Bett.

Leg dich ein bisschen zu mir, sagt sie. Und dann schlafen wir alle drei.

Als wir wieder aufwachen, eine halbe Stunde später vielleicht, regnet es immer noch. Bi ist zu Amanda gegangen. Wir sind allein im Zimmer. Wir reden ein bisschen miteinander. Stella erinnert mich an damals, als ich das Sofa geliefert habe und beinahe aus ihrem Fenster im neunten Stock gesprungen wäre. Und dann fängt sie an zu weinen.

Ich will, dass alles wieder von vorne anfängt, sagt sie. Ich will, dass du noch einmal vor meinem Fenster stehst. Ich will, dass wir noch einmal den fünfundsiebzigsten Geburtstag deiner Großmutter feiern, ich will, dass wir Bi noch einmal bekommen. Vor allem will ich, dass wir noch … Ich will diese Stille nicht.

Ich streiche ihr über das Haar. Ich weiß nicht recht, worum sie mich gerade bittet, deshalb sage ich: Soll ich dir was vorsingen?

Und ich singe Stella etwas vor«, sagt Martin. »Lieder, die sie mag. Lieder, die ich für sie gesungen habe, als sie krank war. Lieder, die sie fröhlich stimmen.«

»Ich wusste nicht, dass Sie singen«, sage ich.

»Als ich klein war, sang meine Großmutter Harriet mir vor. Stella mag Harriet nicht. Aber sie wird plötzlich verständnisvoller, als ich ihr erzähle, wie Großvater sie verlassen hat, als sie ein junges Mädchen war und schwanger. Sie hat die Geschichte schon tausend Mal gehört, aber plötzlich scheint sie sie anders zu hören. Großvater hat sich in eine Schauspielerin verliebt, erzähle ich, aus der Ferne also, und nicht nur in sie, er hat sich in seine eigenen Starträume verliebt. Das Leben auf dem Bauernhof war nichts für ihn. Und so konnten ihm Großmutter und das Kind, das sie im Bauch hatte, egal sein.

Plötzlich richtet sich Stella auf und sagt: Die Sonne scheint. Lass uns losgehen und für alle etwas Leckeres zu essen kaufen.
Ich bin einverstanden und wir stehen eilig auf. Wir sagen den Kindern, dass wir etwas zu essen kaufen wollen und dass wir bald zurück sein werden. Wir fahren an dem Hochhaus am Frogner Platz vorbei, wo wir in der ersten Zeit gewohnt haben, und ich sage: Hast du nicht gesagt, du wolltest noch mal von vorn anfangen?
Doch, sagt Stella zögerlich.
Das ist absolut möglich, sage ich.
Sei nicht albern, sagt Stella, ich habe Hunger. Die Kinder warten.
Aber ich höre nicht auf sie. Ich stelle das Auto ab, ziehe sie mit zur Eingangstür. Ich frage sie, ob sie sich an die Aussicht vom Dach erinnert. Sie nickt. Wir sind früher oft auf das Dach geklettert, durch ein kleines Fenster im Dachstuhl war das möglich.
Wir gehen da jetzt hinauf, sage ich.
Sie nickt.
Es dauert nicht lange, bis jemand aus dem Hochhaus kommt, und wir ergreifen die Chance und schlüpfen durch die Tür. Wir nehmen die Treppe, nicht den Fahrstuhl.«

Martin spielt mit den Fingern an etwas herum, es ist ein kleines Silberherz.
»Ich kann es nicht anders erklären«, sagt Martin, »als dass dort oben in der Höhe etwas mit uns passiert. Wir erwachen. Wir kommen wieder zu uns. Vielleicht ist es die Aussicht, vielleicht ist es das Gefühl von Schwindel, vielleicht ist es der Gedanke, dass wir tatsächlich wieder ganz von vorn anfangen können. Wir balancieren vor und

zurück, vor und zurück, auf der Dachkante. Fordern uns gegenseitig heraus, wie damals in dem Laden, als das Fruchtwasser abging und Bi unterwegs war und sich alles geändert hat. Es ist ein Spiel. Es ist nicht ernst. Es ist ein Spiel. Und dann drehen wir uns zueinander, ich breite die Arme aus und sie balanciert auf mich zu, mit winzigen Schrittchen, wie eine Seiltänzerin. Ich habe einmal eine Seiltänzerin gesehen, die auf Zehenspitzen über ein Seil tanzte, einen rosa Sonnenschirm in der einen Hand und den Kleidersaum in der anderen. So sah sie aus, fast wie eine Puppe, und wir bleiben stehen und umarmen uns, und Stella flüstert mir zu, dass von jetzt an alles gut wird, ich bin kein Baum, sagt sie, und es ist tatsächlich möglich, es ist tatsächlich möglich, wieder ganz von vorne anzufangen. Und dann schauen wir beide in den Himmel, und es ist gerade so, als würden wir an einem Sommerabend im Gras liegen und die Wolken anschauen, die über den Himmel ziehen, und Stella lacht, lässt mich los und zeigt auf eine blaue Wolke, die wie ein Gesicht geformt ist, mit einer Nase, einer Stirn, zwei oder drei Augen und einem riesigen Mund, und sagt: Sieh nur, Martin, dort ist Herr Poppel.«

Videoaufnahme
Stella & Martin
Haus in Damefallene
27.08.00, 05.55 Uhr

Martin: Ich höre Getrampel auf der Treppe.
Wer trampelt da auf meiner Treppe?
Ist es Amanda? *Nein.* Amanda schläft. Ist es Bi? *Nein.* Bi schläft. Ist es der Klempner? *Nein.* Der Klempner schläft. Ist es Stella?
Stella: Leg die Kamera weg, Martin.
Martin: Dies ist Stella. Meine Frau. Schöner als schön. Sie wurde allerdings wütend auf mich und stürmte ins obere Stockwerk. Jetzt ist sie zurück. Schön, dich zu sehen, Stella. Der Versicherungsvertreter Gunnar R. Owesen und ich grüßen dich.
Stella: Leg die Kamera weg, Martin!
Martin: Wir sind noch nicht fertig.
Stella: Nein?
Martin: Nein, Stella, das sind wir nicht.
Stella: Leg die Kamera weg und komm zu mir ins Bett. Bald ist es Morgen.
Martin: Halte die Kamera einen Moment.
Stella: Ja. Und jetzt?
Martin: Was siehst du jetzt, Stella?

Stella: Ich sehe dein Gesicht.
Martin: Was sagst du?
Stella: Ich sage: Dies ist Martin.

Stella: Dies ist Martin, sage ich. Mein Mann. Er hat blaue Augen, aber manchmal, wenn er glaubt, dass ihn keiner sieht, sind die Augen fast grün.
Im Augenblick sitzt er auf dem avokadogrünen Sofa und starrt an die Decke. Ich frage mich, woran er denkt.
Vielleicht denkt er an gar nichts.
Vielleicht denkt er an mich.
Vielleicht denkt er, dass alles zu Asche geworden ist. Dass wir doch verbrannt sind.
Martin: Leg die Kamera weg, Stella, dann gehen wir schlafen.
Stella: Sag dem Versicherungsvertreter Gunnar R. Owesen gute Nacht!
Martin: Gute Nacht, Gunnar R. Owesen.
Stella: Gute Nacht, Gunnar R. Owesen.
Martin: Schlafen Sie gut. Und träumen Sie süß.

[V] FALL

Stella

Als ich den Halt verlor und nach unten fiel, umschlang ich mit den langen Armen meinen Bauch und sagte: Jetzt fliegen wir, du und ich. Du bist nicht größer als mein Fingernagel. Du bist eine Ausbuchtung in der Schleimhaut, eine schwammige kleine Beule, ein Bläschen. In dir gibt es keinen Boden. Aus dir könnte alles werden. Sogar ein Baum, wenn du wolltest. Aber ich empfehle es dir nicht. Ich habe in meiner Zeit ein paar Bäume gekannt, und die reden nicht viel. Ich selbst werde in der Nähe von Bäumen nervös. Mein Körper poltert und rumpelt und hinterlässt überall Spuren. Das ist beschämend. Manchmal wünsche auch ich mir, ich wäre ein Baum. Ein Körper, der nichts hinterlässt. Aber dann kam es, wie es kam. Ich blutete. Ich lachte. Als ich mit Amanda schwanger war, fragte ich mich, was für ein Gesicht sie wohl haben würde. Das war das größte Geheimnis für mich. Ich würde nicht nur ein Baby zur Welt bringen, das Baby würde auch ein Gesicht haben. Und als ich mit Bi schwanger war, fragte ich mich, was für ein Gesicht sie wohl haben würde. Und jetzt bist du an der Reihe.

Jetzt bist du an der Reihe.
Du bist jetzt das Geheimnis.
Und irgendwann, in nicht allzu langer Zeit, werde ich dir einen Namen geben.